KB253297

# 아름다운 언어

자녀를 성공시키는

# 아름다운 언어

초판1쇄 2018년 3월 30일

지은이_ 이창호

펴낸이_ 채주희

펴낸곳_ 해피앤북스
서울특별시 마포구 신수동 448-6
TEL : 02-323-4060, 02-6401-7004
FAX : 02-323-6416
E-mail : elman1985@hanmail.net
www.elman.kr

출판등록 제 10호-1562(1985.10.29.)

값 13,800원

ISBN 978-89-5515-617-1(13810)

자녀를 성공시키는

# 아름다운 언어

이 창 호 지음

해피앤북스

성공하는 사람들을 보면, 그들의 언어는 그냥 말이 아니라 힘 있는 언어를 구사하고 있음을 보게 된다. 즉 그들의 언어는 힘이 있다는 것이다. 그것은 그들이 성공해서 그렇기도 하지만, 좀 더 근본적으로 들여다보면 그들의 성공의 밑바탕에는 바로 '아름다운 언어'가 자리잡고 있기 때문이다. 성공의 언어를 구사할 수 있었기에 그들은 성공의 자리에 오를 수가 있었다는 것이다.

언어는 간단히 말하면 서로의 교감을 전하는 도구이며 소통의 수단 가운데 가장 보편적인 것이라고 할 수 있다. 우리는 언어 안에 생명이 있고, 그 언어로 인해 자녀의 운명이 좌우될 수도 있다는 사실을 알아야 한다.

미국 하버드대학교에서 어느 박사가 실험을 위해 학생들에게 쥐를 나눠 주었다. 먼저 학생들을 세 그룹으로 나눈 뒤, 첫 번째 그룹에게 쥐를 나눠주면서 이렇게 말을 했다. "여러분은 행운아입니다. 이 쥐는 매우 천재적인 지능을 가지고 있습니다. 아주 좋은 결과를 얻을 수 있을 것이라 생각되어 기대가 매우 큽니다." 두 번째 그룹에도 쥐를 나눠주면서 말했다. "이 쥐는 보통의 일반적인 쥐입니다. 아마 보통 정도의 성과가 있을 거라는 생각이 드는군요." 그리고 세 번째 그룹의 학생들에게도 마지막 남은 쥐를 주면서 말했다. "여러분들에게는 멍청하기 짝이 없는 쥐를 주게 되었습니다. 그래서 사실 별로 기대하지 못하겠습니다."고 말했다. 그 후, 6주간 같은 조건으로 실험을 실시해 그 결과를 알아보았다. 실험 결과를 보니 천재라고 소개한 쥐는 천재처럼 능수능란하게 행동을 했다. 그리고 보통이라고 소개한 쥐는 그저 평범한 결과를 보였으며 멍청하다고 말한 쥐는 행동이 형편없고 굼뜨다는 결과를 알 수 있었다. 사실 쥐들은 천재적이거나 보통, 멍청한 쥐라고 분류되어 있는 것은 아니었다. 다만 학생들에게 주면서 언어만 다르게 했을 뿐인데 그 결과는 놀라운 차이를 보였던 것이다. 현대사회에서 어떻게 무엇으로 자녀에게 의사소통을 위한 언어를 원활하게 할 수 있을까? 라고 고민할 만한 충분한 신 개념의 가치가 있다. 왜냐하면 자녀는 미래의 꿈이며 희망이기 때문이다. 우리의 자녀들이 결코 자존감을 잃지 않고 수많은 사람들로부터 사랑을 받으며 성장하기를 바란다.

우리가 일상생활에서 특별한 목적을 가지고 구사하는 언어는 자녀와 함께하는 소통이다. 우리는 이러한 언어소통의 기술이 필요한 시대를 살고 있다. 언어소통은 "인간이 살아가는 데 가장 기초가 되는 수단 중의 하나"라고 할 수 있다. 자녀들에게 현명한 언어소통 생활이 중요함은 그 누구도 부정할 수 없는 사실이다. 이러한 성공적인 언어소통을 하기 위해서는 언어교육이 매우 중요하다. 그러기 위해서는 자녀의 눈을 통하여 세상을 바라보고 공감할 수 있을 때 가능하다. 이 때 우리는 자녀와 함께 '공감한다.'라는 언어를 쓰게 되는 데 '동감'과는 차이가 있음을 유념하기 바란다. 대부분의 사람들이 좋은 말은 잘 하지 않지만 특히 부모들은 자녀에게 해서는 안 될 말들을 무심코 내뱉는 경우도 많다. 우리가 자녀들에게 하는 안 좋은 말들에 대해 알아보고 사용하지 않으려는 노력을 해야 할 것이다. 또 자존심을 상하게 하는 말들 중에는 "어디서 엄마에게 말대꾸야, 공부도 못하는 주제에 뭘 안다고? 엄마 친구 아들(딸)은 이번에도 1등 했다던데.” 라는 말들로 의욕을 꺾기도 하며 “너한테 두 손 두 발 다 들었다.” “커서 뭐가 될래? 앞날이 걱정이다.” “네까짓 게 뭘 안다고 나서는 거야” 등의 말로 자신감을 없애기도 한다. 그 외에도 자녀의 미래를 빼앗는 상처가 되는 말들을 많이 하고 있다. 부모는 과연 자녀에게 어떠한 상처가 되는 말들을 하는지 한번 생각해보자. 자녀들의 언어교육을 위해서는 다른 사람의 눈치를 보지 않아야 하고, 그 어떤 경우에도 세운 규칙을 바꿔서는 안 된다. 실제로 정해진 규칙을 잘 지킬수록 자녀는 그 규칙을 더 잘 따르게 되어 있다. 일단 부모는 우리 자녀가 어떻게 사는 것이 보람 있고 가치 있는 삶인가를 가르쳐주어야 하고, 자녀를 자연스럽고 품위 있게 키우기 위해서는 긍정의 언어가 가장 우선임을 알아야 한다.


파주골에서 이창호

# 영웅의
# 언어

# 01

# 영웅이란
# 도대체 무엇인가?

영웅은 자신이 원하는 것을 이루어내는 것이며, 이것은 곧 행복의 길로 연결된다. 만약 행복을 원한다면, 가치 있는 목적을 선택해라. 그리고 선택의 결과에 대해서는 전혀 마음을 쓰지 말라. 또한 목적을 달성하는 데 필요한 대가를 지불하도록 부단히 노력해라. 그러면 겨울이 가고 봄이 오듯, 자연스럽게 결실하게 될 것이다. 그렇다면 실패는 무엇인가? 인생에 있어서 실패라고 하는 것은, 성공하지 못한 것을 일컫는 것이 아니다. 자기가 하고 싶었던 일을 하지 못한 것을 일컫는 것이다. 그래서 자신이 무엇을 원하는지 깨닫지 못한 사람, 자기가 하고 싶은 일을 향해 전심전력을 다

하지 못한 사람을 실패한 사람이라고 하는지도 모른다.

　비록 우리가 원하는 것을 이루어내지 못했다 하더라도, 그것을 위해 최선의 노력을 기울였다면, 마음의 평화는 물론이고 정신적인 만족까지 얻을 수 있음을 알게 될 것이다. 따라서 이 경우에는 실패했다고 말하지 않는다. 반면, 설사 원하는 것을 얻었다 해도, 우리가 최선을 다해 노력하지 않았다면, 주저 없이 '진정한 성공'이라고 말하지는 않을 것이다. 성공하기 위해서는, 먼저 자기가 할 수 있는 일부터 시작해야 한다. 우리가 처음으로 내딛는 그 첫발을 시작으로 차근차근 걸어가면, 우리가 느끼지 못하는 순간에 어려운 일도 처리할 수 있는 힘이 키워져 있음을 발견하게 된다. 그러기 위해서 다음의 말을 음미해 보면 어떨까. '나의 희망과 야망을 높이 가져라.' 또한 영웅(英雄)은 지혜와 재능이 뛰어나고 용맹하여 보통의 사람들이 해내기 어려운 일을 성취하는 사람을 일컫는 말이다.

**02**

# 부모가 자녀를 영웅으로 키우는 한 마디

미국의 하버드대학에서 어느 박사가 실험을 위해 학생들에게 쥐를 나누어 주었다. 우선 학생을 세 그룹으로 나눈 뒤, 첫 번째 그룹에게 쥐를 주면서 이렇게 말을 했다. "여러분은 행운아입니다. 이 쥐는 매우 천재적인 지능을 가지고 있습니다. 아주 좋은 결과를 얻을 수 있을 것이라 생각되어 기대가 매우 큽니다." 두 번째 그룹에도 쥐를 주면서 말을 했다.

"이 쥐는 보통의 일반적인 쥐입니다. 아마 보통 정도의 성과가 있을 거라는 생각이 드는군요." 그리고 세 번째 그룹의 학생들에게도 마지막 남은 쥐를 주면서 말했다.

"여러분들에게는 멍청하기 짝이 없는 쥐를 주게 되었습니다. 그래서 사실 별로 기대하지 않습니다."

그 후, 6주간 같은 조건으로 실험을 실시하여 그 결과를 알아보았다. 실험 결과를 보니 천재라고 소개한 쥐는 천재처럼 능란하게 행동을 하였다. 그리고 보통이라고 소개한 쥐는 그저 평범한 결과를 보였으며, 멍청하다고 말한 쥐는 행동이 형편없고 굼뜨다는 결과를 알 수 있었다. 사실 쥐들이 천재적, 보통, 멍청한 쥐라고 분류되어 있는 것은 아니었다. 다만 학생들에게 주면서 말만 다르게 했을 뿐인데 그 결과는 놀라운 차이를 보였던 것이다.

로젠탈, 자콥슨의 연구에 의해 피그말리온 효과가 알려지게 되었다. 교사가 학생에게 긍정적인 기대를 가지면 학생은 실제로 교사의 기대에 어긋나지 않으며 인정과 기대를 높이 할수록 더 훌륭하게 된다는 것이다. 이 피그말리온 효과는 어릴수록 그 효과가 더 크다고 한다.

**03**

# 말 한마디로 자녀를
# 영웅으로 키운다

자녀들은 경험과 체험을 반복하면서 성장한다. 당연한 말이지만 부모는 특히 자녀들에게 말과 행동을 항상 조심해야 한다. 성장과정에서 받은 상처의 경험은 일생을 통해 자녀들의 가슴에서 지워지지 않고 남아 있기 때문이다. 말 한 마디에도 쉽게 상처 받고 쉽게 용기를 얻게 되는 이들이 바로 자녀들이다.

### 1) 자녀에게 안정감을 주는 말

-내일은 오늘보다 더 좋은 일이 있을 거야.

-네가 생각한 방법이 좋은 거야.

-세상에 쓸모없는 것은 하나도 없어.

-괜찮아, 그럴 수도 있지.

-실수하지 않는 사람은 없어.

-피하지 않고 맞선다면 길이 보일거야.

-너 자신을 믿어봐.

-누구든 처음부터 잘 하는 사람은 없어.

-네가 가장 소중한 사람이야.

-힘들 땐 말해. 기꺼이 도와줄게.

## 2) 자녀를 활발하게 만드는 영웅의 말

-가슴을 쫙 펴고 심호흡을 해 봐.

-하고 싶다면 당장 해봐.

-넌 결코 약한 사람이 아니야.

-밖에서 마음껏 뛰어 놀아라.

-우리 함께 달리기 해볼까?

-세상은 넓고 네가 하고 싶은 일도 매우 많아.

-너는 대장이야.

-네가 알아서 해봐. 따라갈게.

-열심히 노는 것도 네가 할 일이야.

-놀기엔 너무 좋은 날씨구나.

-보기보단 굉장히 날쌔구나.

### 3) 자녀에게 감사를 가르쳐주는 말

-우리는 누군가의 귀중한 보물이란다.

-조용히 귀를 기울여 봐.

-하늘을 보렴. 눈이 부시게 밝지.

-참 놀라운 일이야.

-아름다운 걸 보니 마음이 예뻐지는 걸.

-세상은 너의 소중한 스승이란다.

-참 행복한 세상이야.

-하고 싶은 걸 못하는 아이들도 세상엔 많단다.

-맛있게 먹겠습니다, 맛있게 먹었습니다.

-고맙습니다, 감사합니다.

-네가 할 일을 스스로 하니 정말 기쁘구나.

-네가 자랑스럽구나.

-그냥 너라서 좋아.

### 4) 자녀에게 해서는 절대 안 될 말

대부분의 사람들이 좋은 말은 잘 하지 않지만 해서는 안 될 말은 무심코 잘 내뱉는다. 우리가 자녀들에게 하는 안 좋은 말들에 대해 알아보고 사용하지 않으려는 노력을 해야 할 것이다. 자존심을 상하게 하는 말들 중에는 '어디서 말대꾸야', '공부도 못하는 주제에 뭘 안다고?', '엄마 친구 아들은 이번에도 1등 했다던데.'라는 말들

이 있다. 그리고 자율성을 해치는 말들에는 '쓸데없는 짓 좀 그만
하고 책 좀 읽어라', '너희는 어떻게 매일 싸우니?' '반찬투정 하려
거든 밥 먹지 마.' 등이다. 또한 '공부 좀 해라, 공부해서 남 주니.'
'빨리 못 하겠니, 답답해 죽겠네.' '뭘 사달라고? 잘 하는 게 있어
야 사줄 맛도 나지.'하는 말들로 의욕을 꺾기도 하며, '너한테 두
손 두 발 다 들었다.' '커서 뭐가 되려고 그러니? 앞날이 걱정이다.'
'네까짓 게 뭘 안다고 나서는 거야.' 등의 말로 자신감을 없애기도
한다. 그 외에도 자녀의 미래를 빼앗는 상처의 말들이 많이 있다.
나는 과연 어떠한 상처의 말들을 하는지 한번 생각해 보자.


　-넌 어떻게 허구한 날 맞기만 하니.
　-공부만 잘 해봐, 뭐든지 다 해주지.
　-관둬라 관둬.
　-크면 자연히 알게 돼.
　-왜 그런 곳에 정신을 쓰니, 공부를 해도 시원치 않을 판에
　-이게 다 너를 위해서야.
　-꼬락서니 하고는, 단정하게 좀 못하니?
　-말을 제대로 해봐. 말더듬이도 아니고
　-절대 실패하면 안 돼.
　-너 때문에 못 살겠다.
　-그렇게 말 안 들을 거면 차라리 나가.

-왜 그랬어? 빨리 말 못해?

-또 무슨 말썽을 피우려고 그래?

-꼭 화를 내고 매를 들어야 말을 듣니?

## 5) 나는 자녀에게 어떻게 말을 하는가

나이 어린 자녀들이 '난 못해, 난 못 이겨, 내가 그걸 어떻게 해.' 라는 식의 부정적인 말을 한다면 '왜 못해!'하고 윽박지르거나 무심하게 흘려듣지 말아야 한다. 윽박을 지르면 자녀는 더욱 소심해지고 흘려들으면 부정적인 생각이 굳어버린다. 부정적인 생각은 부정적인 미래를 만들기 때문에 고쳐주어야 한다. 우선 자신이 자녀에게 어떤 식으로 말을 하는지 알아보아야 할 것이다. 만약 자녀가 하는 행동에 대해서 '네까짓 게 그걸 어떻게 한다고, 그냥 놔 둬.' '안 돼, 손 대지마! 이런 건 안 하는 게 도와주는 거야.'한다면 어느새 아이는 무언가를 하는 것에 주춤거리며 망설이게 되고 자신감을 잃어가게 된다.

## 6) 나는 자녀에게 긍정적인 사람인가?

자녀들은 부모를 닮아간다. 생활 습관이나 말투가 어느 순간 똑같다는 것을 느끼게 한다. 부모가 자녀들 앞에서 '못 살겠어.' '네가 하는 일이 그렇지, 별 수 있어?' '왜 이렇게 사는 게 힘들어.'하는 식의 부정적인 말들을 무심코 한다면 아이들에게 '잘 할 수 있어, 긍정적으로 생각해.'라고 말해도 소용이 없다. 이미 자녀는 부모의 탄식이 몸에 배었기 때문이다.

### 7) 자녀의 말을 귀담아 듣는가?

자녀가 무슨 말을 하거나 행동을 하려고 할 때 그것을 무시하는 부모가 있다. 앞에서도 말했지만 자녀들은 부모에게 잘 보이려고 노력한다. 그런데 자꾸 무시하거나 귀찮아하는 투로 말을 하게 되면 자녀도 그것을 배우게 된다. 부모의 말에 퉁명스럽고 무뚝뚝하게 대답을 하게 되는 것이다. 긍정적이고 자신감 있는 태도를 보고 싶다면 자녀가 하는 말에 귀를 기울이고 무시하는 말투를 사용해서는 안 된다. 자신부터 긍정적인 언어를 사용해야 자녀도 따라한다는 것을 잊지 말아야 한다.

### 8) 자녀에게도 자신감의 선을 긋자

너무 지나친 자신감을 주는 것도 금물이라는 것을 명심해야 한다. 자신감을 갖는 건 좋지만 도저히 감당할 수 없는 자신감은 과욕으로 자칫 자녀의 마음에 상처가 될 수도 있고 다른 일에 대해서도 의욕을 상실하게 할 수 있다. 능력이 되지 않는 상태에서 '넌 잘 할 수 있을 거야.'하며 부추기는 것은 그 일을 성공하지 못했을 때 위축되며 '잘 할 수 있다고 했는데 난 왜 안 되지?'라는 실망과 함께 지나친 자책으로 이어질 수 있다.

# 04
# 자녀의<br>성공의 지름길

## 1) 자녀에게 주는 교훈

### 자녀에게 주는 첫 번째 선물 – 존경심

존경심은 숭고한 마음의 작용으로 사람을 도에서 벗어나지 않게 하며, 올바른 길을 걷게 만든다. 사람은 누구나 그 사람만이 할 수 있는 역할을 가지고 태어난다. 그러므로 자신도, 다른 사람도 매우 소중한 존재라는 것을 깨닫게 해 주자.

### 자녀에게 주는 두 번째 선물 – 인내심

인간의 욕망은 끝이 없다. 욕망을 억제하는 법을 모르는 사람은 작은 실패에도 쉽게 좌절하게 마련이다. 자녀에게 자기중심적인 생각을 버리고 자신을 억제하는 법을 가르쳐라.

### 자녀에게 주는 세 번째 선물 – 사랑

사랑하는 마음을 진솔하게 전해 주는 것이 자녀 교육의 기본이다. 부모가 따뜻한 사랑을 충분히 전해주고 부모 자식 간의 신뢰 관계가 확고하다면 자녀 교육의 절반은 성공한 것이다.

### 자녀에게 주는 네 번째 선물 – 의욕

자녀가 스스로 하고 싶다는 생각이 들도록 분위기를 연출하자. 부모 스스로 즐겁게 하고 있는 모습을 보여 줌으로써 자녀에게도 스스로 하고자 하는 마음을 불러일으키라.

### 자녀에게 주는 다섯 번째 선물 – 개성

아이들은 모두 잘 갈고 닦으면 빛을 내는 찬란한 보석과 같다. 그 자녀만의 좋은 개성은 부모만이 잘 살릴 수 있다. 자녀의 개성을 이해하고 그 개성을 살릴 수 있는 환경을 만들어 주자.

### 자녀에게 주는 여섯 번째 선물 – 배움

어릴 때부터 자신의 인생관을 갖도록 조언해 주자. 높은 이상은 배움에서부터 시작된다는 것을 이해시키고 새로운 것을 알아 가고 도전하는 것에 신선한 즐거움을 느낄 수 있도록 이끌어 주라.

### 자녀에게 주는 일곱 번째 선물 – 꿈

자녀의 눈높이에서 세상을 바라보라. 자녀를 있는 그대로 인정하고 무슨 일이든 열심히 한다면 칭찬해 주자. 그것이 자녀의 꿈과 마음을 키워 주는 가장 훌륭한 방법이다.

### 자녀가 성공하기를 진심으로 바란다면 지금 당장 행복을 만끽할 수 있게 하라

모든 부모는 내 자녀가 행복하길 원한다. 그래서 행복을 위한 방법으로 공부를 택한다. 부모들은 지금의 삶이 힘들어도 참고 이겨내 좋은 성적을 낸다면 미래에는 행복해 질 수 있다고 말한다. 하지만 지금 행복하지 않다면 미래에도 결코 행복해 질 수 없다.

행복과학 분야의 세계적 권위자인 미국 일리노이대 애드디너 교수는 17세기에 행복도가 높은 자녀일수록 40세에 훨씬 높은 연봉을 받는다는 연구결과를 내놓았다. 또한 심리학자 소냐 류보머스키는 "행복한 사람들은 다양한 영역에서 성공적인 삶을 살고 있다"라고 말했다. 행복감은 성취욕과 깊은 관계가 있으며, 행복감이 높을수록 성취감도 높아지기 때문이다. 이러한 사례와 연구는 성공과 행복의 상관관계를 논함에 있어 성공한 사람이 행복한 것이 아니라, 행복한 사람이 성공한다는 사실을 보여준다. 그렇다면 지금, 내 자녀는 행복할까?

전국 24개 초등학교 고학년을 대상으로 행복 정도를 물은 설문에서 행복하다고 답한 아이는 48%에 머물렀다. 게다가 2009년도에 스스로 목숨을 끊은 청소년은 202명으로 자살의 이유는 가정불화, 우울증, 성적비관 순이었다. 이 수치를 보고 대다수의 부모들은 우리 자녀는 그렇지 않을 것이라고 생각한다. 그러나 15~19세까지의 청소년 중 10.4%가 지난 1년 동안 한 번 이상 자살을 생각했다고 답했다. 청소년 10명 중 1명은 지금 차라리 죽는 게 나을 수도 있다고 생각하고 있으며 좀 더 비관적으로 말하면, 당신이 지금 길을 가다 마주치는 청소년 10명 중 1명은 자살을 하러 가는 길일 수도 있다는 얘기다.

만약 청소년기를 불행하게 보내고 있는 자녀들이 성장한 후에 행복할 수 있다고 한다면 이 정도의 인내는 필요하다고 할 수 있다. 최근 수많은 연구 결과에 따르면 지금 현재를 즐기지 못하는 자녀는 성공할 확률도 낮고, 행복한 경험이 작은 자녀일수록 미래를 비관적으로 보고 있으며 대인관계에서도 문제가 있는 것으로 드러났다. 즉 청소년기에 불행한 경험을 한 자녀는 단지 청소년기만 불행하게 보내는 것이 아닌 인생 자체를 망칠 수 있다는 것이다.

이제 우리는 "자녀들이 성공하기 위해서는 무엇이 필요한가?"에 대한 답을 찾아야 한다. 사람들이 생각하는 성공한 사람이 행복하다는 생각에는 오류가 있다. 성공 후에 행복이 오는 것이 아니라 행복한 사람이 성공을 하기 때문이다. 즉 행복을 위한 1순위를 성공이 아닌 성공을 위한 1순위가 행복이 되는 것이다. 내 자녀에게 성공한 삶을 선물하고 싶다면 행복을 먼저 선물해야 한다는 것을 명심하자.

**05**

# 영웅의 눈높이에 맞춰라

언젠가 한 여류작가의 수필집을 보다가 흥미로운 내용을 발견하고 고개를 끄덕였던 경험이 있다. 그 작가는 친구들보다 키가 클 뿐 아니라 남편보다도 큰 키를 가졌다. 요즘 세상이라면 여자든 남자든 키 큰 사람들을 선호하지만, 당시는 여자 키가 너무 크면 여러모로 불편했던 시절이었다. 입사를 하기도 쉽지 않고 선을 볼 때도 남자들이 꺼렸기 때문이다. 그래서 작가는 한 번도 굽이 높은 구두를 신어본 적이 없었다고 했다. 웨딩드레스를 입을 때도 굽 없는 샌들을 신어야만 했다니, 여자가 누릴 수 있는 특권을 포기했다고 할 만하다.

그런 그녀가 어느 날 용기를 내어 평소보다 1센티미터 높은 구두를 장만했다. 직장도, 결혼도 이미 한 상태였기 때문에 꼭 한 번은 해보고 싶었던 시도를 했던 거였다. 수필의 핵심은 바로 그 구두를 신고 걸었을 때의 느낌을 묘사한 구절이었다. 1센티미터 높은 곳에서 내려다 본 세상은 이전까지 경험했던 세상과는 달랐다. 고작 1센티미터로 얼마나 달라지겠느냐 생각되지만 모든 생명은 1센티미터보다 작은 크기에서 시작된다. 왜 더 일찍 굽이 높은 구두를 신지 않았던지 아쉬워하는 작가의 글에서 나도 새로운 세상을 발견했다.

물리적인 높이가 심리적인 높이에 비례하지는 않을 것이다. 그러나 아파트 1층과 10층, 20층에서 내려다본 세상은 분명 크기가 다르다. 막 세상에 나온 갓난아기의 눈에는 엄마 얼굴이 세상의 전부일 수 있고, 고작 2미터의 병실 천장이 아득하게 높을 수도 있다.

나는 다시 그 여류작가의 1센티미터 굽으로 되돌아간다. 그녀가 경험한 세상은 키가 크지 않아 높은 굽에 익숙했던 내가 맨발로 땅을 밟았을 때의 차이만큼이나 클까. 내 자녀가 제 발에 맞지도 않는 내 하이힐에 발을 끼워 넣으려는 욕망만큼이나 클 지도 모르겠다.

## 1) 세상이 다르게 보인다

　자녀의 눈높이에 맞추면 세상이 다르게 보인다. 자녀와 대화할 때 키를 낮추면 자녀의 눈에 무엇이 보이는지 알 수 있으며, 자녀의 마음으로 돌아가 사방을 둘러보면 모든 것이 지금과는 달라진다. 자녀의 눈은 빨간색을 파란색으로 바꿀 수 있는 마법을 지녔다. 따라서 당신의 자녀와 친해지기를 원한다면 먼저 자녀의 눈높이에 맞추라고 강조한다.

　축제나 놀이공원을 가면서 '자녀들을 생각해서 가는 거'라고 부모는 말한다. 그러려면 부모는 자녀에게 걷는 속도를 맞춰야 한다. 자녀와 함께 걷는 게 아니라 자녀를 기준으로 삼아 걸어야 하는 것이다. 그런데 많은 부모들이 자녀의 손을 잡고는 자신들의 속도대로 걸어가니, 자녀는 흡사 끌려 다니는 모양새가 된다. 키가 작아 보폭도, 속도도 못 미치는 자녀는 부모를 따라가는 것만도 바쁘다. 그런 상황에서 주변의 경치가 눈에 들어올 리 없다.

　그러나 눈높이를 낮추는 일은 어른들이 생각하듯 '수준이나 기준을 낮추는' 일이 아니다. 자녀의 눈높이에서는 무엇이 보이는지, 어떤 일이 벌어지면 자녀의 마음은 어떤지를 헤아리는 일이다. 자녀에 대한 오해는 자녀의 시각을 알지 못하는데서 발생한다. 또한 이런 오해가 계속 늘어나면 부모와의 사이에 벽을 쌓는 자녀가 되는 것이다.

## 2) 자녀들의 경험

부모는 자녀와 대화하기를 원하지만 자녀는 점차 부모와 대화하기를 꺼린다. 말이 통하지 않는다는 생각 때문이다. 유행어나 신조어 따위를 몰라서가 아니다. 요즘 자녀들은 우리가 자랄 때와는 다른 환경에 있기 때문에 문화도, 경험도 다르기 때문이다. 자녀들과 말이 통하는 부모가 되기 위해서는 자녀들의 경험, 자녀들의 언어를 아는 게 우선이다. 그래야 서로 딴 세상에서 얘기하는 상황을 피할 수 있다. 이는 단편적인 예이지만 부모가 자녀들과 소통하기 위해서는 자녀의 세상을 들여다볼 줄 알아야 한다. 어떤 경험을 하고 어떤 언어를 사용하는지, 몸짓언어는 무슨 의미인지를 제대로 알고 있을 때 부모와 자녀는 한걸음 더 가까워질 수 있다.

## 3) 부모도 처음에는 아이였다

"개구리가 올챙이 적 생각 못한다."는 속담이 있다. 성공한 사람이 자만할 때, 어려운 시절을 고생하며 보냈던 기억을 잊어버린다는 데 주로 사용하는 표현이다. 성인이 된 뒤에 마치 자신은 처음부터 성인이었던 것처럼 행동하는 것도 이에 속한다. 부모들이 간과하는 사실 중의 하나가 바로 이것이다. 부모들도 처음부터 어른으로 태어나지는 않았다. 부모에게도 어머니의 태내에서 발길질을 했던 날이 있었으며 첫걸음을 떼어 자신의 부모를 감동시켰던 날이 있었다. 부모가 되면 우리들 부모의 마음을 이해하게 되는 반면 아이였던 우리의 지난날은 잊게 되는 모양이다.

나는 우리 자녀들의 행동을 재빠르게 이해하는 편은 못 된다. 어른이 된 지금의 내 기준으로 파악하면 자녀의 행동이 이상하기만 할 때도 많았다. 그래서 '내가 저 나이 때는 무슨 행동을 했었지? 그렇게 행동했던 건 무엇 때문이었지? 그때 우리 부모님은 뭐라고 하셨더라?'라고 자문해보기를 좋아한다. 어렸을 때의 기억은 많이 희미해졌어도, 내가 아이였을 때도 그랬을 거라고 생각하면 내 자녀의 행동을 이해하기가 훨씬 편해지기 때문이다.

자녀와 눈높이를 맞추는 방법은 한 가지가 아니다. 무릎을 꿇어 키를 맞출 수도 있고, 과거로 돌아가 내 어린 시절과 조우할 수도 있다. '요즘이야 세상이 좋아져서 다들 편한데, 어떻게 우리 자랄 때와 비교해?'라는 선입견으로는 자녀를 이해할 수가 없다. 편리해진 세상에서 자녀들이 겪는 불편을 우리 또한 겪어보지 않았기는 마찬가지다. 우리가 아이였을 때 바랐던 게 있다면 우리 자녀들도 다르지 않다. 아이였던 우리는 어떤 부모를 원했는지, 우리가 그 부모가 되어줄 차례다.

### 4) 비전을 통한 자기 주도적 학습 5단계 대화 방법

**비전 함께 세우기**

-넌 지금 어떤 목표를 가지고 공부하려고 하니?

-너의 꿈은 뭐니?

-네가 잘하고 또 좋아하는 일이 어떤 것이 있을까?

-넌 앞으로 어떤 사람이 되고 싶니?

-넌 앞으로 어떤 모습으로 살고 싶니?

## 목표설정

-네가 원하는 꿈을 이루기 위해서 무엇을 해야 하지?

-네가 원하는 꿈을 이루려면 어떻게 실천해야 할까?

-그렇다면 언제부터 시작하면 좋을까?

-네가 원하는 꿈을 위해서 엄마가 도와줄 것은 무엇이니?

## 실행플랜작성

-주간실천계획표를 작성하여 매주 점검하기

-제대로 하지 못했던 부분은 다시 설정하기

## 자신과의 서약

-자신과 약속을 다짐하며 주위에 선포하기

## 시각화하기

- 자신이 세운 꿈과 목표를 시각화하고 가족과 친구들에게 선포하기

**06**

평소의 언어습관이
자녀를 영웅으로 만든다

**말의 시작**

자신이 먼저 던지는 따뜻한 말이 저쪽을 바라보고 있는 상대의
기분을 이쪽으로 향하게 만든다.

**나쁜 말버릇**

상대를 의식하지 않고 말을 하게 되면 모르는 사이에 아무 생각
없이 함부로 말을 하게 된다.

**용기 내어 말하기**

대화가 서툴러서 그것을 고치고 싶다면 자기 나름의 방법이나

기회를 찾아내고, 용기를 내어 말을 거는 노력이 필요하다.

### 화제를 궁리하기

호기심을 가지고 바라보면 많은 것들이 이상하고 신기하고 재미있고 신선하게 빛날 것이다. 그러면 화제는 얼마든지 만들 수 있다.

### 배려하는 말하기

가장 중요한 배려는 상대방의 결점을 들추지 않는 것이다.


## 1) 자녀의 대화 기술

① 올바른 대화법을 위해 독서를 하라.

② 좋은 청자가 되라.

③ 칭찬을 아끼지 말라.

④ 공감하고, 긍정적으로 보이게 하라.

⑤ 겸손은 최고의 미덕임을 잊지 말라.

⑥ 과감하게 공개해라.

⑦ '뒷말'을 숨기지 말라.

⑧ 첫마디 말을 준비하라.

⑨ 이성과 감성의 조화를 꾀하라.

⑩ 대화의 룰을 지켜라.

⑪ 문장을 완전하게 말하라.

## 2) '그럴 수도' 대화법

대화에서 호기심을 불러일으키는 것 중 하나가 '그럴 수도' 대화법이다. 이것은 상대방의 이야기를 선택하거나 판단하지 않으며, 설사 판단과 선택을 했다 하더라도 그것을 섣불리 믿지 않는 '윈윈 대화법'을 말한다.

예를 들어, 누군가가 당신의 의견에 반대한다고 가정해 보자. 그때 '그럴 수도 있겠지'라고 말하는 것이 바로 '그럴 수도' 대화법이다.

이 대화법은 사물을 보는 개개인의 관점과 느낌이 중요하다는 사실을 깨닫게 해준다.

자신이 결과적으로 무엇을 하게 되든, 그리고 자기 생각이 상대방의 이야기에 영향을 미치든 아니든 상관없이 양쪽의 견해는 모두 중요한 것이다.

그럴 수도 대화법은 다음과 같은 특징을 지니고 있다.

① 나와 상대방은 똑같은 취급을 받을 수 있다는 것을 전제로 한다.

② 나와 상대방의 생각 및 느낌을 해치지 않고, 그것을 충분히 주장할 수 있는 바탕을 마련해 준다.

③ 양쪽 모두를 인정하는 것이므로 서로 보다 깊은 친밀감을 느끼게 된다.

④ 나의 뜻을 보다 분명히 할 수 있는 기회가 생긴다.

상대방을 이해한다는 것은 상대방의 말에 적극적으로 반응한다는 것을 의미한다. 사람은 누구나 자신이 말하고 느끼는 것을 상대방도 확실히 느끼기를 기대한다.

예를 들어 새 차를 뽑아 잔뜩 기대감을 갖고 '이 차, 어때?'라고 질문했을 때, '응, 괜찮네'라는 반응보다 '정말 끝내주는데!'라든가 '부럽다' 또는 '나도 갖고 싶어'라는 반응을 더 좋아하게 마련이다.

이것을 반대로 생각하면 타인의 말을 들을 때, 그처럼 반응하면 설득이 쉬워진다는 것을 뜻한다. 그 이유는 받은 만큼 돌려주지 않으면 불편해하는 인간심리 때문이다.

따라서 대화에 적극적으로 참여하고 반응하면 효과적이다.


### 3) 눈 맞춤 · 몰입 경청 · 메아리

① 눈 맞춤

성공적인 대화 기술에 있어서 가장 중요한 것이 눈 맞춤이다. 눈 맞춤 없이 이야기한다는 것은 그만큼 상대방을 배려하지 않는 것이고, 상대방에 대해 관심이 없는 것이며, 상대방과 적극적인 대화를 원하지 않는다는 의미이다.

그렇기 때문에 상대방과 눈 맞춤을 한다는 것은 가장 기본적인 대화법이다.

② 몰입 경청

눈 맞춤을 한 다음에는 상대방이 이야기하는 내용을 온몸으로 들어주어야 한다. 눈과 귀와 입과 온몸을 동원하여 듣는 것, 이것이 바로 몰입 경청이다.

그렇게 몰입 경청을 하면서 중간 중간에 아름다운 메아리를 상대에게 들려주는 것이야말로 가장 좋은 대화기법이며, 그로 인해 보다 나은 인간관계를 맺을 수 있다.

③ 메아리

산에서 '야호~'하고 외치면 '야호~'하고 메아리가 돌아오듯이, 대화 중간 중간에 상대방이 한 이야기 중에서 중심이 되는 단어나 이야기들을 다시 들려주는 것이다.

또한 그대로 들려주는 메아리도 좋지만, 좀 더 아름답게 들려주는 '아름다운 메아리'가 보다 효과적이다.

가령 좋은 것은 그대로 들려주거나 더 오버해서 들려주어도 상관없지만, 부정적인 것은 그것을 긍정적으로 희석시켜서 아름답게 들려주는 것이다.

## 4) 소금 치기 대화법

① '소금 치기'대화법이란?

효과적이고 설득력 있는 대화를 위한 하나의 방법으로, 상대

방이 특별히 주의를 집중해 주길 바라는 중요한 요점이나 정
보에 대해 상대방의 주의를 지속적으로 묶어두는 것을 '소금
치기' 대화법이라고 한다.

다음 이야기를 통해 '소금 치기' 대화법에 대해 알아보자.


"캐리! 아빠는 방금 이 자서전을 다 읽었는데, 정말 인상적이
더구나."

"왜요?"

그의 딸이 물었다.

"여러 가지 이유가 있지. 하지만 그 중 한 가지는 그녀가 매우
재치 있다는 점이다. 그녀는 어떤 남자를 사랑하게 되었는데,
그 남자는 너무도 바빠서 그녀에게 단 하루도 시간을 내줄 수
가 없었다는 거야. 더 정확하게 얘기하자면, 그는 그녀가 존재
한다는 사실조차 잊고 있었던 거지."

"어떤 상황이었는지 알겠어요."

그의 딸이 말했다.

"그런데 어떻게 되었는지 아니?"

"아뇨, 어떻게 되었는데요?"

그의 딸 캐리가 물었다.

"그녀가 그 남자에게 일종의 마법을 사용했다고나 할까…….
그는 그녀를 눈여겨보기 시작했을 뿐만 아니라, 그녀가 그를

사랑하게 되었던 것보다 더 빠르게 그녀를 사랑하게 된 거야. 나아가 그녀를 강렬히 원하게 되어, 단 며칠 만에 그녀에게 청혼까지 했다는구나.”

“우와! 어떻게 했는데요?”

캐리가 기대에 차서 물었다.

“쉽게 설명하기는 어렵구나. 하지만 이 책에 자세히 적혀 있어.”

캐리는 아버지의 손에서 그 책을 빼앗아 들며 물었다.

“몇 페이지에 있어요?”

“기억이 안 나는데.”

“몇 장이었는지 기억하세요?”

“아니, 하지만 금방 찾을 수 있을 거다. 아주 빨리 읽어갈 수 있는 책이거든.”

그 말을 듣자, 캐리는 그 책을 가지고 자기 방으로 들어갔고, 단 두 시간 만에 끝까지 읽었다.


② 소금을 치는 올바른 방법

너무 많은 소금을 치거나, 소금을 넣기에 적당하지 않은 것에 소금을 치면 부정적인 결과를 낳을 수도 있다.

팝콘이나 스테이크에는 소금을 쳐도 된다. 그러나 초콜릿 케이크에 소금을 친다면 누구든 인상을 찡그릴 것이다. 또한 스테이크에 소금을 약간 뿌리는 것은 좋아할지라도 소금을 통째로 부어대는 것은 싫어할 것이다.

대화의 경우도 마찬가지다. 당신은 상대방의 주의를 계속해서 집중시키기 위해 소금을 친다. 혹은 당신이 원하는 것을 상대방이 따르도록 하기 위해 소금을 친다. 그러나 한 번의 대화를 위해 너무 많은 소금을 치면, 상대방은 이렇게 말할 수도 있다.

"그만하면 충분해. 요점을 얘기하라고."

너무 많이 소금을 쳐서 짜게 되면 아무도 먹지 못한다. 마찬가지로 모든 요점마다 소금을 치면, 가장 중요한 점이 드러나지 않을 수도 있다. 그러므로 이 방법은 언제나 당신이 가장 중요하다고 여기는 요점에만 사용하도록 하라.

그러나 상대방이 주의를 다른 곳으로 옮기려 하고, 당신이 하는 얘기에 상대방이 관심을 보이지 않는다면 언제든지 사용해도 된다.

이 방법을 사용하는 것을 망설여서는 안 된다. 이 방법은 여러 번 사용할수록 능숙해지며, 당신의 말들은 더욱 효과적이고 강력한 설득력을 가지게 된다.

## 5) EWP(Emotional Word Pictures) 대화법

로널드 레이건, 테디 루즈벨트, 윈스턴 처칠, 마크 트웨인, 에이브러함 링컨, 벤자민 프랭클린 그리고 성경 말씀까지도 청중 혹은 독자의 인간적 이해와 감정을 최고 수준으로 끌어올리기 위해, 주기적으로 그리고 능숙하게 이 방법을 사용했다.

이것은 동시에 인간의 머리와 가슴을 통과하며, 이해와 감정을 전달할 수 있는 대화법이다.

개리 스몰리 박사는 이 방법을 EWP(그림을 보는 듯한 서술로 감정에 호소하는 방법)라고 부른다.

인간의 이해력과 분석 능력은 왼쪽 뇌에서 나온다. 반면에 감정이나 느낌은 오른쪽 뇌에서 나온다.

EWP는 왼쪽 뇌에 명확함과 이해를 더해 줄 뿐 아니라, 동시에 오른쪽 뇌의 느낌과 감정을 자극해 준다. 때문에 대화에서 EWP를 잘 이용하면, 상대방은 즉시 당신의 이야기를 쉽게 이해할 뿐만 아니라 당신이 느끼는 바에 공감을 표하게 된다.

EWP를 이용해야 하는 6가지 이유가 무엇인지 살펴보면 다음과 같다.

① 상대방의 주의를 끌 수 있다.
② 상대방의 생각, 믿음 그리고 인생을 변화시킬 수 있는 힘이 있다.

③ 생동감 있는 대화로 이끌어준다. 듣는 사람의 오른쪽과 왼쪽 뇌를 모두 자극하기에, 상대방으로 하여금 대화의 내용을 그림으로 그리거나 상상할 수 있게 해준다.

④ 상대방의 뇌리에 깊은 인상을 심어준다.

⑤ 더욱 돈독한 관계로 들어가는 길이 되어준다.

⑥ 부정적인 결과를 낳지 않으면서 쉽게 받아들이게 하는 방식으로, 다른 사람의 행동을 꾸짖거나 비판할 수 있다.


## 6) 머리로 생각하고 마음으로 말하는 대화법

① 앵무새처럼 상대방의 말을 반복하라.

상대방에게 주의를 집중하기만 해도 상대방이 존중받고 있다는 느낌이 들게 할 수 있다.

지금 이 시간 상대방이 무엇에 관심을 두고 있는지 집중해라. 또 그 관심이 무엇인지 당신은 이해하고 있으며, 그 관심에 도움이 되고자 최선을 다할 것이라는 사실을 상대방이 알 수 있게 표현하라.

이것은 상대방의 이야기를 진지하게 듣고 있으며, 그 이야기가 궁금하다는 표시를 하고자 할 때 필요한 대화방법이다.

이렇게 하는 이유는 상대방이 관심을 갖고 있거나 당면한 어떤 문제에 대해, 부연설명을 듣고 싶을 만큼 관심이 있다는 것을 보여주기 위한 것이다.

이렇게 함으로써 당신은 상대방이 무엇을 생각하고 있는지 깊이 이해할 수 있게 된다. 또한 상대방에 대해 더 많이 알게 될수록 당신과의 관계가 더욱 중요해질 것이다.


② 상대방의 말에 부연설명으로 호응하라.

당신은 상대방이 한 말, 방금 한 말도 기억나지 않는 상황을 경험해 본 적이 있는가? 한 문장에서 두 단어, 또는 전체 이야기 중에서 두 문장 이상이 들리지 않을 때도 있다. 아마도 머릿속에 생각이 꽉 차 있거나, 상대방이 말하는 것을 정말 이해하지 못해서 그럴 것이다.

상대방이 전하고자 하는 내용을 풀어서 되풀이하는 방법을 사용하여, 이야기의 흐름을 놓치지 않도록 하자.

'당신이 무슨 말을 하고 있는지, 내가 이해하는지 한번 보자.' 이렇게 생각하고 이야기를 들어봐라. 그런 다음, 상대방이 하는 말을 고쳐 말하거나 부연해서 확인한다.

우선 이 대화법은 당신이 상대방의 이야기를 듣고 있다는 것을 증명해 준다. 그리고 대화에서 생길 수 있는 오해를 막아준다.

의사소통이 제대로 되지 않아 계약이 깨지고, 인간관계가 위험에 처한 경우는 없었는가? 당신은 이렇게 말하는데, 상대방은 저렇게 말하기도 한다. 둘 다 서로 무슨 말을 했는지 이해하지 못하는 것이다.

방금 들은 정보를 다시 한번 확인하는 행위는, 서로 동일한 인식을 하고 있다는 것을 확인시켜주는 아주 탁월한 대화법이다.


③ 상대방의 목표와 당면한 문제가 무엇인지 살펴라.

상대방이 필요로 하는 것, 가장 중요시하는 것에 대해 서로 교감할 때 의사소통은 훨씬 수월해진다.

상대방의 기준을 이해하려고 노력하는 모습을 보여줄 때 당신의 성공도 함께 커가는 것이다.


④ 열정을 더하라.

의욕과 열정은 전염된다. 아무도 당신 말에 주의를 기울이지 않는다면, 사람들이 진정으로 관심을 가질 만큼 주의를 끄는 내용이 하나도 없다면, 당신은 의사소통을 할 수 없다.

목소리와 몸짓을 통해 열정이 배어나게 하라. 자신이 하는 일에 열정적인 사람, 상대방에게 전하는 사람을 찾아라. 그리고 그들의 대화기법을 연구하고, 그들의 삶에 대한 긍정적인 태도를 따라 하라.

효과적인 의사소통이란, 당신의 지식 20%와 지식에 대한 당신의 태도 80%로 이루어진다.

# CHAPTER 2

# 언어의
# 습관

# 01

# 독립심이 강한
# 자녀로 키우기

미국에서 베스트셀러로 인기를 끌어 화제가 되었던, 「너무 빨리 자라나는 아이들」의 저자 엘킨드 박사는 부모들의 잘못된 자녀교육을 이렇게 경고하고 있다. "요즘 부모들은 자녀들을 급행열차에 태워 너무 빨리 몰아댄다. 자녀들은 좌절감과 실패의식 속에 살며 마음에 화를 품는다. 빨리 배우고 빨리 어른이 되게 하려는 부모의 성급함, 성공에 대한 기대와 재촉 등이 자녀들을 병들게 한다. 부모의 기대에 못 미치는 자녀들은 결국 반항과 증오의 늪에서 허우적거린다."

실제 미국인들은 우리나라의 부모들에 비해 자녀들의 독립심을 키우는 편이다. 그런데도 이런 기사가 나오는 것은 요즘 미국 부모들이 달라지고 있기 때문이다. 그 변화를 보여주는 것이 '헬리콥터 부모(helicopter parents)'라는 말이다. '헬리콥터 부모란' 자녀가 성인이 돼도 계속 그 주변을 맴도는 부모를 가리킨다.

### 1) 헬리콥터 부모 판별법(디킨슨대학과 미국 학부모협회 공동 개발)

-자녀를 대신해 교수를 만나고,
-문제가 생기면 바로 뛰어가 자녀 대신 직접 문제를 해결하고,
-또 사소한 규칙 위반으로 벌칙을 받게 돼도 대신 나서려고
 한다.

'헬리콥터 부모가 자녀의 직장까지 찾아가고 있다'는 제목의 기사로 최근 월스트리트 저널도 이와 같은 문제를 다뤘다. 어느 대기업 인사 관계자의 말에 따르면 '구직 중인 자녀를 뽑아달라고 회사에 직접 부탁하는 부모가 적잖게 있으며, 부모와 의논하느라 입사 여부를 바로 결정하지 못하는 젊은이도 많다'는 것이다. 심지어 자녀의 연봉 협상에 부모가 대신 나서려는 경우도 있다고 한다. 이런 부모들은 대학과 기업의 입학과 채용 담당 부서를 직접 공략한다는 뜻에서 '가미카제 부모'라고도 불린다.

이러한 부모의 형태는 비단 미국만의 문제가 아닌 우리 현실에

서도 존재하고 있는 문제다. '엄마가 다 알아서 해주겠지'라는 생각이 우리 자녀들에게도 이미 뇌리 깊숙이 박혀있다. 부모와 자녀 사이의 탄탄한 유대감은 평생 갈 자산이지만, 부모는 자녀가 스스로 서는 법을 배우는 것을 방해해서는 안 된다고 신문은 말하고 있다. 아이들은 어려운 문제를 스스로 해결하는 과정에서 자신감을 키운다는 것을 잊지 말아야 한다.

서울의 한 병원에서 자식에게 구타당한 어머니 18명을 대상으로 분석한 결과를 학계에 보고한 바 있다. 그 보고에 따르면, 어머니를 때린 자녀들의 대부분이 중상류층으로 부모들의 과보호를 받으며 자란 외아들이라고 한다. 더욱 놀라운 것은 자신의 구타 행위를 정당하다고 생각한 자녀가 7명이나 된다는 사실이다.

우리는 자녀가 경쟁 사회에서 뒤지지 않게 하기 위해 갖은 방법을 동원한다. 자녀들 위주의 식사와 집안 환경, 공부만 잘 하면 무엇이든 다 받아 주는 자세 등. 그러나 이런 것들이 결국 자녀들을 병들게 만드는 것임을 명심해야 한다.

예컨대 강남엄마는 지난 3년 동안 30분 단위로 치밀하게 짜인 스케줄 수첩을 갖고 다녔다. 아들의 수능 뒷바라지를 위해서였다. 3년 동안 수학, 영어 전문과외와 학원과외를 병행했고, 논술, 과학, 컴퓨터를 따로 배우게 했다. 자녀가 힘들까봐 그녀가 운전을 해 데려다 주고 데려온 것은 말할 나위도 없었다.

그렇다고 아들이 원하는 대학에 간 것은 아니었다. 강남엄마는 내심 아들이 재수해주길 바랐지만 아들은 "더 이상 엄마의 인생을 살고 싶지 않다"며 2지망에 합격한 대학교에 들어가 버렸다. 그러나 그것은 시작에 불과했다. 아들과 마주 앉아 식사를 해본 기억이 까마득할 정도로 소원해졌다. 친구들과 어울리다 매일 새벽 2~3시쯤에 귀가하는 아들을 만나기 위해서는 낮잠을 자둬야 할 정도였다.


고분고분했던 아들이 옷을 골라주는 그녀에게 "이것까지 엄마 맘대로 하려고 하세요?"라고 말할 땐 배신감마저 느껴졌다. 고3 뒷바라지할 때보다 지금이 더 견디기 어렵다고 말하는 그녀는 누굴 위해서 그런 시간을 보냈는지 서럽기만 하다고 눈물을 글썽거렸다. 올해 대학에 입학한 아들을 둔 가까운 지인의 이야기이다.

### 2) 그렇다면 이 경우 부모 자녀 관계가 어디서부터 어긋난 것일까?

사실 한국에 이런 가정이 한두 가정이 아닐 것이다. 보통 우리나라 어른들은 자녀가 부모를 가장 필요로 할 때인 영·유아기에는 자녀가 독립적이길 기대하며 허용적이다. 반면 자녀가 독립적이고 싶어 하는 청소년기가 되면, 오히려 가까이 있고 싶어 한다. 그렇기 때문에 부모와 자녀 관계가 원만하기 힘든 것이다.

이에 대해 심리학자들은 영·유아기에 수직적이던 부모 자녀 관계는 자녀가 청소년기에 들어서면 '수평적인 관계'로 변해야 한다고 말한다. 수평적인 부모 자녀 관계란 자녀를 독립된 인격체로 인정하는 것이다.

**02**

# 자녀의 사고력을
# 높이는 말

많은 자녀들이 일기 쓰기를 싫어한다. 일기를 쓰다보면 글 솜씨도 늘고 하루일과를 되돌아보며 생각할 수도 있어 엄마들은 쓰라고 잔소리를 하지만 쓰기 싫어하는 아이는 달라지지 않는다. 그리고 쓸 거리가 없다는 말도 한다.

그럴 때는 매일 매일의 주제를 정해주도록 한다. 월요일은 학교생활 중 생각나는 것 쓰기, 화요일은 친구나 다른 사람과 있었던 일 쓰기, 수요일은 거짓말 일기, 목요일은 독서일기, 금요일은 그날 배운 과목 중에서 한 가지를 택해 배운 내용을 자세하게 써보기 등 소재는 다양하게 만들 수 있다. 가끔 토요일과 일요일은 스스로 선택할 수 있는 여유를 둔다. 그렇게 되면 자녀들은 더 이상 핑계를 대지 못 한다.

그렇다고 자녀들이 일기를 술술 써내려가는 것은 아니다. 보다 구체적인 방법에 들어가서 자신의 일기에 이름을 붙여주고, 그 이름을 부르며 일기를 쓰게 하는 것도 흥미를 끌게 할 수 있다. 결국 일기 이름은 또 하나의 자아인 셈이기 때문에, 일기가 생각을 키우는 좋은 계기가 될 것이다. 그렇다면 자녀들의 사고력을 높이기 위해서는 어떻게 말하는 것이 좋을까.

### 1) 넌 어떻게 생각하니?

다시 질문을 던져 본다. 자녀들은 질문이 많다. 그 질문에 모두 답해주려고 노력을 하지만 때론 자신이 생각을 할 수 있는데도 물어 볼 때가 있다. 그럴 때는 '너는 뭐라고 생각하는데?'라는 질문을 다시 던지기도 한다. 자녀들의 상상력은 무한하다. 그러나 단지 상상으로만 머물러 있다면 아무런 도움이 되지 못한다. 자녀들이 무슨 생각을 가지고 있는지 어떻게 생각하고 있는지를 물어보는 것이다. 자녀가 부모에게 물어 보듯이 '넌 이걸 어떻게 생각하니?' 혹은 '이게 뭘까?'하며 자녀가 스스로 답을 찾도록 한다.

### 2) 맞아, 그럴 수도 있겠는데?

질문을 받은 자녀는 잠시 생각을 하며 자신이 알고 있는, 혹은 생각을 말하게 된다. 때론 아주 엉뚱하고 기발한 대답을 들을 수도 있다. 그렇다고 '그건 답이 아니야, 틀렸어.'라고 직선적으로 말해서는 안 된다. '그런 생각을 하다니 대단한 걸, 그럴 수도 있겠다. 하지만 엄마 생각에는 이거 같아. 넌 어떻게 생각하니?'한다면 자녀는 자신의 생각에 더 자신감이 생기게 된다.

자녀가 하는 말에는 무조건 고개를 끄덕여 주고 칭찬을 아끼지 말아야 한다. 칭찬을 들은 아이는 엄마가 하는 말에도 귀를 기울이게 되고 자신의 생각과 비교를 하여 받아들이게 된다. 무조건 부모, 혹은 어른의 말이 옳다는 식의 대답은 하지 않는 것이 좋다.


## # 어느 노인의 지혜

어떤 장군이 먼 길을 떠날 준비를 하고 있었다. 지위가 높은 장군의 행렬은 많은 부관들과 군졸들을 거느려 화려한 장관을 이루었다. 그런데 장군의 행렬이 지나가기로 되어 있는 어느 지역에 전날 내린 큰 비로 산사태가 일어나 도로는 큰 바위들이 무너져 내린 상태였다. 그 즉시 지역행정관은 많은 인부를 동원하여 바위 제거작업에 착수했다. 이곳 때문에 행렬이 지체된다면 장군은 불처럼 노할 것이었다. 그 생각을 하면 지역행정관은 아찔하기만 했다.

무너져 내린 바위는 장정 여럿이 어떻게 할 수 없을 만큼 컸기 때문에 통나무를 늘어놓고 줄로 바위를 당기는 수밖에 없었다. 그러나 빗물에 젖은 도로는 미끄러워 넘어지기 일쑤였고, 어제부터 흐린 날씨의 영향으로 가랑비까지 내려 일이 쉽지 않았다.

작업이 진척이 없자 인부들은 나쁜 날씨와 엄청난 바위에 눌려 하나둘씩 지쳐가기 시작했다. 이런 상황이다 보니 다음날 장군의 행렬이 시작된다는 소식은 현장을 지휘하는 행정관에게는 사형선고처럼 느껴졌다.

지역행정관이 어려움에 처해 있다는 소식을 듣자 그 지역에서 지혜롭기로 소문난 노인이 문제해결을 위해 한 가지 조언을 해주었다.

"내일까지 바위를 모두 끌어내기는 도저히 불가능해."

"그렇다면 어떤 방법이 있습니까?"

"바위를 끌어내는 게 아니라 바위 주변의 흙을 파내서 그 속으로 돌을 메워 넣어버리는 쪽이 더 빠를 것 같은데 어떤가?"

그 지혜로운 노인의 말대로 행정관은 인부들에게 명령했다. 작업은 눈에 띄게 빨라져 다음날 아침이 되자 옛 모습을 찾을 수 있었다.

다음날 예정대로 장군의 행렬은 이어졌고 아무런 사고 없이 끝날 수 있었다. 그때서야 행정관은 안도의 한숨을 내쉬었다. 돌을 끌어내는 것이 아니라 더 깊이 파서 아예 묻어버리는 일, 시각을 반대로 바꿔봄으로써 이렇듯 멋진 방법이 탄생된 것이다.


누가 보아도 문제 해결을 위해 할 수 있는 방법들이 아무것도 없다고 느낄 때가 있다. 위의 이야기에서 '하루 사이에 커다란 바위를 끌어내는 일'처럼 말이다.

하지만 그 방법이 불가능하다고 해서 바위를 제거하는 일 자체가 불가능한 것은 결코 아니라는 것이다. 바위를 끌어 낼 수 있는 방법은 실패했지만 땅을 파서 묻어버리는 새로운 방법으로 문제가 해결되었다. 이러한 발상의 전환은 '기존의 사고방식에서 탈피'하는 것으로부터 시작된다.

발상의 전환은 연륜이 있는 노인들만 하는 것이 아니다. 아이들에겐 더 무궁무진한 생각이 들어 있다. 그것을 끄집어내기 위해서는 같은 문제라도 다른 시각으로 바라 볼 수 있게 해 주어야 한다. '만약'이라는 단어를 잘 활용해 보자.

# 03
# 자녀의 사회성을 높이는 말

국어사전을 보면 사회성이란 사회생활을 하려고 하는 인간의 근본 성질이라고 나와 있다. 즉 사회에 적응하는 개인의 소질이나 능력, 대인 관계의 원만성 따위를 이른다는 것이다. 자녀는 자라면서 차츰 인간관계를 확대하고 좀 더 깊게 다른 사람과 집단에 대하여 상호 의존하는 관계로 발전시킨다. 또한 개인적으로는 집단 안에서 자기의 자리를 만들고 생각을 주장해서 사회적 환경에 적응할 수 있는 행동양식과 습관을 형성하게 된다. 그것이 바로 사회성이다.

자기만의 공간을 좋아하고 혼자 노는 것을 즐기는 '코쿤족'들이 점점 늘어가고 있는 추세이다. 어느 온라인 취업사이트에서 최근 직장인 회원을 대상으로 '자신을 코쿤족이라고 생각해 본 적이 있는가'를 물은 결과 50%가 넘는 사람이 '그렇다'는 답을 했다고 한다.  연령대별로는 20,30대 코쿤족이 많은 것으로 조사되었다. 자신을 코쿤족이라 생각하는 이유는 혼자가 편하기 때문이며 마음이 맞는 사람을 찾기 힘들어서, 혹은 상대와 이견 조율이 귀찮아서라고 대답하였다. 또한 코쿤족에 대해 긍정적이라는 응답이 부정적이라는 응답보다 두 배 가량 많았는데 앞으로 이런 현상은 점점 심해질 것으로 보여 사람들의 사회성이 더 떨어질 우려를 낳고 있다.

우리가 살아가고 있는 현대 사회는 여러 요인에 따라 사회성을 제대로 학습할 수 없는 환경으로 변해가고 있다. 따라서 사회 경험이 상대적으로 적은 자녀들은 종종 시행착오를 겪게 되고 그로부터 문제행동을 일으키기도 한다. 이러한 현실에서는 자녀들이 사회성을 제대로 키워 원만한 사회생활을 하는 데에 지장이 없도록 도와주는 부모의 역할이 무엇보다 중요해진다. 자녀의 사회성은 저절로 길러지지 않는다. 좀 더 적극적이고 활발한 아이로 키우려면 어떻게 해야 할까. 우선 가장 기본적이며 중요한 가정에서부터 사회성을 기르는 훈련을 시켜보자.

## 1) 네가 할 일이 있어

인간관계에서 가장 중요한 것은 상대방을 배려하는 마음이다. 그리고 그것은 누군가에게 인정을 받으려고 베푸는 것이 아닌 가장 기본적인 예의라는 것을 가르쳐야 한다. 배려하는 마음은 저절로 생기는 것이 아니다. 중요한 것은 부모가 먼저 가정 안에서, 혹은 남에게 도움이 되는 일을 하여 모범이 되어야 한다. 그 다음으로는 자녀에게 실천할 수 있는 기회를 주어야 한다.

자녀가 기회를 가장 쉽게 접할 수 있는 곳이 바로 가정이다. 집안일을 돕는다는 것은 아이가 적극적인 사람이 될 수 있다는데 의미가 있다. 가정에서 자신이 참여할 수 있는 일이 있으면 사회적 관심과 협동심이 생기고 자신감도 높아지게 된다. 알아 둘 것은 자녀에게 집안일을 시킨다는 것에 미안해하거나 부담스러워 해서는 안 된다.

'네가 해야 할 일은 자기 전에 동생의 장난감을 제자리에 갖다 놓는 거야. 그 정도는 엄마를 도울 수 있겠지? 네가 도와준다면 일도 빨리 끝나고 훨씬 쉬울 거야.' 이렇게 말하면 자녀는 엄마를 돕는 일에 자부심도 갖게 되고 돕는 일이 저절로 몸에 익게 된다.

## 2) 같이 하자

자녀들은 대개 부모를 돕고 싶어 한다. 부모 입장에서 보면 일을 빨리 끝내야 하는데 서툴고 꾸물거리는 자녀가 도와주겠다고 하면 무시해 버리기도 한다. 도움은커녕 다시 일을 해야 할지도 모르는 상황이 생기기 때문이다. '그렇게 하면 다시 해야 하잖아, 차라리 하지 말고 내버려 두렴.' '언제까지 하고 있을래? 빨리 해야 하는데 그만해.' 하는 식의 말투는 남을 돕는 마음을 움츠러들게 한다. 다소 번거롭고 시간이 걸리더라도 자녀가 돕겠다고 나설 때는 인내심을 가지고 기다려주자.

### 3) 고마워

다른 사람에게 도움을 받았을 때 감사의 마음을 표현하는 것은 중요하다. 아이가 도움을 주었을 때 그 행위에 대해 부모는 '고마워'라는 표현을 바로 해 주어야 한다. 덧붙여 '도와준 덕분에 빨리 해결되었어.'하는 식의 '덕분에'를 붙여주는 것도 좋다. 그리고 행위에 대한 객관적인 칭찬이여야 하며 구체적인 사실에 대한 감사의 표현이 되어야 한다. 사랑을 받아 본 사람이 사랑을 베풀 줄 알듯이 감사의 표현도 마찬가지이다.

### 4) 웃음의 즐거움

심리학자 폴 맥기는 웃음이 어린이의 사회성 발달에 특히 중요한 영향을 미친다고 말하고 있다. 아이들은 저마다 타고난 유머감각이 모두 다르다. 하지만 당신의 노력으로 아이의 유머감각을 높여 줄 수 있다. 유머는 개인적인 문제뿐만 아니라 대인관계에서 오는 갈등에 대처할 수 있게 해주는 중요한 수단이다.

자녀들의 유머감각을 키워주는 방법은 그저 같이 뒹굴며 놀아주는 것이다. 실없이 놀면서 상황에 따라 대처하는 방법을 익살스럽게 표현하면서 유머를 자연스럽게 익히게 된다.

## 5) 자신감 있는 아이로 키우는 5가지 대화 방법

### 자녀의 기를 살려주는 대화

자녀가 새로운 일을 시도하려 할 때는 어른의 기준으로 무조건 판단할 것이 아니라, 가까이에서 자녀를 지켜봐 주면서 실패의 두려움을 없애 주고 격려해 주는 것이 중요하다. 특히, 실패했을 때 결과보다는 자녀가 도전했다는 사실과 과정을 칭찬해 주라.

### 작은 일에도 칭찬을 해주는 대화

매일 한 가지 이상 잘한 행동에 대해서는 칭찬을 많이 해 준다. 단순히 말로만 칭찬할 것이 아니라 머리를 쓰다듬어주거나 엉덩이, 등을 두드려 준다. 가볍게 안아 주거나 놀란 표정을 지어 온몸으로 표현하며 아이를 칭찬해 주어도 좋다.

### 자녀가 스스로 해결할 수 있는 기회를 만들어주는 대화

어떤 일을 할 때 부모가 먼저 지시하기보다는 자녀가 스스로 생각하여 문제를 해결할 수 있는 충분한 시간을 주는 것이 좋

다. 자녀 스스로 문제를 찾아 혼자 해결할 수 있도록 끊임없이
격려하고 독립심을 북돋아 준다.

## 비난하거나 냉소적인 태도는 피하는 대화

자녀가 비록 잘못을 했다 하더라도 감정적인 표현을 하거나
무조건 크게 화내는 일은 삼가야 한다. 자녀가 한 잘못에 너무
화가 난다면 자신의 감정부터 다스려 화를 가라앉힌 후 자녀
를 대해야 한다.

## 비교하지 않는 대화

다른 형제나 자녀의 친구, 또는 친척과 비교해서 자녀를 위축
시키지 않는다. 자녀가 또래에 비해 어떤 부분에서 발달이 늦
더라도 상심하지 않도록 자녀가 잘하는 부분을 찾아서 칭찬한
다.

# 04

# 칭찬으로
# 빛나는 말

## 1) 몸으로 말하는 마음

### 머 리

-자신의 머리를 쓰다듬으면 긴장을 느끼고 있다는  뜻

-머리를 긁는 것은 곤란한 일이 있다는 뜻

-머리를 톡톡 치면 해결법을 생각하고 있다는 뜻

### 눈

-상대를 오랫동안 주시하면 말의 내용보다는 사람 자체에 관
  심이 있다는 뜻

-눈살을 찌푸리면 상대의 의견에 찬성하지 않는다는 뜻

-곁눈질을 하면 불만이나 궁금한 것이 있다는 뜻

-시선을 이리저리 돌리면 정신적으로 뭔가 불안하다는 뜻

-시선을 피하면 상대에게 숨기는 것이 있거나 상대하고 싶지
  않다는 뜻

## 입 술

-손으로 입을 가리며 말하면 상대를 경계하고 있다는 뜻

-손을 입에 대고 잠시 말을 멈추면 더 이상 이야기를 나누고
  싶지 않다는 뜻

## 코

-이야기 도중에 코를 만지면 상대 의견에 부정적이다는 제스
  처

## 팔

-웃으면서 팔짱을 끼면 상대의 말에 관심이 생겨 잘 들어보겠
  다는 뜻

-그냥 팔짱을 끼면 상대의 제안에 거절을 하고 싶거나 자신을
  방어하고 싶어 하는 뜻

## 다 리

-다리를 꼬며 위쪽에 놓인 발을 흔들면 상대의 말에 흥미가
  없다는 뜻

-다리를 꼬고 앉으면 편안하게 마음을 터놓고 이야기하고 싶
   다는 뜻

**턱**

-턱을 만지면 불안하거나 외로움을 느끼고 있다는 뜻
-손으로 턱을 받치면 상대에게 위안 받고 싶다는 뜻

어떤 현자가 "아이의 타고난 가치를 알게 하고 그 가치를 최대
한으로 발휘시키는 것이 칭찬이다."라고 말했다. 칭찬처럼 자녀교
육에 있어 가장 효과적인 수단은 없다. 그러나 무조건 칭찬을 하거
나 너무 남발해서는 곤란하다. 적절한 타이밍으로 상황에 맞는 칭
찬을 할 수 있어야 한다.

아이는 자신의 존재를 부모가 인정해 주기를 바라기 때문에 본
능적으로 기쁘게 해 주려고 노력을 한다. 그러므로 긍정적인 측면
에서 보아주고 칭찬을 자주 해서 신뢰감과 자신감을 길러 주고 스
스로 인정받고 있다는 생각을 갖도록 해야 한다.

## 2) 자녀의 행위자체를 칭찬하라

가장 효과적인 칭찬방법은 잘 했을 때의 행위 그 자체를 칭찬하
는 것이다. 구체적이며 적절하고 객관적이어야 한다. 책상정리를
잘한 자녀에게 '잘 했어.' '훌륭해.'라는 식의 칭찬보다는 '책장을
정리하고 나니, 정리정돈이 잘 돼, 보기 좋은데.'라던가, '정리가 잘

돼, 책 찾기가 쉽겠는 걸.' 하며 구체적으로 칭찬을 해 주어야 한다. 성적이 오른 자녀에게 '참 잘 했네!'라는 하는 칭찬보다 '야, 대단해, 네가 원하는 꿈을 이룰 수 있겠는 걸.'하며 자녀의 미래가 밝음을 예를 들어 칭찬을 해 주어야 한다. 공부하고 있는 자녀에게 '우리 아들(딸) 너무 잘한다, 공부도 잘 하겠는 걸.' 하기 보다는 '열심히 공부하는 구나! 대단한 걸, 나중에 좋은 성적 기대해도 되겠는데.'라고 해 주는 것이 바람직하다.

### 3) 자녀에게 지나친 칭찬은 조심하라

자녀에게 칭찬은 자극을 주어 더 잘 해야겠다는 욕구를 증대시키고 노력을 하게 만든다. 하지만 너무 지나친 칭찬은 진실성이 떨어진다. 자신이 왜 칭찬을 받는지 자녀가 알 수 있도록 해야 한다. 그저 부모가 기뻐하니까 착한 일을 하는 게 아니라 그 행위를 하게 됨으로써 얻어지는 가치가 무엇인지 말해주어야 하는 것이다.

"친구에게 자리를 양보하다니, 마음이 참 넓구나."

"책장 정리가 잘 돼, 보기도 좋고, 앞으로 책 찾기가 쉽겠는 걸."

"엄마 아빠를 위해 준비한 거니? 너무 근사해! 우리 아들(딸) 이렇게 안목이 있다니, 대단한 걸."

자녀를 단지 기쁘게 할 뿐만 아니라 객관적으로 어떤 행위가 착하고 바른 행동인지 깨닫게 하는 것이 중요하다. 이렇게 말을 하다 보면 자녀는 착한 행위에 대해 알고 그런 습관이 몸에 배게 된다.

## 4) 자녀에게 칭찬해 줄 일을 만들어라

우리는 대부분 자녀가 어떠한 행위를 했을 때에만 반응을 한다. 예컨대 자녀가 책을 읽거나 공부를 하는 모습을 보면 '그런가보다.'하겠지만 이리저리 컴퓨터 게임을 한다거나, TV를 보면, 그때는 바로 제재의 말이 튀어나온다.

학업과 관련한 시간을 보내는 것은 눈에 띄지 않지만, 노는 것은 금방 눈에 들어오기 때문이다. 그러나 공부 외에 컴퓨터 게임이나 TV를 볼 때도 칭찬의 한마디를 해 주는 것이 좋다. 또한 칭찬할 기회를 자녀에게 만들어 주는 것도 좋다.

## 5) 자녀에게 칭찬할 때, 스킨십도 하라

말로만 하는 칭찬보다는 신뢰한다는 표정을 지어주는 것이 좋으며 그 보다 한 단계 더 높여 자녀의 머리나 어깨나 등을 부드럽게 쓰다듬어 주는 게 좋다.

부드럽게 어루만지는 스킨십은 자녀의 마음을 안정시키고 자녀가 부모를 믿고 있다는 확신을 준다. 아울러 사랑받고 있다는 것을 느끼게 하는 중요한 수단이다. 스킨십은 손으로 할 수 있는 효과적인 칭찬의 말이다.

## 6) 자녀의 장점만 칭찬하라

내성적인 자녀, 열등감이 많은 자녀는 극히 사소한 장점이나 노력도 그냥 넘기지 말고 인정하고 구체적으로 칭찬해야 한다. '넌 다른 사람보다 약간 수줍음이 더 있는 것 같지만, 수줍어하면서도 남을 용기 있게 도와주고 배려해주다니.'하는 식으로 자녀가 자신의 단점을 뛰어 넘는 행동을 했다면 결과에 상관없이 노력 자체를 칭찬해 주는 것이다.

형제나 자매가 있는 경우 비교하려 드는 경우가 있다. 예를 들어 동생이 여러모로 형보다 잘 한다는 생각을 가지고 있어 가끔 형을 무시하는 발언을 서슴지 않고 한다. '형은 그것도 몰라. 나는 알고 있는데.'하는 것이다. 그럴 때는 엄마가 '이 세상엔 내가 안다고 해서 다른 사람도 나처럼 다 알 수 있는 건 아니란다. 네가 모르는 걸 형이 아는 것처럼 말이야. 형은 마음만 먹으면 너보다 훨씬 잘 할 수 있다는 걸 엄마는 알고 있어. 그리고 형은 미술을 너보다 더 잘 하잖아.'라는 식으로 자녀의 장점을 작은 아들에게 말해준다면 자기가 형보다 더 잘났다는 투의 무시를 하지 않을 것이다. 또한 자녀도 상대방의 장점을 보려는 시선을 가지게 될 것이다.

## 7) 자녀에게 공평하게 칭찬을 하라

자녀가 한 명 이상일 경우 부모는 자연스레 두 자녀를 비교하거나 잘 한 사람만 칭찬하기 쉽다. 그렇게 되면 칭찬을 받지 못한 다른 한 명은 질투심을 느끼고 열등감을 가지게 된다. '나만 미워해.' 라는 생각을 가지게 되는 것이다. 아무리 사소한 것이거나 작은 노력이라도 칭찬을 할 때는 똑같이 해 주어야 자신감이 생긴다는 것을 명심해야 한다.



## 칭찬하는 법

우리나라 부모들이 자녀들에게 가장 인색한 것 중 하나가 '칭찬'이라고 합니다. 부모들이 자녀들에게 가장 바라는 것 중 하나는 바로 자신감 있는 모습인데, 부모들은 좋은 성적을 받거나 성격이 외향적이면 자신감이 생길 줄 알고 있기에 공부와 운동에 많은 돈을 투자합니다.

그러나 이 과정에서 자녀의 능력이 부모의 기대치에 미치지 못하면 바로 꾸중을 듣게 되고, 이런 상황의 반복으로 인해 결국 자녀의 진정한 능력은 발휘되지 못하며 '건강한 자신감'을 지닌 어른으로 성장하지 못하게 된다고 합니다.

또한 반대로 너무 무조건적인 '칭찬'은 자녀를 이기적이고 수동적으로 만들기 때문에 효과적이지 못하다고 합니다.

잘못된 칭찬과 꾸중을 통해 자란 자녀는 보이는 성격에 관계없이 마음속에 항상 불안과 긴장이 가득해 자신이 행복하다고 느끼지 않기 때문에 칭찬과 꾸중에도 올바른 요령이 필요합니다.

실제 아동심리상담가인 상진아 씨는 자녀교육을 효과적으로 하기 위해서는 칭찬 일곱 번에 꾸중을 1번 정도 하는 것이 바람직하며, 칭찬을 할 때에는 격려하는 방식으로 결과보다는 과정에 초점을 두고 해야 한다고 말했습니다. 반대로 꾸중을 할 때에도 무조건 야단치는 것이 아니라 문제를 해결할 수 있는 관점으로 바라보아야 하며 아이가 수치심이나 주눅이 들지 않도록 사람이 많은 장소는 피하고 조용한 장소에서 하는 것이 바람직하다고 강조하며 설명했습니다. 자녀들을 양육하며 피할 수 없는 칭찬과 꾸중이기에 더욱 신중해야 합니다. 칭찬은 진심으로 자주 베풀고 꾸중은 그 사람을 걱정하는 마음에서 우러나와야 합니다. 모든 칭찬과 꾸중은 그 사람의 성장을 바란다는 사랑하는 마음으로 표현해야 합니다.

# 자녀에게
# 먼저 인사하라

나는 이따금 버스나 지하철에서 눈살을 찌푸리게 하는 광경을 목격하곤 한다. 노약자석에 버젓이 앉아있는 학생들이 정작 노인들에게 자리를 양보하지 않는 것도 문제이긴 하다. 하지만 굳이 그렇게까지 안 해도 될 텐데 싶은 행동을 하는 노인들도 분명 있었다. 잠든 학생의 머리를 지팡이로 때리거나 다리를 걷어차기도 하고 '어린놈이 남의 자리를 꿰차고 앉아 자는 척 하네.'라는 폭언을 하는 것이다. 이런 상황에서는 자다 깬 학생이 벌떡 일어났다고 해도 이미 서로의 감정이 상해 버린 뒤다.

어른들이 자녀들에게 존경받지 못하는 이유 중의 하나는 존경받고자 하는 강박관념 때문이라고 생각한다. 자녀들은 아무리 어려도 존경해야 할 사람이 누구인지 알고, 마땅히 존경받을 만한 사람을 존경한다. 나이가 많다고 무조건 대우를 받으려 하면 요즘 자녀들은 그냥 넘어가지 않는다. '나이가 많다고 어른이에요? 나이 값을 해야 어른이지.'라는 엄청난 비판이 여지없이 쏟아진다. 그리고 일정부분에서는 그런 말에 공감할 때도 있다.

상대에게 대우받고 싶다면 내가 상대를 대우하는 게 우선이다. 나이나 성별, 학력과 지위를 막론하고 통하는 진리가 있다면 이것이다. 길에서 만난 어린아이에게 '정말 예쁘네요. 나이가 몇 살이에요?'라고 물으면 '다섯 살이요.'라는 답변이 돌아오지만, '너 몇 살이니?'라고 물으면 '다섯 살.'이라고 하거나 아예 대답을 안 해버린다. 그래서 나는 어린아이들을 처음 만나서도 반말을 안 하려고 노력한다.

부모가 자녀에게 먼저 말을 건네고 인사하는 것은 자존심 상하는 일이 아니다. 내 자녀에게 그 정도의 수고도 할 준비가 안 되어 있는가. 내가 베푸는 만큼, 아니 그 이상으로 되돌아온다는 걸 믿어야 한다.


### 1) 아침인사와 저녁인사

과거의 문안인사는 자녀가 부모에게 하는 게 당연한 일이어서, 아이들은 밤새 평안하셨는지를 부모에게 묻는 아침인사로 하루일과를 시작했다. 하지만 요즘은 부모의 잠자리를 살펴드린 후에야 잠들고 먼저 일어나서 식전 인사를 하는 풍경은 찾아볼 수 없다. 일찍 출근하는 아버지가 나간 후에나 일어나는 아이들도 드물지 않다. 세상이 달라졌는데 이런 아이들을 버릇없다고 말할 수는 없는 노릇이다.

자녀에게 먼저 인사하는 일은 어렵지 않다. 잠에서 깨어난 자녀가 화장실에 가느라 방을 나오거든 '밤새 잘 잤느냐?'고 인사를 건네 보는 것이다. 어쩌다 한번 하고 마는 것이 아니라 매일 아침 그렇게 해야 한다. 자녀들은 '네 잘 잤어요.' '응 잘 잤어.' 정도로 대답하겠지만 곧 '엄마도 안녕히 주무셨어요?' '네. 아빠는요?'라고 메아리가 되어 돌아온다. 이런 식으로 가족들끼리 아침인사 하는 습관을 기른다.

저녁에도 마찬가지이다. '내일 학교 가려면 TV 그만 보고 자러 가야지.' '잘 시간이니 게임 그만하고 이제 그만 컴퓨터 꺼라.'고 시키는 것으로 인사가 끝나서는 안 된다. 잘 준비를 마친 아이가 침대에 들거든 꼭 한 번은 들여다보는 게 좋다. '잘 자라.' '좋은 꿈 꿔라.' '내일 아침에 보자.' 등 어떤 형태의 인사라도 괜찮다. '엄마도 잘 자.' '아빠도 안녕히 주무세요.'와 같은 답변이 나오도록 유도하고, 습관이 되도록 하라.

우리 가족은 아이가 어릴 때부터 인사를 하기 시작해 습관을 들였더니, 지금은 수시로 인사를 한다. 학교에 갈 때나 집에 돌아왔을 때, 또는 내가 일하는 중간에도 방에 들어와서 인사를 하는 아이가 고맙다. '엄마 일 잘 돼요? 많이 바빠요?' 등 사소하게 시작한 인사습관은 가족끼리 대화를 시작하는 데도 도움이 된다.

### 2) 감사하다는 말

세상에서 가장 아름다운 말 중 하나가 '감사하다'는 말이다. 따지고 보면 어느 것 하나 감사하지 않은 게 없다. 식사를 거르지 않도록 챙겨주는 아내에게 감사하고, 가족을 위해 일해 주는 남편에게 감사하고, 건강하게 자라주는 아이에게 감사하다. 이혼이나 편부모, 입양도 낯설지 않은 시대에 화목한 가정을 꾸릴 수 있어 감사하고 앞으로도 함께할 거라는 믿음을 주는 가족들에게 감사하다. 그런데 우리는 감사하다는 말을 하는 데 참 인색하다.

나는 부모님께 받은 것이 참 많았다. 넉넉한 형편은 아니었지만 밥을 굶었던 기억이 없고, 학교를 계속 다니지 못했던 친구들이 있었는데도 나는 그런 상황에 놓이지 않았다. 부모님으로부터 물려받은 신체는 건강했고 얼굴도 그다지 못생긴 축에 들지 않았다. 그러니 매순간 고마움을 표현하며 살았어야 했다고 지금은 생각하지만 그러지를 못했다.

내가 기껏 감사함을 표현했던 기억은 일 년에 두어 차례, 어버이날과 부모님의 생신 때뿐이었다. 그날만큼은 반드시 편지나 카드

를 적어 보여드리곤 했는데 '낳아주시고 길러주셔서 감사합니다.'
라는 한 줄을 달랑 적어놓고서 다음에 이을 말을 찾지 못했던 기
억이 난다.

왜 그때 '제가 건강한 것은 부모님 덕분입니다. 건강한 몸과 마
음을 주셔서 감사합니다. 그리고 건강하게 제 곁에 계셔주셔서 감
사합니다.'라고 말하지 못했을까. 지나고 나면 표현 못한 고마움이
아쉬울 때가 한두 번이 아니다.

부모님께 하지 못했던 표현을 요즘 나는 내 자녀들에게 하고 있
다. '친구들과 사이좋게 지내서 감사해요.' '네가 있어 든든해. 그
래서 우리 아들(딸)에게 너무 감사해요.' '말썽 안 부리고 건강하
게 자라줘서 고맙다.'는 이야기를 하면 자녀들은 생뚱맞다는 표정
이다. 눈을 동그랗게 뜨고는 '왜 그래 엄마? 내가 뭐 잘못했어?'라
고 물어오기도 한다.

하지만 아이들도 머지않아 알게 될 거라 믿는다. 함께 있을 수
있어서, 곁에 있다는 이유만으로도 감사할 거리가 된다는 것을 말
이다. 그날에는 아마도 내게 고맙다고 하겠지. '부모님 제 곁에 있
어 주셔서 감사합니다.'라고.


### 3) 미안하다는 말

어른은 실수를 저지르고도 어른이니까 이래야 한다는 편견 때문
에 사과를 하지 못하는 경우가 있다. 감사하다는 말이 아름다운 것

처럼 미안하다는 말도 정겹고 자연스럽다는 생각을 하지 못한다. 그러면서도 자녀의 실수는 꼬집어서 야단을 치고 반성하기를 바란다. 부모들은 그러지 못하면서 자녀들에게 사과를 요구하는 건 한마디로 불공평한 처사다.

또 부모가 사과를 하지 않는 데는 몇 가지 이유가 있다. 자녀에게 미안하다는 말을 하기가 부끄럽거나 자존심이 상해서, 또는 사과할 정도의 일이 아니라고 가볍게 생각하기 때문이다. 자녀에게 완벽한 부모가 아니라는 인식을 심어주게 되거나 무시당할지 모른다는 걱정 때문이기도 하다. 하지만 자녀들은 부모가 완벽하지 않다는 사실을 이미 알고 있다.

사과를 안 하는 부모에게서 자녀가 무엇을 배울지를 생각해보라. 잘못을 하고도 미안하다는 말을 굳이 할 필요가 없다고 믿게 된다. 부모가 하지 않으니 나도 할 필요가 없다고 생각하는 것이다. 그래서 약속을 지키지 못했거나 동생을 때려 울렸을 때도 잘못했다고 말하지 않는다. 자녀에게만 사과하고 반성하기를 바라는 건 더 큰 문제를 야기시킨다. 부모는 안 하면서 자기들에게만 시킨다고 생각할 테니, 옳고 그름에 대한 혼란에 빠질 수 있다.

자녀에게 '미안하다'고 말하기를 주저해서는 안 된다. 부모가 솔직하게 잘못을 인정하고 사과하는 모습에서 존중받고 있다고 느낀다. 또 누구나 실수할 수 있지만 고치는 게 더 중요하다는 사실도 배운다.

### 4) 당신의 한 마디가 자녀를 절망으로 이끈다

　말은 어떻게 쓰느냐에 따라 약이 되기도 하고 독이 되기도 한다. '말 한마디가 천 냥 빚을 갚는다.' '살은 쏘고 주워도 말은 하고 못 줍는다.' '죽마고우도 말 한 마디에 갈라진다.' 등 우리 속담에는 말을 조심하고 신중하게 하라는 내용이 수도 없이 많다. 실제로 생각 없이 뱉은 말이 오해를 불러 오랜 친구를 갈라서게 만들거나, 다른 사람을 상처 입히는 경우도 드물지 않다. 따라서 말은 한 번을 하더라도 신중하게 해야만 하는 것이다.

　특히 자녀를 둔 부모는 말을 할 때 두 배는 더 신중하라고 조언한다. 어른들은 감정이 상하더라도 회복되는 정도가 빠르며, 듣기 싫은 말은 한 귀로 흘릴 수 있는 여유가 있지만 아이들은 그렇지 못하기 때문이다. 아이는 부모로부터 들은 말을 맹목적으로 믿으려고 든다. 그러므로 부모가 무심코 내뱉은 말은 자녀의 미래와 인생 전체를 지배할 수도 있다.

　내가 회사 다닐 무렵에 참 예쁜 여직원이 후배로 들어왔다. 명문대를 졸업한 수재였던 그녀는 업무를 빨리 익혀 나에게도, 회사에도 큰 도움이 되었다. 게다가 누가 봐도 예쁘고 날씬한 외모를 가지고 있으니 큰 인기가 있었다. 외모와 능력이 출중하면 고집이 세거나 자만할 법도 한데 그녀는 성격도 싹싹해서 사람들과 잘 어울렸다. 타 부서에서 그녀를 소개시켜 달라는 청탁을 받은 일도 한두 번이 아니었다.

그런데 그녀는 말을 할 때 입을 가리는 이상한 습관이 있었다. 처음에는 수줍음 때문이거나 입 냄새가 날까 염려되어 그런다고 생각했는데, 2년이 넘도록 함께 근무하는 내내 그 습관이 달라지지를 않는 것이다. 어떤 날은 그 정도가 심하여 말소리가 들리지 않거나 발음이 이상하기까지 했다. 도저히 궁금함을 참지 못했던 내가 질문을 하고 말았다.

몹시 민망한 표정으로 그녀는 '제가 입술이 못생겨서 부끄러워서 그래요.'라고 대답했다. 어릴 때부터 그녀의 어머니가, 다른 데는 다 예쁜데 입술이 못생겼다고 말해왔다는 것이다. 하지만 실제로 보면 가지런한 치아를 덮은 그녀의 입술은 예쁘기만 했다. 가리려고 하니 더 눈에 띈다고, 예쁘다고 말해줬지만 소용이 없었다. 그녀의 어머니는 그녀가 지금까지 자신의 입술을 부끄러워한다는 사실을 알고 있을까 궁금해졌다.


신문지면을 장식한 범죄자들의 기사를 읽으면서도 부모의 영향력 있는 한 마디가 아쉬울 때가 있다. 한 번도 잘했다는 칭찬을 받아본 적이 없으며 '넌 아무 것도 못해' '나쁜 아이야'라는 말만 들었던 아이가 위험인물로 자란 사례가 많기 때문이다. 만일 부모가

자녀의 가능성을 믿어주고 '잘할 거야' '넌 할 수 있어'라고 격려
해줬더라면 다른 모습이 되었을지도 모른다.


  -내 자녀가 듣고 싶어 하는 말
  -다른 사람이 내 자녀에게 해 줬으면 하는 말
  -내 자녀가 듣기 싫어하는 말
  -부모가 자식에게 절대로 해서는 안 되는 말
  -부모 사이에서 해야 할 말과 하지 말아야 할 말


우리가 자주 하는 말은 따로 있다. 평소에 주로 사용하는 말을
추려서 어느 항목에 해당하는지 구분해보자. 부모로서 자녀에게
해야 할 말과 하지 말아야 할 말, 부부관계에서 해야 할 말과 하
지 말아야 할 말을 나누면 좋은 말을 쓰는 습관을 더 빨리 만들
수 있다.

**06**

# 말에 대해 책임 없는
# 부모가 되지 마라

주말을 이용해 가족들과 함께 마트에 장을 보러 갔는데 이것저 것 사달라고 조르던 아이가 바닥에 널브러져 몸부림을 친다. 남들 보기에 민망도 하고 당장 아이를 달랠 요령도 없는 부모는 '장을 다 볼 때까지 얌전하게 있어준다면 네가 사달라던 것들을 다 사주 겠다.'고 약속해버린다. 그러면 아이는 목적이 달성되었다는 안도 감 때문에 얌전히 쇼핑카트를 따라다닌다. 문제는 쇼핑이 끝난 다 음에 벌어진다. 부모가 계산을 끝낼 때까지 초조한 마음으로 기다 리던 아이는 아무런 보상도 주어지지 않는다는 사실을 깨닫고 울 음을 터뜨린다.

부모의 입장을 이해하기는 쉽다. 떼쓰는 아이를 달래기 위한 임시방편으로 한 말이니 반드시 지킬 필요는 없다는 생각이다. 아이의 난동을 다스려서 무사히 쇼핑을 끝냈으니 아이의 요구를 들어줄 필요가 없다는 것이다. 이미 마트 밖으로 나왔고 아이는 울다가 제풀에 지칠 것이다.

그러나 아이의 입장은 다르다. 온몸으로 시위를 해서 원하는 목적을 약속받았다. 아이가 부모의 쇼핑이 끝날 때까지 얌전히 기다렸던 것은 타협이었다. 약속된 것을 받기 위해서는 부모의 요구사항을 먼저 들어줘야 했기 때문이다. 아이는 이 일을 계기로 부모와 타협해서는 안 되며, 달콤한 제안을 들었을 때도 경계심을 늦추지 말아야 한다고 깨닫는다. 다시 말해 부모에 대한 불신을 배우는 것이다. 그런 과정을 거쳐 성장한 자녀가 과연 부모의 말을 신뢰할 리 만무하다.

## 1) 약속을 지키는 자녀의 습관

부모는 자녀에게 요구사항이 있을 때 약속을 무기로 내세우는 경우가 많다. '숙제를 다 끝내면 TV를 마음껏 봐도 좋다'거나 '컴퓨터 게임을 하도록 허락하겠다.' 등 자녀가 관심 있어 할 내용으로 약속을 해 준다. 자녀가 원한다면 손가락을 걸고 도장을 찍고 사인에 복사까지 하는 성의를 보여준다. 그래놓고도 일단 부모의 요구사항이 달성되고 나면 언제 그런 말을 했냐는 식으로 돌변해 버린다.

내 아들과 나도 이런 일로 갈등을 여러 번 겪은 경험이 있다. 한 번은 집안 대청소를 하는 데 아들이 도와주겠다고 나섰다. 조건 없이 도와주면 더 좋았겠지만 그날 아들의 속셈은 놀이공원에 있었다. 용인에 있는 놀이공원에서 애니메이션 캐릭터로 분장한 사람들이 모여 무슨 축제 같은 걸 여는 모양이었다. 이처럼 아이들은 저마다 관심 있는 정보를 스스로 찾아내는 재주가 있다.

'엄마! 내가 도와줄게. 뭐부터 하면 돼? 걸레를 빨아다줄까?'라며 묻기에 '도와준다니 기특하긴 하다만, 엄마한테 바라는 거 있지?'라고 아내가 응대했다. '역시 우리 엄마는 못 속인다니깐. 다음 일요일에 놀이동산에 가요. 우리 반 친구들도 간다고 했어.'라고 아이가 대답했다. 옆에서 듣고 있던 나는 놀이공원… 거기다 일요일이라니. 인산인해를 이뤄 힘들게 뻔한데 또 간만에 쉴 수 있는 날을 놀이공원에 가서 들볶일 생각하니 끔찍하기만 했다. 그러한 이유로 대뜸 거절했다. '하필이면 일요일이야? 차 막히고 사람들 많을 텐데 왜 사서 고생해?' 다음에 가자고 말했다. 아이는 몇 번 더 조르다 내가 반응이 없자 토라져서는 청소를 돕지 않겠다며 제 방으로 가버렸다. 그런데 혼자서 청소하는 아내의 모습이 재미가 없을 뿐더러 아이의 일손이 있으면 시간이 절약될 게 분명했다.

그래서 나는 다시 '얘야! 놀이동산 데려갈 테니 나와서 엄마가 하는 일 좀 거들어 주면 안 되겠니. 엄마가 힘들어 하네.' 내 말이 떨어지기가 무섭게 달려 나온 걸 보니 어지간히 기다렸던 모양이었다. 그날 아들은 정말 열심히 청소를 도왔다. 평소에 꺼리던 음식물 쓰레기를 내다버리고 화분에 물을 주고 창문청소도 공을 들여서 하는 것이다. 그것도 모자라서 나의 구두까지 깨끗하게 닦아놓는 것이었다. 모든 청소를 마치고 자장면을 배달시켜 먹으면서 아들은 주말 약속을 다시 상기시켰고, 나는 '그러마!'라고 대답했다.

약속했던 일요일이 되었을 때, 아들과의 약속을 까맣게 잊어버린 채 나는 다른 약속을 했다. 특히 아이와의 약속이라 대수롭지 않게 생각했다. 결국 놀이공원 가는 일은 무산됐다.

그러나 그 후유증은 상당히 오래 갔다. 아들은 내 사과를 받지 않았고 거짓말쟁이로 몰아세웠다. 내가 무슨 말을 해도 '아빠가 약속을 지킬지 어떻게 믿어?'라는 식으로 핀잔을 주었다. 부모로서의 자존심이 바닥에 떨어졌지만 그 일을 계기로 배운 게 많았다.

지킬 수 없는 약속은 하지 말고 일단 약속했다면 반드시 지켜야 한다는 게 지금의 내 신조이다. 그래서 '숙제를 다 끝내면 TV를 마음껏 봐도 좋다.'는 종류의 약속은 하지 않는다. '숙제를 다 끝내면 자기 전에 TV를 두 시간 동안 볼 수 있다.'고 구체적인 약속을 한다. 마음껏 보라고 했다가 자녀에게 자러 가라고 하면 거짓말쟁이가 될 게 뻔했기 때문이다. 하지만 두 시간이라는 조건을 달면 아이는 두 말 하지 않고 두 시간 뒤에는 잠자리에 든다.

## 2) 벌하겠다는 약속도 반드시 지켜야 한다

자녀를 달래기 위해 지키지 못할 약속을 하는 것만큼이나 위험한 것이 벌을 주겠다는 약속이다. '자꾸 고집을 부리면 저녁을 굶길 거야.' '오늘 숙제 제대로 하지 않으면 한 달 동안 게임 못하게 할 거야.' 등 부모가 야단을 치는 과정에서 하는 말도 진심이 아닌 경우가 많다. 부모가 당장의 분노를 다스리지 못해 홧김에 했던 약속이라도, 그것이 지켜져야 자녀의 신뢰를 얻는다는 사실을 기억해야 한다.

## 3) 부모와 자녀의 약속 만들기

자녀들과 약속을 만들고 지키는 연습을 해 보자. 약속은 지키는 것이라는 원리를 가르침과 동시에 생활태도를 바로잡는 교육이 될 수 있다. 예를 들면 하루일과표를 만들거나 약속리스트를 정해서 매일 확인하는 방법도 좋다. 내가 어릴 때는 하루에서 8시간은 꿈나라(잠자는 시간), 1시간씩 세 번은 식사시간, 나머지는 학교수업이나 숙제, 놀이, 운동 등으로 일과표를 짜곤 했다. 방학이면 과한 욕심을 부려 공부와 숙제의 비중을 높였다가 실패한 경험도 많다. 한 달분의 탐구생활과 일기를 한꺼번에 밀려 썼던 경험은 나만이 아닐 것이다.

자녀들의 하루일과표, 약속리스트를 만들 때는 부모의 일과표와 약속리스트도 함께 작성하는 게 효과적이며 도움이 된다. 자녀들의 계획표만 만든다면 과제를 주어 지키도록 강요하는 게 되지만, 부모의 계획표가 있다면 서로가 얼마나 지키고 있는지 선의의 경쟁을 할 수 있기 때문이다.

이때 약속리스트에 들어가는 내용은 부모와 자녀 간에 서로 바라는 항목을 중심으로 만들어본다. 벗은 옷은 빨래바구니에 넣기, 신발은 가지런히 정리하기, 자기 전에 양치질하기, 존댓말 쓰기, 반찬투정 안하기 등 부모가 평소 자녀에게 바랐던 항목을 자녀의 리스트에 넣는다. 마찬가지로 동화책 읽어주기, 사랑한다고 말하기, 머리 땋아주기, 공원에 산책 나가기, 자전거 타기 등 자녀가 부모에게 원하는 것들을 부모의 리스트에 넣는 것이다.

매일 실천한 항목을 확인하고 한주나 두주가 지난 뒤에 결산한 다음에 상벌을 주는 것도 좋은 방법이다. 어느 정도까지 지켰다면 무슨 상을 주겠다고 구체적으로 정해놓고 시작해도 자녀의 의욕을 높일 수 있다. 또한 자녀와 부모가 경쟁을 했다면 이긴 쪽이 원하는 상을 받을 수 있도록 해서 성취감을 높인다. 자녀는 부모에게 받고 싶은 선물이나 소풍계획을 요구할 수 있고, 부모는 자녀에게 방청소, 심부름 등을 요구할 수도 있다.

이것은 일종의 게임처럼 진행할 수 있어 자녀들의 참여도가 높다. 고쳐야 할 나쁜 습관이 있다면 반드시 약속리스트에 넣어서 개선할 기회를 만들어주도록 하자. 시간이 지나면 눈에 띄게 생활습관이 좋아지고, 부모와 자녀의 관계도 친밀해질 것이다.

# CHAPTER 3

# 언어의
# 스킨십

# 01

# 독립심을 키우기 위한
# 방법들을 알아보자

## 1) 소통 능력을 키워주어라

사람들과 잘 어울리기 위해서는 기본적으로 의사소통 능력이 발달되어야 한다. 목소리가 크고 말을 잘한다거나 한글을 일찍 떼고, 글을 잘 읽거나 쓴다고 해서 소통 능력이 있는 것은 아니다.

의사소통 능력이란 다른 사람의 말과 감정을 제대로 이해하고, 또 자신의 생각과 감정을 정확하게 전달할 수 있는 능력을 말한다. 이것은 단순히 언어교육이나 문자 교육으로만 얻어지지 않는다. 여러 부류의 사람들을 만나고 다양한 상황을 겪으며 얻어지는 교훈에서 자신이 어떻게 해야 할지 스스로 터득해야 한다.

흔히 내성적인 부모는 자녀에게 보여 주는 세상이 한계가 있다. 만나는 사람들도 한정되어 있고 밖에 나가는 것도 일정한 거리를 벗어나지 못하는 것이다. 그러나 귀찮더라도 의식적으로 자녀들을 데리고 넓은 공원을 가거나 가까운 박물관 등을 찾는 것이 좋다.

## 2) 자녀의 능력을 존중하라

우리 자녀들이 주인공으로 활동하게 될 미래 사회는 다양성과 융통성, 개방성 등의 가치가 강조되는 사회이다. 또한 이런 사회에서 자신의 능력을 발휘할 수 있는 사람은 유연하고 창의적이며 변화에 잘 적응할 수 있는 사람이다.

따라서 내 자녀가 내성적이고 소극적이라고 해서 아무것도 못할 것이라고 단정 짓는 것은 잘못된 태도이다. 내성적이기 때문에 남의 말을 더 잘 듣고, 남의 감정을 더 잘 이해하며, 한 가지 일을 끈기 있게 해낼 수도 있다.

부모는 자녀가 갖고 있는 특성이 무엇이든지 이를 불평하고 비판하거나 아쉬워하기보다는 먼저 감사하는 태도로 수용할 필요가 있다. 그러면 자녀들은 자신감을 갖게 되며 타인과 원만한 관계를 이룰 수 있다.


사람은 누구나 고귀한 존재이기 때문에 그 사실을 인정받고 싶어 한다. 내면에 소유하고 있는 고귀한 사실을 그대로 인정받을 때, 비로소 사람은 변화되고 새로워진다는 것이다.

자녀들을 배웅할 때 손을 잡고 걸으면서 등을 만져주고 학교 이야기를 물으며 "네가 얼마나 소중한 존재인지 모른다."라거나 "너는 참으로 가치 있는 존재란다.", "엄마는 참으로 너를 사랑한단다."라고 말하고 자녀가 보이지 않을 때까지 바라보고 있다면, 이런 말은 엄청난 에너지를 갖게 된다.

공부를 못해서 매를 맞아 빨갛게 부어오른 아인슈타인의 손에 입을 맞추며 "사랑하는 아들아, 너에게는 다른 사람이 가지지 못한 특별한 재능이 있다. 너는 반드시 훌륭한 일을 하게 될 거야."라고 끊임없이 말하며 잠재력을 깨워서 천재로 만든 것은 그의 어머니였던 것처럼 말이다.

### 3) 자녀가 하고자 하는 일, 가능한 한 허용하라

우리는 공동사회든 이익사회든 서로 돕고 사는 공동체의 운명을 벗어날 수 없다. 그러나 자신의 힘으로 할 수 있는 일인데도 유난히 남을 의지하는 습성을 지닌 사람들이 있다.

우리의 부모들은 자녀가 사춘기에 접어들면 주위에 널려 있는 나쁜 환경에 대해서 노심초사한다. 제발 우리 자녀만큼은 pc방이다, 미팅이다, 술과 담배 등으로부터 오염되지 않고 순결하게 자라주기를 바란다. 그 바람의 정도가 지나치다보면 학교와 가까운 곳으로 이사를 하기도 한다.

물론 교육에 있어서 환경의 중요성은 맹자 시대부터 강조돼 왔다. 그러나 비록 등교 길에 있는 장애물을 치웠다고는 해도 우리 자녀들이 다른 정보매체를 통해 흡수할 수 있는 모든 정보까지도 막을 수는 없다. 친구들을 통해서 여러 가지 경험들을 끊임없이 듣고 있는데 그것이 눈에 보이지 않는다고 해서 모르리라는 생각은 너무나 안이한 생각이다.

이젠 우리의 부모들이 먼저 좀 더 대담해질 필요가 있다. 자녀의 앞길에 놓여 있는 장애물을 제거해 주기에만 힘쓰지 말고, 적당한 장애물을 그대로 두어서 자녀로 하여금 그 장애물을 통과하여 역경을 이기고 견디어 내는 훈련을 마다하지 않도록 교육시켜야 한다.


그렇다면 이쯤에서 '지식'을 가르치는 부모가 되길 원하는가, '지혜'를 가르치는 부모가 되길 원하는가? 또 지금까지 우리 부모들은 자녀에게 지혜를 심어주기보다 지식을 전하는 교육에만 치중해온 것은 아닐까.

물론 이 사회는 우등생이 성공할 기회가 많다. 그러나 자신의 생각 없이 공부를 잘하는 자녀보다 성적이 떨어지더라도 생각이 분명한 자녀가 생존능력이 훨씬 강하다. 성적이 떨어졌을 때 질책하지 말고 "최선을 다했으면 괜찮아"하고 격려해주는 부모, 자녀가 책, 옷, 여행지 등을 선택할 때 강요하지 않고 스스로 선택하도록 하는 부모가 필요하다. 이런 과정을 통해 자녀들은 '정신의 지문'으로 영토를 만들어갈 것이다. 사막의 모래바람 속을 꿋꿋하게 걸어가는 낙타처럼 홀로 떠날 기회를 만들어 주면 어떨까. 그런 의미에서 지그시 눈을 감고 그동안 자녀들에게 어떤 부모였는지 생각해보자.

- 나는 자녀의 홀로서기 교육을 위해, 부모를 떠나 여행을 보낸 적이 있는가?
- 나는 자녀를 너무 과잉보호하고 있지는 않은가?
- 자녀의 홀로서기 교육을 위해 행했던 일들을 이야기해 본적이 있는가?
- '과잉보호'와'홀로서기'교육에 대해서 서로의 의견을 나누어 본적이 있는가?
- 과잉보호란 주제를 통해 내가 느낀 점이나 앞으로의 나의 결심, 각오, 다짐 등에 대해 생각해본 적이 있는가?

사랑은 넘칠수록 좋다. 그런데 과잉보호는 분명 넘치는 사랑인데 왜 문제가 되는 것일까? 과잉보호가 분명 사랑이라면 지나치다고 문제가 될 것은 없다. 인간의 과잉보호는 겉으로는 사랑이지만 속으로는 사랑이 아닌 이기심과 상한 마음이 숨겨져 있기 때문이다.

사랑이란 믿어주고 기다리며 상대방의 인격을 존중하는 것인데 과잉보호는 상대방을 믿고 기다려 주지 못하고 상대방의 인격을 배려하기보다는 자신이 원하는 대로 해버리는 것이다. 이를 사랑이라는 이름으로 포장하여 행동하기 때문에 무조건 사랑인줄 알고 받아먹다가 나중에 큰 탈이 나게 되므로 문제가 되는 것이다. 그리고 나중에 문제가 생겨도 숨겨진 상한 마음을 찾아내지 못하기 때문에 더욱 큰 혼돈을 느끼고 좌절에 빠진다.

사랑에는 반드시 절제가 필요하다. 사랑이 좋다고 하여 감정이 가는 대로 무조건 해서는 안 된다. 혹시 자신이 모르는 이기심과 상한 마음이 그 안에 숨겨져 있는지 살펴보는 자세가 필요하다. 이것이야말로 우리 부모가 자녀들을 위해 독립심을 키워주는 지름길임을 명심하자.



### 과잉보호

<낮은 울타리>에 나오는 두 나무 이야기입니다. 두 사람에게 똑같은 씨앗이 한 톨씩 주어졌습니다. 두 사람은 각자 그 씨앗을 심었습니다. 한 사람은 자신의 정원에서 가장 토양이 좋고 햇볕이 잘 드는 곳에, 다른 한 사람은 거친 토양의 산자락에 그 씨앗을 심었습니다.

자신의 정원에 씨앗을 심은 사람은 바람이 세차게 불어올 때면 나무가 흔들리지 않게 자신이 잘 붙잡아주고 비가 많이 오면, 그 비를 피할 수

있도록 위에 천막을 쳐주기도 했습니다. 하지만 산에 그 씨앗을 심은 사람은 천막을 치거나 자신의 몸에 붙잡아 두는 일 따위는 하지 않았습니다. 단지 한 번씩 산에 올라갈 때면 그 나무를 쓰다듬어주며 "잘 자라다오, 나무야." 라고 속삭여 주며 자신이 그 나무를 기억하고 있다는 사실만 일깨워 주었습니다.   20년이 지난 후, 정원에 있는 나무는 꽃을 피우기는 했지만 지극히 작고 병약해진 반면, 산에서 자란 나무는 그 넓은 숲에서 가장 크고 푸른빛을 띤 튼튼한 나무로 자라나 있었습니다. 이처럼 우리가 자녀교육에 있어 특히 유의할 점이 있습니다. 그것은 자녀를 너무 과잉보호하지 말고 자기 스스로 홀로 서기 할 수 있는 교육이 필요하다는 것입니다.

비닐하우스에서 자라는 식물은 그 안에서는 잘 자라지만, 그 비닐 휘장이 걷어지면 얼마 못 가서 죽어 넘어지는 것을 볼 수 있습니다. 우리는 자녀들의 인생에 죽는 날까지 비닐을 쳐주어 보호해 주는 동반자가 될 수는 없습니다. 언젠가 부모는 자녀에게서 물러나 멀리서 바라보아야 하고, 또 자녀는 들판에 홀로 서야 합니다. 자녀가 스스로 굳게 설 수 있도록 부모는 독립심을 키워줘야 합니다.

"마땅히 행동해야 할 길을 자녀에게 가르쳐라, 그러면 먼 훗날 아이는 늙어서도 자신의 행동에 책임질 줄 아는 사람으로 성장하리라!" 또 "자녀의 교육에 있어 슬기로운 부모가 되기 위해 최선을 다하라."

**02**

# 자녀에게 감동을
# 주는 말

## 1) 너를 정말 사랑한단다

사랑한다는 말처럼 자녀가 좋아하는 말은 없다. 늘 자녀에게 사랑한다는 확신을 심어주고 또 말로도 표현해 주어야 한다. 마음으로 사랑한다는 것을 느끼지만 귀로 듣는 것은 또 색다르게 다가오기 때문이다. 자녀에게 제일 중요한 것은 자기가 부모로부터 사랑받고 있다는 확신이다. 자녀가 엄마의 사랑을 확신하고 있다면 자녀는 긍정적인 자아를 가질 수 있고 자신감 있는 성격으로 자라게된다. 자녀들에게 자주 사랑한다고 말해주는 것이 좋다.

## 2) 틀려도 괜찮아

소심한 자녀들은 틀릴까 봐, 혹은 잘못했다는 말을 들을까 봐 두려워하기 때문에 어떤 행동을 하면서 상당히 조심스러워 한다. 이럴 땐 자녀가 용기를 가지고 어떤 일에 도전해볼 수 있도록 엄마가 항상 격려하는 말을 해주면 좋다.

'틀리면 어때? 틀려도 괜찮아, 실수는 누구나 해.' 등의 말로 자녀가 낯선 경험에 부딪힐 때 잘 헤쳐 나갈 수 있도록 유도하면 성격발달에 도움을 준다. '이럴 줄 알았어. 이것도 제대로 못하니'라는 말을 한다면 다시는 아무것도 하려고 들지 않을 것이다.


## 3) 네가 최선을 다 했다면 그걸로 됐어

엄마가 결과에 집착하면 자녀 또한 지나치게 경쟁적인 자녀로 자라기 쉽고 엄마가 보는 데서는 잘 하려고 노력하지만 없으면 아무렇게나 행동할 수 있다. 자녀 스스로 열심히 했는데 결과가 좋지 못하다면 가장 실망할 사람은 바로 자녀 자신이다. 자녀가 노력한 그 과정에 관심을 가지고 칭찬해 주자.

자녀가 수학경시대회 시험을 보고 점수를 알려주었다. 형편없는 점수에 내가 놀라는 표정을 지으니 자녀는 생각보다 시험이 어려웠다고 투덜거린다.

"어려운 게 아니라 공부를 안 해서 그런 거 아닐까?"

"아냐, 이번엔 정말 열심히 했어. 수학 문제집도 다 풀고 어제도 늦게까지 공부했는걸."

"그랬다면 할 수 없지, 최선을 다 한 결과라면 어쩌겠니. 하지만 너의 공부 방법이 틀렸던 것은 아닐까? 왜 열심히 했는데도 이런 결과가 나왔는지 스스로 고민해 볼 필요가 있을 거 같아. 시험 보느라 수고했어. 맛있는 간식 만들어 줄게, 기운 내."

"다음엔 더 잘 볼게, 핫케이크 먹고 싶은데 그거 해 주세요."

자녀는 쓰지도 않던 존댓말을 섞어가며 미안한 듯이 웃으며 힘 없이 제 방으로 들어가 문제집을 펴 들고 살펴보기 시작했다.

아무리 결과가 좋더라도 과정이 나빴다면 그 일은 훌륭한 일이 아니라는 걸 일깨워주는 것이 좋다. 열심히 노력하는 태도의 소중함을 일찍부터 깨우쳐주어야 아이가 건전한 사고방식을 가질 수 있다.

### 4) 넌 잘할 수 있어

잘하지 못할 것이라는 두려움이나 잘 모른다는 것 때문에 중도에서 포기하거나 시작조차 하지 않으려는 자녀가 있다. 이럴 때 엄마의 말 한마디는 자녀에게 천군만마를 얻은 것처럼 자신감을 주게 된다. 믿는 대로 된다는 말이 있다. 자녀에게 항상 '너는 잘할 수 있을 거야.' '끝까지 해보는 거야' 등의 말을 들려준다. 자녀는 이런 말을 들으면서 자신감이 생기고 자신을 믿게 되며 어떤 일을 하더라도 끝까지 최선을 다할 것이다.

### 5) 엄마가 안아 줄게

어릴 때는 곧잘 달려와 부모 품에 안기기를 좋아하는데 자라면서는 그 행동을 잘 하려들지 않는다. 안아주는 것은 사랑의 표시일 수도 있고 서로의 감정이 전해지는 자연스런 스킨십이 되기도 한다. 엄마와 자녀는 서로 만지면 만질수록 애정이 깊어진다. 커서 자녀가 쑥스러워 하더라도 자주 '안아줄게 이리 와.'라는 말을 해 준다. 자녀들만 쑥스러운 것은 아니다. 자녀가 불쑥 커버리니까 그 말이 쉽게 나오지 않는 게 사실이다. 하지만 부모의 따뜻한 스킨십은 자녀의 마음을 안정시키고 부모를 신뢰하게 만든다.

### 6) 오늘 하루 즐거웠니?

평소 자녀와 많은 이야기를 나누는 것 같지만 가만히 생각해 보면 지시와 잔소리와 건조한 일상의 대화만 나눈 건 아닌지 반성해 볼 일이다. 부모들은 '선생님 말씀 잘 들었니?' '뭐 배웠니? '책상 좀 치워라' 등 자녀의 기분이나 상태를 궁금해 하기보다는 자녀의 행동과 과제 완수에 더 관심을 보이는 질문들만 한다.

자녀들에게 오늘 하루 중 가장 즐거웠던 일을 물어보는 것은 엄마와 자녀의 대화를 질적으로 한 단계 올려줄 뿐 아니라 자녀 스스로 즐거운 일을 자꾸 만들 수 있게 해주는 효과도 있다. '오늘 재미있는 일이 뭐였어?' '즐겁게 지내다 왔어?'이런 질문을 해 보자.

### 7) 하늘과 먼 산을 쳐다 봐

도시에 사는 자녀들은 사실 자연과 정서적으로 친숙해질 기회가 없다. 산이 얼마나 푸르고 아름다운지, 파란 하늘색이 어떻게 변하는지, 계절에 따라 나무가 어떻게 변화해 가는지 직접 느낄 수 없다면 학습으로라도 자연에 친밀감을 느끼도록 해주어야 한다.

늘 자연의 소중함을 일깨우고 자연을 느끼고 생각할 줄 아는 자녀로 키워야 정서적으로도 안정된다. 파란 하늘을 보는 것은 뭔가 더 높은 곳을 향한, 미래의 꿈과도 통할 수 있다. 아침에 창문을 열면서 먼 산과 하늘에 구름이 얼마나 떠 있는가를 보라고 항상 말해 주면 저절로 습관이 된다. '먼 곳을 바라보면 눈이 좋아진대.'라며 말하기도 하고 가끔 집 앞에 나와 하늘을 같이 보며 별을 세어 보는 것도 좋다.

### 8) 감사합니다, 죄송합니다!

인사는 관계를 형성하는 최초의 언어 통로이다. 친구를 만나면 반갑게 인사할 줄 알고 도움을 받았으면 당연히 고마워할 줄 알아야 한다. 또 잘못했으면 당당하게 미안하다고 말할 줄 아는 자녀로 키워야 한다. 엄마가 먼저 모범을 보이는 것이 좋다. 인사하는 습관을 정확하게 사용해야 한다. 예절이나 예의는 윗사람에게서 배우는 것이다. 나는 자녀가 식사를 하기 전에 꼭 '잘 먹겠습니다.'라는 인사를 하도록 시켰다. 식사가 끝난 후에도 마찬가지이다. 그러다 보니 어딜 가서도 먹기 전에는 큰 소리로 인사를 한다. 그것은 음식을 차린 사람에 대한 고마움의 표시인 것이다.

## 03

# 효율적인 학습방법

자녀가 공부를 잘하는 것은 성실하고 책임을 다하는 것이다. 또한 힘과 능력을 기르는 것이다. 같은 말을 해도 장군의 말과 사병의 말이 차이가 있듯이 우등생이 말하는 것과 열등생의 말은 그 역량이 다르다. 효율적인 학습방법에 관하여 알아보자.

"학문에는 왕도가 없다"는 유명한 말이 있다. 노력하지 않고 공부를 계속 잘할 수는 없다. 그러나 필자의 생각은 다르다. 왕도가 있다는 것이다. 효율적인 학습방법과 태도가 바로 왕도이다. 자신에게 알맞고 올바르게 공부하는 방법을 택하여 끈기 있게 노력하면 학습에 흥미가 생기고 실력이 향상되며 성공할 수 있다. 지금은 평생교육 시대인 만큼 학생들 뿐 아니라 어른들도 잘 들어야 하는 사항이 아닌가 싶다. 특히 부모들은 자녀교육을 위해 꼼꼼히 살펴보자.

자녀들의 성공과 실력을 결정하는 중요한 요인들을 살펴보자.

-삶의 목표

-마음가짐과 학습의욕

-학습방법과 습관

-학습 환경(인적, 물적, 심리적)

-신체건강

-정보

-지능 등이다


## 1) 삶의 목표

역사상 성공하고 존경받는 모든 사람들의 공통점은 꿈과 삶의 목표가 강력하게 있었다는 것이다. 초등학교 공부는 머리로 하고, 중학교는 습관과 가슴이 좌우하고, 고등학교는 학습목표가 학력을 좌우한다. 꿈과 목표 없이 공부하는 것은 결국 실패로 끝난다. 자기 계획 없이 부모나 교사가 시키는 대로만 공부하면 혹시 좋은 대학을 진학했더라도 실패자가 된다. 많은 강남 학생들이 학원 다니고 부모가 시키는 대로 공부했다가도 대학졸업 시에는 하위권으로 밀리는 경우를 흔히 보는 것처럼 말이다.

예컨대, 스프링 벅이라는 산양은 보통 5, 6마리에서 30여 마리가 무리를 지어 살지만 어느 날 갑자기 한 곳에 속속 모여 수천 마리나 되는 큰 무리를 이룰 때가 있다. 이렇게 되면 인도자 격의 큰 산양이 앞장을 서서 천천히 걷기 시작한다. 그런데 다른 산양들은 몸을 맞대고 그 뒤를 따르며 도중에 있는 풀은 모조리 먹어치운다. 이기심이 많은 산양은 빨리 앞으로 파고 들어가 풀을 더 뜯어 먹으려고 하지만, 맹수의 습격이 두려워 결코 대열을 떠나 옆에 있는 풀을 먹으려고 하지 않는다. 제각기 자기를 보호하고, 게다가 풀을 듬뿍 먹으려고 밀어닥치니 얼마 후에는 친구들을 마구 밀다보면 가속도가 붙어 점점 빠르게 전진하게 된다. 뒤따르는 양들이 점점 빨라지기 때문에 인도자는 자연히 뛰게 되고, 인도자가 뛰니까 뒤에서도 늦을 세라 더욱 빠르게 뛰게 된다. 결국 모두가 전속력으로 뛰게 되는 것이다.

인도자들은 아마 친구들이 늘어났으므로 풀이 많은 새로운 거주지로 데려갈 예정이었는지는 모르지만, 이제는 그 목적을 완전히 잊어버리고 다만 뛰는 것 외에는 생각지 않고 그저 앞으로만 돌진한다. 모래를 날리며 질주하는 양떼들은 어느 새, 사막을 건너 해안에 이르게 된다. 그러나 앞선 양은 멈출 수가 없다. 뒤에서 밀어닥치는 무서운 힘에 밀려, 냇물이 바다로 흘러내리듯 한 몫에 바다로 밀려들어가게 된다. 얼마 후 바닷가엔 가련한 양들의 시체로 메워지는 것이다.

이 양떼의 불가사의한 죽음의 행진은 예로부터 수수께끼라고 한다. 왜 그들은 이렇게 무리한 행진을 하는 것일까? 하지만 생각해 보면 우리 인생과 너무나 닮지 않았는가?

질주하고 있는 양들에게 "왜 달리느냐?" "어디로 가고 있는 것이냐?"고 물었다면, 아마 그들은 "모르겠다. 모두가 뛰니까 나도 뛰는 것이다" "잘못하면 낙오자가 되거나 위험한 바깥쪽으로 밀려나게 된다"고 대답했을 것이다. 그들은 "어디로 향하고 있는가"에 대해서는 생각지도 않고 다만 누구보다도 자신을 안전하게 지키려는데 필사적이었지만, 그 길은 결국 죽음의 길이었다. 당신의 자녀는 지금 어느 길을 가고 있는지 생각해 볼 일이다.


## 2) 마음가짐과 학습의욕

마음가짐에 따라 공부를 잘하느냐, 못하느냐가 결정된다. 공부하는 것을 지겹고 괴로운 일로 생각하거나, 공부에 대한 잘못된 편견, 선입견과 생각을 가지게 되면 절대로 공부를 잘 할 수 없다. 반대로 공부하는 것을 즐거운 일, 누구보다 잘 할 수 있다는 자신감, 긍정적인 사고를 가지게 되면 대부분 생각한 대로 이루어진다. "나는 안 돼" 하면 절대로 꿈을 이룰 수 없다. 이를테면 어떤 회사 입사 면접시험에서 사장이 종이 한 장을 들고, 수험생에게 묻는다.

"여기에서 무엇이 보이는가?"

"네. 검은 점 하나 있는 것이 보입니다."

"그 점에 관하여 어떻게 생각하는가?"

"흰 백지에 검은 점 하나가 있으니, 유난히 눈에 띄어 아쉽기만 합니다." 몇 사람에게 같은 질문을 했으나 모두 같은 대답이었다. 그런데 한 수험생은 달랐다. "저는 흰 종이가 보입니다." "검은 점보다는 더 넓은 흰 종이가 유난히 잘 보입니다. 저는 이 회사에 들어오면 이 회사의 단점보다는 무궁무진한 잠재력을 개발하여 많은 일을 할 생각이므로, 그런 작은 점 따위는 보이지 않습니다." 이 말을 들은 사장은, "과연 그렇군." 하고는 그를 합격시켰다고 한다. 이처럼 마음과 생각을 바꾸면 세상이 달라 보이고 학습에 대한 자신감과 긍정적인 사고를 가지게 되면 대부분 자녀가 생각한 대로 꿈은 이루어지기 마련이다.

### 3) 좋은 학습방법과 학습습관

-자율학습: 자기 학습의 문제는 자기 책임 하에 해결한다는 자주적인 태도가 중요하다. 자기 학습의 주도권을 자신이 가져야 의욕도 높아지고 실행하는 데 보람을 느끼게 된다.

-학습방법: 잠재 역량을 최대한 발휘할 수 있도록 해야 한다. 실제 인간의 뇌의 활동은 7~10%에 불과하다. 잠재하고 있는 90% 정도의 뇌 활동은 의욕과 노력에 의하여 일깨워질 수 있다. 뇌는 사용하지 않으면 퇴행하고 쓸수록 발전한다는 사실을 명심하자.

## 효과적인 10가지 학습방법

-학교 수업을 중심으로 공부하라.

-자신에게 가장 효과적인 학습 시간을 찾아라.

-목표 의식을 갖고 공부하라.

-치밀한 학습 습관을 세워라.

-수면 관리는 승패의 열쇠임을 명심하라.

-충분한 휴식을 취하라.

-예습과 복습을 철저히 하라.

-눈으로 읽고, 입으로 읽고, 귀로 듣고, 손으로 쓰며 공부한다.

-집중력을 떨어뜨리는 나쁜 습관을 버려라.

-공부에는 때와 장소가 없다는 것을 명심하라.

-반복 학습 방법

: 인간의 기억 능력을 연구하여 능력개발에 크게 기여한 교육학자들의 말에 의하면 "인간의 기억 역량은 무한하다 그러나 얼마나 기억하느냐가 문제이다. 그 문제는 반복함으로써만이 해결될 수 있다"고 한다.

실제 인간은 한 번 외워 기억한 것은 2~3시간이 지나면 1/2 이상 잊게 되고, 하루가 지나면 4/5는 잊는다. 그리고 그 이후 즉, 하루 간 기억이 된 것은 잃어버릴 확률이 적어진다. 그러므로 학습한 내용을 당일에 복습하여 두는 방법이 꼭 필요하다. 3차 학습 내용은 3일 정도 기억된다. 이때쯤 3차 학습을 하면 오래도록 기억하게 되고, 그 기억은 응용력을 가지게 된다. 결국 반복 학습은 반복될수록 학습시간은 짧아지고, 효과는 더욱 커진다는 사실을 밝혀 준 셈이다. 배운 다음 곧 2차 학습에서 3차 학습을 통하여 망각을 방지하고 기억의 재생률을 높인다.

※ 망각곡선 그래프를 보면, 학습 직후에 망각이 가장 심하다는 것을 알 수 있다. 그러므로 수업시간에 잘 배워야 하고(1차), 집에서 그날 학습내용을 복습하고(2차), 2~3일 후, 또는 끝난 후에 다음 정리를 통해 정리학습(3차)을 해 두는 것이 필요하다.

-바른 자세

: 공부는 엉덩이로 한다는 말이 있다. 누가 더 많이 책상 의자에 앉아 있느냐가 경쟁에서 이기는 길임을 명심하자. 그러나 누워서 공부하면 쉽게 잠을 자게 된다. 척추를 바로 세운 자세로 공부하는 습관을 길러야 한다. 그래야 피로가 덜하여 오랜 시간 공부할 수 있다.

-적극적인 자세

: 좌석 앞자리(ROYAL SEAT)에 앉는 것이 중요하다.

-규칙적인 생활과 적절한 학습계획 수립

: 일과표를 작성하면 학습 능률을 저하시키는 무리하거나 불규칙적인 학습을 막을 수 있다. 무리한 계획보다 하루에 남보다 10분만 더 하겠다고 생각하자. 그리고 학습계획을 수립 시, 서로 특성이 다른 과목이 교차되게 복습 시간을 짜야 한다. 즉 수학 다음에 물리, 화학 등은 피하고 국사, 사회가 되게 계획하여야 한다.

## 4) 학습 환경(인적, 물적, 심리적)

맹모삼천지교(孟母三遷之敎)란 말이 있다. 이것은 맹자의 어머니가 자식교육을 위해 세 번 이사를 하였는데, 환경은 교육과 밀접한 관련이 있다는 반증이기도 하다.

-온 정신을 학습에 기울이자면 모든 고민과 걱정이 없어야 한다.

-책상과 그 주변을 깨끗이 치우고 시력이 미치는 범위에는 꼭 필요한 것만 놓이게 한다.

-집중력을 방해하는 사람이나, 물건으로부터 멀리 피한다. 예를 들면 TV나 핸드폰 등이다.

-창을 마주하고 앉으면 시야가 산만해지므로 벽을 앞으로 하여 책상을 배치한다.

-조명은 전체조명과 국소조명의 겸용이 좋다. 시력보호를 위하

여 적당한 밝기를 유지하는 150~300 룩스가 적당하다. 실내
온도, 습도에도 신경을 써야 한다.
-물리적 환경보다 심리적 환경이 더욱 중요하다. 1등하는 자녀
의 학부모는 공부하는 자녀 옆에서 책을 읽는다.

## 5) 신체 건강

몸이 건강하지 않으면 의욕상실과 지구력을 잃게 되어 공부를
잘 할 수 없다.

첫째, 적당한 휴식과 수면
-휴식은 정신 집중과 학습능률을 위하여 2시간 계속 공부하고
20분 정도 휴식을 취한다. 휴식 시에 가벼운 체조나 명상으로
근육과 신경의 피로를 풀어준다.
-수면은 충분하게 취한다. 충분하다는 것은 오랜 시간을 말함이
아니고 숙면을 말한다.
-잠을 이기는 방법은 자신의 목표를 상기하면서 자기 의지를 굳
건히 해야 한다. 그리고 찬물로 얼굴이나 발을 씻어 자극을 주
는 방법이 좋다. 가벼운 음악 감상도 도움이 된다.

둘째, 영양섭취를 충분히 하여야 한다. 피로를 줄이게 하고 뇌에
신선한 영양 공급을 위하여 단백질이 많은 음식, 비타민 종류가 많

이 들어있는 음식, 신선한 야채와 과일을 먹는다.

셋째, 적절하고 가벼운 운동을 규칙적으로 한다.

## 6) 정보

오늘날을 일컬어 정보시대라고 한다. 좋은 참고서 선택과 전문가에 의한 상담과 진학, 입시정보, 취직 정보는 매우 유익하다. 학교에서는 주관식 시험이 있어서 암기가 필요하지만 수능에서는 암기식 문제가 나오지 않는다. 모두 5지 선택이다. 참고서의 어떤 부분을 암기하지 말고 이해하려고 하자. 단 수학공식은 물론 암기는 필수다. 또 대학교마다 선발 방식이 다르다. 충분한 정보를 알아야 한다. 예를 들면, 수시인 경우는 내신만 보고 수능 점수를 전혀 고려하지 않으나 정시 모집에는 수능성적이 큰 비중을 차지한다. 혹시 당신의 자녀가 내신 성적은 좋지 않은데 모의고사 성적이 잘 나오는 경우에는 정시모집으로 입학할 생각을 하고, 내신 성적은 좋은데 모의고사 점수가 신통치 않으면 수시모집이 유리함을 명심하자. 열심히 공부하는데 성적이 오르지 않은 학생들의 경우, 참고서만 가지고 씨름을 하는데 참고서는 참고서일 뿐이다. 교과서 중심으로 공부해야 한다. 교과서가 뿌리이기 때문이다. 교과서를 읽고 이해 안 되는 부분을 참고서로 보충해야 한다. 출제위원들이 문제를 낼 때 참고서는 절대 들여다보지 않고 교과서만 보고 출제한다는 것 또한 명심하자. 참고서에서 베껴 출제하면 물의를 일으켜 곤혹을 치룰 수 있다. 교과서 읽다가 모르는 부분이 있으면 담당과목 선생님을 찾아가서 질문하는 습관을 길러야 한다. 선생님이 그 분야에는 최고의 전문가이기 때문이다. 쉽게 이해할 수 있도록 정리해줄 것이다.

어느 인디언 추장 집에 강아지 쌍둥이를 낳았다. 손자가 묻는다. "할아버지 둘이 싸우면 누가 이깁니까?" 추장이 대답했다. "많이 먹은 놈이 이긴다." 그렇다. 학습도 마찬가지이다. 학습문제를 많이 풀어본 사람이 이긴다는 것을 명심해야 한다.

## 7) 지능

머리는 쓸수록 발달한다. 그리고 세상의 잣대로 정해놓은 IQ 테스트에 연연해하지 말자. 자신의 머리를 스스로 나쁘다고 단정 지어서도 안 된다. 지능이 문제가 되는 것이 아니라 게으름이 문제임을 명심하자. 잠자기를 즐기지 마라. 게으른 사람의 특성은 해보지도 않고, 핑계를 많이 댄다.

## 8) 효과적인 의사소통을 위한 화술의 원칙

-시선이나 자세를 상대 쪽으로 향한다.

부드럽고 부담 없는 시선으로 응시하면서 자세를 상대 쪽으로 약간 기울인다. 시선을 외면하거나 뒤로 젖혀진 자세는 상대에게 거부감과 무시당하고 있다는 기분을 느끼게 할 수 있다.

-입장을 바꾸어 본다.

사람마다 성장배경과 처지가 다르기 때문에 자신의 생각과 다르더라도 상대방의 입장에서 그럴 수밖에 없는 이유를 찾아야 한다.

-의문점이 있으면 질문한다.

지레 짐작으로 넘어가지 말고, 확실하게 파악하려고 노력한다는 모습을 보인다. 그래야 자기 말에 관심이 있다는 것을 상대가 알고, 공감수준도 넓어진다.

-선입관과 편견에서 벗어난다.

상대의 과거, 전해들은 말, 신체적 특성 등에 의한 선입관을 가지지 말고 지금 현재의 상대를 보려고 노력한다.

-결점, 문제점보다는 감춰진 장점, 잠재력을 찾으며 듣는다.

다른 사람의 문제점은 누구나 잘 찾는다. 그러나 공감을 잘하고 말을 잘 들어주는 사람은 상대방의 감춰진 장점을 찾는 능력이 뛰어나다.

-표현된 말보다는 비언어적인 제스처에 귀를 기울인다.

말의 내용보다는 목소리의 강약과 떨림, 시선, 제스처, 억양, 표정, 자세 등에 보다 많은 내면적 정보가 실리므로 집중한다.

**04**

# 언어가 가지는<br>스킨십

## 1) 칭찬하기

사람들이 자신의 말을 듣게 만들고 그들을 자신의 곁으로 모이게 하는 방법 가운데 가장 권할 만한 것은 바로 칭찬하는 것이다. 칭찬은 다른 사람을 변화시키는 힘이 있으며, 사람이 가지고 있는 능력을 유감없이 발휘하게 하는 힘이 있다. 그래서 칭찬은 아껴서는 안 된다. 칭찬은 아무리해도 부족함이 없기 때문이다. 인간은 누구나 칭찬받기를 좋아 한다. 어찌 보면 어려서부터 지금까지 자신의 삶을 돌이켜 볼 때, 누군가로부터 칭찬받기 위해서 매달려온 인생이었다 해도 과언이 아닐 것이다. 그때그때마다 칭찬해주는 상대가 다를 수는 있으나, 모든 일의 결국에는 칭찬받고 싶은 욕망이 우리에게 자리하고 있다.

하지만 칭찬이라고 해서 하는 말이 모두 칭찬이 될 수는 없다. 억지로나 부풀려서 말하는 속이 훤히 들여다보이는 칭찬은 아부나 아첨에 가까운 것이 되어, 서로에게 유익하지 않다. 입에 발린 공허한 소리보다 마음이 담겨있는 진실한 말이 되어야 한다.

그러나 말처럼 쉽게 되지 않는다. 사실 사람들에게는 원망하거나 미워하는 가짓수만큼이나 칭찬할 가짓수도 많음을 발견한다. 그래서 칭찬은 상대에게 숨겨진 장점을 찾아내면 낼수록 할 기회가 더 많아진다. 칭찬을 잘하기 위해서는 먼저 기쁘게 칭찬할 수 있는 자신을 만드는 것이 급선무이다. 상대를 칭찬할 때, 사소한 것이라도 진심어린 칭찬을 할 수 있도록 연습하고 연습하는 것이다.

우리나라 사람들 가운데는 칭찬에 인색한 사람이 너무나 많다. 고마움이나 미안함도 제대로 표현 못하고 어물쩍 넘어가는 문화 속에서 살아왔기 때문이다. 칭찬을 하려면 상대가 편안하고 즐겁게 들을 수 있도록 마음이 전달되도록 해야 한다. 또 칭찬이 생활화가 되도록 해야 한다. 칭찬이 생활이 된 사람은 아주 조그마한 것에도 상대를 칭찬할 수 있다. 더 나아가 칭찬을 표현하는 방법도 개발해야 한다. 같은 일을 가지고도 다양하게 칭찬할 수 있어야 칭찬의 효과가 커지기 때문이다. 구체적으로 상대가 납득하도록 칭찬해야 한다. 직장에서 "고마워, 잘 해 주었네"를 구체적으로 표현하면 20 가지 방법으로 가능하다.

① 자네가 우리 팀의 일원이라는 것을 자랑으로 생각하네.

② 정말, 이번 일은 잘 해주었어. 축하하네.

③ 자네 덕분에 살았네. 고마워.

④ 계속 좋아지고 있어. 지금까지 아주 잘 해왔네.

⑤ 자네가 계속 노력해 온 점을 높이 사고 싶군.

⑥ 자네의 끈기에는 머리가 숙여지는군.

⑦ 자네의 태도가 늘 팀 분위기를 높여주는군.

⑧ 자네야말로 진정한 챔피언이야.

⑨ 음, 대단하군. 이것은 보통사람은 해낼 수 없는 일이야.

⑩ 고객도 자네의 서비스정신을 높게 평가하고 있더군.

⑪ 우리는 자네를 아주 신뢰하고 있네.

⑫ 기본을 잘 파악하고 있군.

⑬ 자네 덕분에 우리 회사 이미지가 살아나는군.

⑭ 영업 실적은 단연 톱이군.

⑮ 자네는 이 팀에서 없어서는 안 될 존재야.

⑯ 자네 노력 덕분에 모든 것이 달라지고 있군.

⑰ 늘 플러스알파를 만드는 재주가 있군.

⑱ 고객을 늘 기쁘게 해주는군.

⑲ 자네는 팀의 비전을 현실로 이끌고 있군.

⑳ 자네의 좋은 실적이 팀의 좋은 모범이 되고 있어.

우리는 '칭찬합시다'란 TV프로그램을 방영할 정도로 칭찬에 인색해 있는 나라에서 자라났다. 지금 싱글인 사람은 생각해 봐야 할 것이다. 자신이 칭찬보다 비판하는 일을 더 잘하고 있는 것은 아닌가 하고 말이다. 이성에게도 칭찬을 아낌없이 할 수 있는 사람이 된다면 그의 싱글생활은 올해를 넘기지 않을 것이라고 본다.


## 2) 유머사용

잘 웃고 잘 웃겨야 성공하는 시대에 우리는 살고 있다. 가장 선망하는 신랑감으로 상대를 편안하게 해주는 부드럽고 유머 있는 남자가 제일로 꼽히는 시대이다. 이제 유머가 리더십에 필요한 덕목이 되었고 웃기는 리더가 성공하는 시대가 되었다. 유머는 인간관계를 형성하는 데 유익한 작용을 한다. 낯선 분위기를 어색하지 않게 풀어나가는 유머감각이 있는 사람은 그만큼 이득을 얻는 셈이다. 그래서 다른 이에게 주목을 받고 성공하기 위해서도 자신의 유머감각을 기르는 것이 필요하다. 우리가 유머감각을 기르기 위해서는 6가지의 습관이 필요하다.(김진배)

① 생각하는 방식을 바꿀 것 - 긍정적인 사고를 길러라. 긍정적인 사고가 원천이다.

② 항상 메모하고 연구할 것 - 뜻밖의 상황을 접하고 놀라거나 예상 밖의 상황에 웃음이 터졌을 때는 즉시 메모하라.

③ 연상하는 습관을 가질 것 - 뒤집어서 생각하라. 하루에 한 가

지씩, 평소에 알고 있던 상식을 뒤집어 보라. 일반적인 표현에서 한 마디만 뒤집으면 거기에서 웃음이 터지게 된다.

④ 비교와 비유에 익숙해질 것- 세상의 사물이나 현상에는 그것과 비교되는 대응물이 있다. 비교를 효과적으로 사용하는 것은 화술의 기본이다. 그래서 비교를 사용할 수 있는 순발력을 키워야 한다.

⑤ 꾸준히 실험하고 평가할 것- 온몸으로 실천하라. 다른 사람의 행동을 보고 웃음이 나왔다면 의식적으로 그걸 따라해 보고, 필요하다면 거울을 보면서라도 연습하라.

⑥ 예의와 자연스러움을 몸에 익힐 것- 표정에 웃음을 담아라. 거울을 들여다보고 자신의 표정에 점수를 매겨라. 사진을 찍는다고 생각하고 자연스럽게 웃어라. 이를 반복하면 자기에게 가장 편하고 자연스러운 웃음을 익히게 된다.

특히 존경받는 리더가 되려면 유머를 적재적소에 사용할 줄 알아야 한다. 유머는 주위를 환기시키고 산만한 분위기를 한 곳으로 집중시키는 마력을 지녔다. 현명한 지도자는 유머를 양념으로 적절히 사용할 줄 알아야 하는 것이다. 유머는 시간과 장소, 상황에 따라 충분하게 고려하여 종류와 길이도 다르게 하는 것이 좋다. 유머가 언제나 웃음을 주고 좋은 결과를 낳는 것은 아니다. 때로는 유머를 잘못 사용한 탓에 오히려 적대감을 키우게 하는데, 그런 경우는 인신공격성 유머나 되받아치는 성향의 유머, 분위기를 파악하지 못하고 아무데서나 남발하는 유머 등이다. 따라서 유모를 사용하는 이는 좋은 유머와 나쁜 유머를 구별해서 사용해야 하는데, 거기에 필요한 9가지 요령을 제시한다.(김은태)

① 상대를 헐뜯는 부분이 담겨 있는지 살펴본다.

② 비교 대상으로 쓰인 것이 혐오스럽다면 이미 실패한 유머다.

③ 훈훈한 인정이 오가는 내용이라면 일단 좋은 유머다.

③ 상대에 대한 배려가 있는가를 살펴본다.

④ 신체적 약점을 이용하는 내용이 있는지 살펴본다.

⑤ 두 번 이상 연상해야 고개가 끄덕여지도록 한다.

⑥ 지금 이 유머가 주변 정서와 어울리는가를 확인한다.

⑦ 웃음의 뒷맛이 씁쓸하지 않도록 한다.

⑧ 유머를 듣고 웃음이 갑자기 나오는지 슬며시 나오는지 확인한다.

그런데 자기 차례에서 말만 하면 좌중을 썰렁하게 만드는 펭귄이 되는 분들도 있을 것이다. 그런 분들은 주된 이유가 자신을 다른 사람과 비교하면서 자신의 재능이 모자란 것에 대해서만 집중하는 경향이 많다. 그러나 자신이 유머를 잘 구사하지 못한다고 하더라도 유머를 사용하는 것을 멈추어서는 안 된다. 왜냐하면 유머 감각은 선천적이기도 하지만 후천적 영향을 많이 받기 때문이다.

자신의 유머의 역량을 높이기 위해서는 무엇보다도 많은 자극을 받는 것이 좋다. 독서를 하므로 유머의 소재를 찾던가, 개그프로나 유머가 나와 있는 신문이나 인터넷 사이트를 통해서 자주 웃을 수 있는 계기를 가지는 것이 좋다. 그러다 보면, 사용할 수 있는 금쪽과 같은 유머를 발견할 수가 있을 것이다.

그 다음으로 내가 잘못 웃긴다 하더라도, 다른 이의 유머에 반응을 크게 보이면 된다. 사람들은 대개 똑똑한 사람들에게는 웃음을 보이지 않고 긴장하는 경우가 많다. 상대가 바보처럼 생각되도록 비록 다 알고 있는 이야기라고 할지라도 웃어주고, 모자란 구석을 내 비치므로 상대가 경계하지 않도록 만들어야 한다. 바로 우리의 어정쩡한 모습을 상대는 유머로 생각하게 될 것이다.

좀 더 고급스러운 유머를 구사하고자 한다면 아이러니나 풍자에 익숙해져야 한다. 동음이의어를 통한 것이나 시사적 문제에 대한 비교를 통해서 단세포적인 웃음보다는 무언가 한 다리 건너서 웃을 수 있게 하는 것이 좋다. 또한 풍자가 좋은 점은 웃고 나서도 무언가 생각할 여지를 줄 수 있다는 점에서 그러하다. 특히 자기의 약점이나 실패담, 별명 등을 가지고 자신을 낮추는 풍자를 할 경우, 오히려 상대에게 친밀감을 높여 주는 이점도 있다.

남들에게 발표할 기회가 있는 자리에서 유머를 활용하기 위해서는 다음의 사항을 유념하는 것이 좋다.

① 발표의 주제와 직접적으로 연관된 유머를 활용하라.

② 자기가 던진 유머에 자기가 먼저 웃지 말라.

③ 상대의 약점을 가지고 유머를 하지 말라.

④ 간결하고 핵심이 뚜렷한 유머를 구사하라.

⑤ 유머를 청중과 연관시키라.

⑥ 잘 알아들을 수 있도록 큰 소리로 말하라.

⑦ 실패한 유머를 반복하지 말라.

⑧ 성공한 유머도 반복하지 말라. 같은 얘기는 한 번으로 족하다.

⑨ 자기 자신을 소재로 한 유머를 구사하라(외모, 나이, 재미있는 경험 등).

⑩ 청중과 관계있는 실제 인물을 유머에 등장시키라.


유머를 적재적소에 써 먹을 수 있는 경우가 재치에 해당된다. 유머를 일상생활에서 활용할 정도로 재치 있는 사람이 되어야 한다. 이런 사람은 자신에게 적대감을 가진 상대의 부정적인 질문이 있다고 할지라도, 그것을 가지고 긍정적으로 반응하여 상대의 반감을 우호적으로 만들 수 있는 힘이 있는 것이다. 일상적인 이야기는 좋은 소식이 먼저고 나쁜 소식이 나중에 오는 것이지만, 유머는 나쁜 소식이 먼저고 그것을 뒤집는 좋은 소식을 전하는 것이다. 즉, 불리한 상태에서도 유리한 점을 찾는 것이다. 그래서 유머는 전달하는 방법과 뉘앙스에 따라 그 효과가 다양하므로 목소리뿐만 아니라 몸짓, 사투리 억양 등도 고려해야 한다. 진정한 유머는 웃음을 통해서 다른 사람들에게 즐겁고 따뜻한 마음을 심어주는 기술이다. 따라서 유머를 사용하는 이는 늘 따뜻한 마음을 가지고 사용해야 원하는 효과를 볼 수 있을 것이다.

### 3) 대화를 위한 10가지 충고

-자세를 상대방을 향하여 듣고 있음을 나타내라.(고개를 끄덕인다.)

-간혹 자세한 설명을 요구하라.("더 자세히 말씀해주세요." "그것은 무슨 뜻이지요.")

-상대방의 말에 자신의 생각을 덧붙이라.("~게 말씀하셨는데, 저는 거기에 ~말을 더하고 싶네요.")

-같은 느낌으로 그의 말을 되풀이하라.("지금 ~ ~하다고 말씀하신 거지요.")

-상대방의 입장에 서서 들어보라.(상대가 저절로 이해가 된다.)

-이야기의 맥을 끊지 말고 조용히 들으라.(한국말을 끝까지 들으라고 누가 말했다는데…)

-논쟁하지 말라. 이겨도 손해다.(말싸움에서 승리가 주목적이 아니다. 더 큰 목적과 승리는 상대를 자기편으로 만드는 것이다.)

-말을 들을 땐 변명거리를 생각하지 말라.(그냥 있는 그대로 진

지하게 듣기만 하라. 잔머리 굴리는 소리가 상대에게 들리면
결례다.)
-중요한 말을 메모하는 습관을 가져라.(충실히 듣고 있다는 표
현이다.)
-이야기를 들려준 것에 대해 감사하라.(상대가 말해준 보람을
느끼게 될 것이다.)

## 4) 오해를 풀기 위한 10가지 충고

-명령하는 듯한 말을 쓰지 말라.(반항을 일으키는 불씨다.)
-비판보다 칭찬 거리를 먼저 찾으라.(칭찬을 싫어 할 사람은 없
다.)
-상대에게 호의를 베푸는 연습을 시작하라.(좋아하려고 노력하
고 좋아지도록 연습해야 한다.)
-그의 반항을 존중하라.(반항은 단지 존재 가치를 느끼고 싶기
때문임을 알라.)
-싸우지 말라.(말이나 행동에 의한 적대 감정을 피하라. 윽박질
러 놓으면 결과는 손해다.)  -상대방이 틀렸다고 마구 꾸짖지
말라.(틀리고, 나쁜 점을 증명해 보라, 이점은 없다.)
-큰소리가 "NO"라는 뜻이 아님을 알라.(80%는 반항함으로 잊
고 만다.)
-"나는 당신이 지금 어떤 기분인지를 압니다."라는 말을 애용하

라.(놀라운 효과가 있다.)

-무언가 질문하고 그 얘기에 귀를 기울이라.(진지하게 자기의
　말을 들어주는 사람을 싫어할 사람은 없다.)

-그 상대를 위해 기도하고 용서하라.(사랑으로 감싸는 모습을
　마음속으로 그리라.)

## 5) 사람들을 행복하게 하는 10가지 방법

-다른 사람들과 따뜻한 대화시간을 가져라.

-사람들을 대할 때마다 미소 짓는 일을 잊지 말라.

-사람들을 대할 때마다 그들의 이름을 불러주라.

-항상 친절하며 남에게 도움이 되도록 하라.

-당신이 사귀는 모든 사람들에게 성심성의를 다하라.

-다른 사람이 말을 할 때 잘 듣는 진지한 마음을 가져라.

-너그럽게 칭찬해 주고 비판을 삼가라.

-남의 감정을 상하게 하지 않도록 조심하라.

-다른 사람에게 인정을 베푸는 사람이 되라.

-기회가 있을 때마다 봉사하라.

## 6) 사람을 다루는 10가지 중요원칙

-논쟁을 피하라.

-상대방의 견해를 존중하라.

-잘못을 분명히 인정하라.

-우호적인 태도로 말을 시작하라.

-상대방으로 하여금 더 많이 이야기를 하게 하라.

-상대방으로 하여금 바로 그 아이디어가 바로 자신의 것이라고
　느끼게 하라.

-상대방의 관점에서 사물을 볼 수 있도록 성실히 노력하라.

-상대방의 생각이나 욕구에 공감하라.

-영화나 TV에서처럼 쇼맨십을 발휘하라.

- 도전의욕을 불러 일으켜라.


## 7) 자녀를 지도자로 만드는 스피치 10계명

-'미안하다' '감사하다'를 입에 달고 살도록 하라.
　말하는 습관을 어렸을 때 버릇들이지 않으면 커서는 민망해서
　못 한다.

-존댓말은 말 배울 때부터 가르치라.
　부모가 자녀에게 존댓말을 사용하면 아이도 따라하게 마련이다.

-남의 말을 경청하게 하라.
　남의 말을 잘 들으면 친구들을 잘 사귈 수 있다.

-자녀가 할 말을 대신하지 말라.
　자녀가 할 말을 대신 말하면 아이가 생각을 정리해 말할 수 있

는 능력이 안 생긴다. 말을 못하더라도 맞장구를 치며 끝까지
들어주도록 한다.

-말하기 매너도 가르치라.

말하면서 머리를 만지작거리는 등의 나쁜 습관은 빨리 고쳐준
다. 그러려면 아이가 말할 때 부모는 하던 일을 멈추고 열심히
들어주는 게 우선되어야 한다.

-발표문은 스스로 쓰게 한다.

어려서부터 발표문을 스스로 써봐야 남 앞에서 자연스런 말투
로 발표하는 능력이 길러진다. 거창하지 않은 주제를 잡아 쉬
운 단어로 쓰게 한다.

-때와 장소에 맞게 말하도록 하라.

아이가 다른 사람 앞에서 눈치 없이 얘기할 경우 야단치지 말
고 그 말이 어떤 나쁜 결과를 가져오는지 나중에 쉽게 설명한
다.

-논리적으로 말하게 하라.

개인감정을 앞세우지 않고 원인과 결과를 정확하게 갖춰 말하
도록 한다. 풍부한 독서는 사고의 토대가 된다.

-긍정적으로 말하게 하라.

부모가 먼저 긍정적인 언어를 사용한다. 자녀의 기를 살려준
다고 거친 말투나 욕을 해도 그냥 두면 아이를 망친다.

-주제가 있는 토론을 자주 하라.

　성적, 친구 등 개인 신상에 관해서만 얘기하면 부모와 대화하기를 싫어한다. 시사문제, 국제정세 흐름 등 폭넓은 주제로 토론해본다.


## 8) 말 잘하는 사람의 대화 10가지 수칙

-말을 할 때는 이성적이고 논리적인 사고를 하도록 할 것.

-말을 시작하기 전에 먼저 3초간 요점을 가다듬고 정리할 것.

-불만이나 푸념 또는 부정적인 말을 가급적 자제할 것.

-목소리의 속도와 높이, 그리고 크기를 변화 있게 잘 조절해서 말할 것.

-간결하고 명확한 문장 구사를 하도록 할 것.

-상대방의 반응에 적절히 대응하면서 말을 할 것.

-평소에 대중 앞에 서는 연습을 자주 할 것.

-보다 넓고 깊은 안목으로 세상을 관찰하여 이야깃거리를 많이 만들어 둘 것.

-심각한 이야기에도 때로는 유머를 섞어 긴장을 없애는 여유를 가질 것.

-친한 사이일수록 예의를 갖추고 말할 것.

## 9) 하지 말아야 할 것 10가지

-화가 난 상대방의 말을 감정적으로 맞받아치지 말 것.

-상대방도 내 생각과 같을 것이라고 속단하지 말 것.

-사전 준비 없이 상황이 돌아가는 대로 대충 말하지 말 것.

-지나치게 스스로를 과소평가하는 말을 쓰지 말 것.

-상대방에게 말할 기회를 주기보다는 자기 말을 앞세우려 하지 말 것.

-무의미한 감탄사나 접사를 남발하거나 반복하지 말 것.

-'~인 것 같다'라는 불확실한 분위기의 말을 피할 것.

- ⟨6W,1H 원칙⟩을 적용해서 말을 하도록 할 것.

-적절한 보디랭귀지를 활용할 것.

-공통의 화제나 관심사를 빨리 찾아내어 대화를 부드럽게 진행해 나갈 것.

## 10) 스스로 학습을 위한 대화 방법

### 바로 답하지 않는다

• 자녀 : "엄마, 이건 왜 이런 거예요?" 엄마 : "글쎄, 왜 그럴까? 네 생각은 어때? 괜찮으니까 이야기해 봐."

　-처음에는 함께 방법을 찾는다.

• 자녀 : "음, 곰곰이 생각해 봐도 잘 모르겠어요." 엄마 : "그래? 엄마도 답이 궁금하구나. 그럼 우리 함께 찾아볼까? 어

떻게 답을 찾아보면 좋을까?"

　-비슷한 상황에서 과거의 방법을 훈련할 수 있도록 한다.

• 자녀 : "자습서를 찾아봐도 모르겠어요. 인터넷으로 찾아볼까요?" 엄마 : "아, 그것 참 좋은 생각이구나. 그런데 다시 한 번 자습서를 펴서 엄마와 함께 관련 단원을 읽어 볼까? 그래도 모르면 그 밑에 참고한 부분을 읽으면 도움이 될 것 같구나. 그래도 모를 때 인터넷을 검색해 보자."

## 11) 웃어야 하는 34가지 이유

1. 힘차게 웃으며 하루를 시작하라.

　활기찬 하루가 펼쳐진다.

2. 세수할 때 거울을 보고 미소를 지어라.

　거울 속의 사람도 나에게 미소를 보낸다.

3. 밥을 그냥 먹지 말라.

　웃으며 먹고 나면 피가 되고 살이 된다.

4. 모르는 사람에게도 미소를 보여라.

　마음이 열리고 기쁨이 넘친다.

5. 웃으며 출근하고 웃으며 퇴근하라.

　그 안에 천국이 들어있다.

6. 만나는 사람마다 웃으며 대하라.

　인기인 1위가 된다.

7. 꽃을 그냥 보지 말라.

　꽃처럼 웃으며 감상하라.

8. 남을 웃겨라.

　내가 있는 곳이 웃음천국이 된다.

9. 결혼식장에서 떠들지 말고 큰 소리로 웃어라.

　그것이 축하의 표시이다.

10. 신랑신부는 식이 끝날 때까지 웃어라.

　새로운 출발이 기쁨으로 충만해진다.

11. 집에 들어올 때 웃어라.

　행복한 가정이 된다.

12. 사랑을 고백할 때 웃으면서 하라.

　틀림없이 점수가 올라간다.

13. 화장실은 근심을 날려 보내는 곳이다.

　웃으면 근심걱정 모두 날아간다.

14. 웃으면서 물건을 팔라.

　하나 살 것 두 개를 사게 된다.

15. 물건을 살 때 웃으면서 사라.

　서비스가 달라진다.

16. 돈을 빌릴 때 웃으면서 말하라.

　웃는 얼굴에 침 뱉지 못한다.

17. 옛날 웃었던 일을 회상하며 웃어라.

웃음의 양이 배로 늘어난다.

18. 실수했던 일을 떠올려라.

   기쁨이 샘솟고 웃음이 절로 난다.

19. 웃기는 책을 그냥 읽지 말라.

   웃으면서 읽어 보라.

20. 도둑이 들어와도 두려워 말고 웃어라.

   도둑이 놀라서 도망친다.

21. 웃기는 개그맨처럼 행동해 보라.

   어디서나 환영받는다.

22. 재미있는 비디오를 선택하라.

   웃음 전문가가 된다.

23. 화날 때 화내는 것은 누구나 한다.

   화가 나도 웃으면 화가 복이 된다.

24. 우울할 때도 웃어라.

   우울증도 웃음 앞에서는 맥을 쓰지 못한다.

25. 힘들 때 웃어라.

   모르던 힘이 저절로 생겨난다.

26. 웃는 사진을 걸어 놓고 수시로 바라보라.

   웃음이 절로 난다.

27. 웃음노트를 만들고 웃겼던 일, 웃었던 일을 기록하라.

   웃음도 학습이다.

28. 시간을 정해놓고 웃어라.

그리고 시간을 점점 늘려라.

29. 만나는 사람을 죽은 부모 살아온 것 같이 대하라.

기쁨과 감사함이 충만해진다.

30. 속상하게 하는 뉴스를 보지 말라.

그것은 웃음의 적이다.

31. 회의할 때 먼저 웃고 시작하라.

아이디어가 샘솟는다.

32. 오래 살려면 웃어라.

1분 웃으면 이틀을 더 산다.

33. 돈을 벌려면 웃어라.

5분간 웃을 때 5백만원 상당의 엔도르핀이 몸에서 생산된다.

34. 죽을 때도 웃어라.

천국의 문은 저절로 열리게 된다.

# 05

# 한 마디의 언어가
# 자녀를 성공으로 이끈다

## 1) 오래도록 가슴에 새길 말을 심어줘라

세상을 살아가면서 만나는 위기를 이겨낼 수 있는 힘은 평소 그 사람 속에 어떤 말이 있느냐에 따라 다르다.

## 2) 마음을 변화시키는 말을 해주어라

-믿음의 관계를 만들어라.

-작은 목소리로 말하라.

-마음으로 말하라.

-보여주며 가르쳐라.

## 3) 말의 영향력

말은 우리 인생의 방향을 결정하는 열쇠이고, 우리 삶의 모습을 그려가는 붓이다.

## 4) 성공의 열쇠

성공은 자신이 원하는 것을 이루어내는 것이며, 이것은 곧 행복의 길로 연결된다. 평소의 언어습관이 자녀를 변화시킨다. 자신 없는 일에 도전하려 하면 누구나 두려움을 느낄 수밖에 없다. 따라서 어떤 경우에는 꽁무니를 빼고 싶어지기도 한다.

두려우니까, 잘못하니까, 귀찮으니까 등의 이유로 그만두고 싶은 마음도 분명 생길 것이다. 그러나 지금의 상태에서 한 발 내딛는 용기가 절실히 필요하다.

말하는 능력은 누구나가 가지고 있는 것으로서, 남 앞에서 말을 하지 않으려고 도망 다니는 사람일수록 말하는 능력이 풍부한 지도 모른다. 우리가 가지고 태어난 능력을 일깨우고 닦아나가다 보면, 점점 자신의 화술에 자신이 생길 것이다. 이야기하는 것, 자신을 표현하는 것은 즐거운 일이다.

화술을 갈고 닦아 자신감이 생기면, 생각하고 있는 것이나 하고 싶은 말을 자유롭게 표현할 수 있다. 자신을 적극적으로 표현하다 보면, 그것이 얼마나 기쁜 일인가를 새삼 실감하게 될 것이다.

아무리 작은 것이라도, 의식적으로 무언가를 시작하지 않으면 그 기쁨을 결코 맛볼 수 없다. 누구도 대신해 줄 수 없는 것이 우리의 인생이기 때문이다.

## 5) 말의 시작

영국의 정치가 팔머스턴 경이 테일러 경과 산책을 하고 있는데, 지나가던 한 노인이 인사를 했다.

"안녕하십니까?"

그러자 팔머스턴 경이 공손히 답례했다.

"고맙습니다, 덕분에. 그런데 요즘 건강상태는 괜찮습니까?"

"여전합니다."

"좋아지셔야 할 텐데. 건강을 빌겠습니다."

"감사합니다."

노인과 멀어진 후, 같이 걷고 있던 테일러 경이 물었다.

"지금 인사를 나눈 노인은 누군가요?"

"잘 모르는 사람입니다."

"아니, 누군지도 모르는 사람인데 어떻게 건강상태에 대해 이야기를……. 그 노인이 몸이 좋지 않다는 것을 알고 계셨나 보죠?"

팔머스턴 경은 태연히 대꾸했다.

"아니오. 그렇지만 그 나이쯤 되면, 한두 군데 아픈 데는 있지 않겠습니까?"

매일 매일의 생활 속에서 뜻 없이 주고받는 우리의 말 한 마디가 주위사람들에게 여러 가지 영향을 미쳐, 인간관계를 따뜻하게도 하고 차갑게도 한다.

그런가 하면 어떤 사람을 만나느냐에 따라 우리의 인생이 달라지며, 사람과 사람의 만남은 말을 거는 것에서 시작된다. 그만큼 '말'이 중요한 것이다.

우리는 누군가를 만나면 인사를 하는데, '인사'라는 행위를 왜 하는 것일까?

물론 인사는 관습이고, 예의이며, 형식이고, 상식이다. 그러나 자신의 존재를 상대방에게 알리기 위해서 하는 것이 아닐까 싶다.

우리가 상대의 존재를 인정하고 싶지 않을 때, 의식적으로 그 사람을 무시하면서 말을 걸거나 아는 체를 하지 않는 것도 이와 무관하지 않을 것이다.

반대로 누군가를 만나 '안녕하세요?'하고 말을 건다는 것은 상대의 인격이나 인품을 인정하는 것이며, 그것은 인사의 의미와 일맥상통한다.

우리는 누구나 자기 자신을 사랑하기 때문에, 타인에게 무시당하고 싶지 않은 마음은 누구나 똑같다.

말 한마디로 마음이 즐거워지기도 하고, 화가 나기도 하는 존재가 인간이기 때문이다.

먼저 던지는 따뜻한 말 한 마디로 다른 쪽을 바라보고 있는 상대방의 기분을 나에게로 향하게 하듯이, 먼저 말을 건다는 행위는 마음을 열고 상대에게 접근하려는 관심의 표현인 것이다.

### 6) 나쁜 말버릇

한 신부가 젊은 과부의 집에 자주 드나들었다. 그러자 이를 본 마을 사람들은 수군대며 신부를 비난했다. 마을에는 금세 좋지 않은 소문이 퍼졌다.

그런데 얼마 후, 그 과부가 갑자기 세상을 떠났다. 암이었다. 그제야 마을 사람들은 신부가 암에 걸린 젊은 과부를 위해 기도해주고 위로하며 돌봐왔다는 사실을 알게 되었다.

며칠 후, 가장 혹독하게 비난했던 두 여인이 신부를 찾아와 용서를 빌었다. 그러자 신부는 그들에게 닭털을 한 봉지씩 나누어주며 들판에 나가서 바람에 날리고 오라고 했다. 얼마 후 돌아온 여인들에게 신부는 다시 그 닭털을 주워오라고 했다.

"바람에 날아가 버린 닭털을 무슨 수로 주워오란 말씀입니까?"

두 여인은 울상을 지었다.

그러자 신부는 여인들의 얼굴을 뚫어지게 바라보면서 말했다.

"내가 그대들의 허물을 용서하는 것은 어렵지 않습니다. 그러나 당신들이 한번 내뱉은 말은 다시 주워 담을 수 없습니다."

아무렇게나 무심코 내뱉는 말 한마디가 타인에게 치명적인 상처를 줄 수도 있는 것입니다.

누구나 사람들과 즐거운 대화를 나누고 싶어 한다. 함께 웃고 울고 기뻐할 친구도 갖고 싶어 한다.

그러나 마음속에서는 누구 못지않게 그것을 바라지만 적극적으로 사람을 사귀지 못하는 사람이 있다. 자신은 이야기하는 데 소질이 없다고 지레 생각하고, 말하는 것으로부터 도망치는 사람도 적지 않다.

대화하는 기술을 터득하지 않으면, 필요한 때에 필요한 말을 적절하게 할 수가 없다. 상대가 말하는 대로 이끌려 다니거나 앞뒤 생각 없이 자기의 생각을 주장함으로써 말싸움의 원인을 제공하기도 한다.

말이 서툴다고 하는 것은 스스로 판단하는 것이 아니다. 판단은 상대가 하는 것이므로 스스로 대화가 서툴다고 결론내릴 필요가 없다.

말수가 적어 거의 말을 하지 않지만 상대방의 말을 아주 잘 들어주는 사람을 보며, '이 사람과 말하는 것은 정말로 즐겁다'라고 느끼는 사람도 있다.

반대로 말하는 것이라면 어려울 것이 없으니 맡겨만 달라면서 자신감이 넘치는 사람 가운데도, 듣는 사람 입장에서는 기분이 언짢을 정도로 말버릇이 나쁜 사람도 상당수 있다.

상대를 의식하지 않고 말을 하게 되면 모르는 사이에 아무 생각 없이 함부로 말을 하게 된다.

상대가 무엇을 알고 싶어 하는지, 무엇을 원하는지를 항상 의식해야 한다. 그러다보면 스스로 상대에게 가까이 다가가려는 마음으로 인해 상대와 자연스럽게 맞추어 갈 수 있다.

할 수 있는 범위에서 조금씩이라도 가까운 사람에게 말을 걸어 보는 연습을 하면 어떨까. 그리고 그 범위를 서서히 넓혀 가면 점점 여러 사람들과 대화를 즐길 수 있게 될 것이다.

분명, 인생이 넓어지고 사물을 보는 시각도 넓어질 것이다.

### 7) 용기 내어 말하기

태풍이 몰아친 간밤에 뜬눈으로 지새운 로버트는 이른 아침 차를 몰아 자신의 식료품 가게로 나왔다. 짐작했던 대로 가게는 엉망이었다.

차양은 바람에 날아가 버렸고, 가게 안은 빗물로 가득 차 있어서 한 달 정도는 가게 문을 닫아야 할 것 같았다. 그는 우선 물품들을 밖으로 꺼냈다.

주변 다른 가게의 사정도 마찬가지였다. 아예 수리 점에 연락하고 집으로 들어가 버리는 사람들도 있었다.

로버트는 다음날 텐트를 하나 가지고 가게로 나왔다. 그리고 가게 옆에 텐트를 치고 장사를 시작했다.

텐트 옆에는 다음과 같은 현수막을 내걸었다.

'이번 태풍으로 엄청난 피해를 입었습니다. 까딱하다간 문 닫게

생겼습니다. 저희 가게에서 쇼핑하시면 감사하겠습니다.'

현수막을 본 손님들은 웃기 시작했고, 왁자지껄하며 가게 안으로 몰려들었다. 위트 넘치는 그 작은 텐트 가게를 그냥 지나칠 수 없었던 것이다.

그 일로 로버트는 오히려 훨씬 많은 매상을 올렸고, 단골을 더 많이 확보하게 되었다. 태풍으로 인한 피해가 결과적으로 로버트에게 행운을 가져다준 셈이었다.


첫 대면하는 사람이나 그다지 친하지 않은 사람에게 말을 건다는 것은 누구에게나 불안하고 썩 내키는 일도 아니다. 더구나 자기가 먼저 말을 거는 일에 익숙하지 않은 사람이라면, 그만 꽁무니를 빼고 싶어지는 것도 무리는 아니다. 그러나 이것만큼은 스스로 노력하지 않으면 어쩌지 못하는 일이다.

모르는 사람한테 말을 걸 때에는 먼저 상대의 기분을 고려하는 것이 중요하다. 대화가 서툴러서 그것을 고치고 싶다면 자기 나름의 방법이나 기회를 찾아내고, 용기를 내어 말을 거는 노력이 필요하다.

## 8) 화제를 궁리하기

캘빈 쿨리지는 미국의 역대 대통령 가운데 과묵하기로 유명했던 사람이다. 그는 한 마디로 '침묵의 입'으로 통했다. 대통령이 되기 전인 부통령 시절, 그는 한 연회에 초청을 받았다. 그날도 그는 주변 사람들과 이야기도 나누지 않고 꿀 먹은 벙어리처럼 앉아 있었다. 옆자리의 숙녀 한 사람이 용기를 내어 말을 걸어보았다.

"각하, 워싱턴은 어떻습니까? 여기 보스턴과는 다른가요?"

"네."

너무 간단한 대답에 민망한 숙녀는 조금 더 말을 시켜 보고 싶었다.

"설명 좀 더 해주세요. 네?"

쿨리지는 마지못해 좀 더 길게 대답했다. 그 대답은 이랬다.

"방금 말했잖아요."

또 어떤 연회에서는 옆자리에 대통령인 씨어도어 루스벨트의 딸 앨리스가 앉게 되었다. 앨리스는 무척이나 수다스러운 여자였다.

옆 사람과 한참 수다를 떨던 앨리스는 침묵을 지키고 있는 쿨리지에게 말을 시켰다.

"심심하지 않으세요?"

"괜찮아요."

"아버님은 당신을 굉장히 칭찬하시던데요."

"아, 그래요?"

이렇게 쿨리지의 대답은 간단하기만 했다. 이것저것 말을 시켜보아도 쿨리지의 반응이 시원치 않자 앨리스는 심통스럽게 말했다.

"침묵을 좋아하시는 부통령 각하, 이제는 이런 연회가 싫증이 났
겠죠?"

"……."

"그런데 왜 이런 연회에 참석하세요?"

쿨리지는 담담한 표정으로 대답했다.

"어디에서든지 먹기는 먹어야 하니까요."

이후, 쿨리지는 대통령 자리에 올랐다.

한 기자가 쿨리지 대통령에게 질문했다.

"각하의 정치적 성공 비결은 무엇이라고 생각합니까?"

"그건 매우 간단합니다. 나는 항상 귀 기울여 남의 말을 들으며
내 갈 길을 간 것뿐입니다."


사람들은 말할 재료를 가지고 있지 않으면서도 그 재료를 늘리
려고 노력하지 않는다.

평소에 말이 없는 사람이라도 화제가 흥미진진한 내용이라면 자
기도 모르게 분위기를 타 열중하여 말하게 된다. 무엇인가에 감격
했을 때나 자신이 열중하고 있는 취미가 화제로 나오면, 한마디 하
고 싶어 근질거려지는 게 일반적인 경우다.

사람은 자기가 좋아하는 일이나 잘 알고 있는 것은 말하고 싶어
한다. 또 그 부분에서는 말을 잘한다.

호기심을 가지고 바라보면 많은 것들이 이상하고 신기하고 재미

있고 신선하게 빛날 것이다. 그러면 화제는 얼마든지 만들어지는 것이다.

때로는 실수를 할 때도 있을 것이다. 그러나 실패는 누구나 하는 법이다.

실패하더라도 당황하거나 기죽지 말고 몇 번이고 말하는 방식을 바꿔가며 화제를 궁리하여 쌓아 가는 일을 계속하다보면 조금씩 자신도 생기고 화제에도 광택이 생기게 된다.

### 9) 배려하는 말하기

프랑스의 유명한 희극 배우 베크만이 어느 날 연극 평론가를 모욕하였다.

명예 훼손으로 고소당한 그는 마침내 그 평론가의 집에 가서 증인 입회하에 정중하게 사과하기로 합의를 보았다.

약속된 날, 평론가는 증인들과 함께 베크만이 나타나기를 기다렸다.

이윽고 약속 시간이 되자 현관의 벨이 울렸다. 현관문이 열리자, 베크만이 반쯤 열린 문틈으로 머리를 들이밀며 말했다.

"여기가 상인 슐체 씨 댁입니까?"

평론가는 어이없어하며 이상하다는 얼굴로 대꾸했다.

"아니오. 여기가 아닙니다만……."

그러자 베크만은 매우 정중하게 사과했다.

"아, 대단히 죄송합니다."

그리고는 재빨리 자취를 감추고 말았다.


일상적인 대화에서는 서로 이야기하거나 또는 서로 듣게 된다. 어느 한쪽이 이야기하고 있다면 다른 한쪽은 듣는 사람이 된다. 즉 말할 때도 들을 때도 상대를 배려하는 마음이 필요한 것이다.

세상에는 사람을 대할 때 거만한 자세로 대하는 습관을 가진 사람이 있다. 특별한 위치에 있는 사람이 아닌데도 본성이 그런 것이다. 대화를 나눌 때도 얼굴에 거만함이 가득하여 등 뒤에 막대라도 받쳐주고 싶어질 정도다.

반대로 불필요하게 머리를 조아리고 겸손해하는 사람이 있다. 그러나 지나친 겸손은 피하는 것이 좋다.

그러나 가장 중요한 것은 상대방의 결점을 들추지 않는 배려이다.


## 10) 부모의 좋은 코치? 나쁜 코치?

부모로서 내 자녀를 바라보는 고정관념을 버리고 맑은 마음을 갖게 된다면 그 다음 나는 과연 자녀들에게 어떤 부모인가 스스로 자문하는 습관을 통해서 나를 바라보게 되면 더 깊게 부모 코칭의 기술을 강력하게 하는 동기유발이 생성된다.

⑴ 나는 좋은 부모인가?

　-질문하기

　-내 생각을 자녀에게 일방적으로 강요하고 있지는 않는가?

　-등교 전이나 식사 시간을 잔소리하는데 쓰고 있지는 않는
　　가?

　-나의 잘못을 자녀의 탓으로 돌린 적은 없는가?

　-자녀가 잘못을 깨달았는데도 되풀이하여 야단친 적은 없
　　는가?

　-내 기분에 따라 자녀를 대하고 있지는 않는가?

　-자녀가 힘들어 할 때, 잘잘못을 따지기보다 조용히 격려해
　　주는가?

　-자녀의 가장 친한 친구가 누구인지, 자녀가 좋아하는 사람
　　은 누구인지 알고 있는가?

　-자녀가 무엇을 잘하고, 무엇이 되고 싶어 하는지를 알고
　　있는가?

　-자녀가 이룬 것이 아무리 사소할지라도 진심으로 기뻐하
　　고 칭찬해 주는가?

　-가끔씩이라도 자녀와 함께 즐거운 시간을 갖고 있는가?

(2) 나는 이런 부모가 되고 싶다

　-답 찾기

　-자녀를 어떻게 키워야 할지 방법을 잘 모르겠다.

　-나의 좋지 않은 습관을 바꾸고 싶다.

　-과거의 짐을 벗어버리고 새롭고 능력 있는 부모가 되고
　　싶다.

　-부모로서 인생의 목표를 새롭게 설정하고 싶다.

　-내 자녀를 탁월한 리더로 키우고 싶다.

　-자녀의 잠재력과 능력을 잘 개발해주고 싶다.

　-자녀를 스스로 책임지는 성숙한 사람으로 키우고 싶다.

　-자녀들과 늘 친밀한 관계를 유지하고 싶다.

　-존경 받는 부모가 되고 싶다.


　지금까지 우리가 알고 있는 일방적인 지시나 가르침에 의한 양육 방법으로는 자녀들을 성공적으로 키우기에는 힘들다. 부모로서 자신의 자녀의 삶에 중요한 영향력을 미치는 사람이 되고 싶다면 스스로 습관을 통해서 그들의 입장이 되어서 그들의 말에 귀를 기울이며 대화를 나눠야 한다. 미국 아이오와 대학의 연구기관에서 실시한 조사에 따르면 우리나라 나이로 세 살 정도의 아이들이 하루에 듣는 부정적인 말과 긍정적인 말의 비율은 100:1 정도라고 한다. 어려서부터 자신감이 꺾이면서 자랐기 때문에 많은 교사들

이 교육 현장에서 아이들이 무기력하고 자신감이 없으며 자발성이 떨어진다고 느끼는 것은 전혀 이상한 일이 아니라고 한다. 청년들의 통계를 봐도 10명 중 3명 정도만이 스스로 만족할 정도의 자신감을 가지고 있다고 한다. 제임스 휘필드 박사가 「아이의 내면 치료」라는 책에서 언급하는 아이들의 자신감을 약하게 만드는 부정적인 메시지와 규칙의 내용은 다음과 같다.


(3) 자녀들의 자신감을 옭매는 부정적인 규칙들
    -내가 시키는 대로 할 것, 착하고 친절하고 완벽하게 행동할 것
    -자신의 생각이나 의견을 나타내지 말 것
    -공부에 신경 쓸 것, 귀찮은 질문은 하지 말 것, 가족을 실망시키지 말 것


(4) 자녀들의 자신감을 꺾는 부정적인 메시지
    -언제나 착한 자녀처럼 굴어라, 그런 식으로 생각하면 안 돼.
    -그런 짓은 하면 안 돼. 너는 정말 멍청하구나.
    -네가 계속 이런 식으로 행동하면 널 사랑하지 않을 거야.


자녀들은 우리에게 맡겨진 소중한 선물이다. 부모라는 이유만으로 지나친 욕심으로 자녀를 원하는 대로 키우기보다는 자녀 스

스로 원하는 인생을 살아갈 수 있게 교육시켜야 한다는 걸 명심하
자.

## 11) 자녀의 행복지수

　연세대 사회발전 연구소는 한국의 어린이와 청소년들의 행복지
수를 측정해서 다른 나라들과 상대적으로 비교해 보았다. 어린이
와 청소년들이 스스로의 행복감을 평가하는 점수는 71점으로 나
왔다. 경제협력개발기구인 OECD국가 중 최하위 권에 속한 수치
이다. 조사결과 반이 넘는 학생들이 현재 자신은 행복하지 않다고
느끼고 있었으며, 자신의 건강이 좋지 않다고 생각하는 비율도 다
른 나라의 평균치를 크게 웃돌았다고 한다.

　반면에 학업성취에 대한 열망부분에서는 벨기에에 1점 차로 뒤
진 높은 점수로 세계 2위에 올라있었다. 대학이 인생의 모든 것처
럼 보이는 교육 분위기 속에 학생들이 스트레스를 받고 있고 그로
인해 많은 학생들이 자신의 인생을 불행하다고 느끼고 있었다. 하
지만 나이를 먹으면서 점차 깨닫게 되듯이 인생에는 대학보다도
공부보다도 더 중요한 것들이 많이 있다. 주어진 교육방식대로만
따라 살아가서는 무엇이 자신의 삶에 진정 의미 있는 일인지 찾을
수가 없다.

　세상에서 가장 불행한 청소년들이 살고 있는 나라가 되어서는
안 된다. 어린이, 청소년들이 자신들의 미래를 디자인하고 그것에

맞는 교육을 받으며 행복해 하는 나라가 되어야 하지 않을까. 자녀들도 자신이 원하는 인생을 살 권리가 있다. 인간은 누구나 저마다를 위한 계획이 있듯이 우리의 자녀들도 재능과 삶의 목적이 있음을 기억하라.

## 12) 자녀들이 진심으로 바라는 것

몇 해 전, 어린 아들이 혼자 유학생활을 할 때의 일이다. 아이를 홀로 남겨두고 귀국하기 이틀 전, 짠한 마음에 "아빠에게 원하는 것 세 가지만 말하라"고 했다. 아들은 숨도 쉬지 않고 세 가지를 읊었다. "아빠와 영화 보기, YMCA에 가서 함께 운동하기, 미니 골프 함께 치기." 급한 일에 쫓겼지만, 시간을 아껴 소원을 들어주었다. 그날 밤 10시 극장에 가서 영화 〈맘마미아〉를 보았다. 그리고 그 다음날 아침, YMCA에 가서 농구, 탁구, 실내 축구 그리고 수영을 함께했다. 낮에 일을 좀 보고 저녁 때 레크리에이션 월드에 가서 미니 골프와 야구, 포켓볼을 했다. 공항에서의 아들은 밝고 쾌활한 목소리로, 유학생활을 잘하겠노라고 다짐을 했던 기억이 난다.

어린이날을 목전에 두고 있다. 많은 부모가 그동안 소홀했던 마음을 물건으로 대신해 보상하려고 한다. 그러나 자녀들이 진정으로 원하는 것은 부모와 함께하는 시간이다. 같은 시간 같은 곳에서, 같은 경험을 하길 원한다. 사랑은 살을 맞대고 함께하는 것이다.

## 13) 부모의 칭찬과 격려가 명품 자녀를 만든다

한국 사람들은 칭찬하고 격려하는 데 인색하다. 필자 역시 부모님과 학교에서 칭찬과 격려를 많이 받지 못하고 자란 탓에 자녀들을 칭찬하는 데 많은 노력이 필요했다.

아들은 어렸을 적에 야구를 즐겨 했다. 야구 게임이 있는 날이면 부모를 포함한 온 식구가 나와서 응원을 한다. 아이들의 게임 수준은 형편없었다. 공을 떨어뜨리고, 헛스윙을 하기가 일쑤였다. 이상하게도 다른 집 아이들이 실수하는 것은 괜찮은데, 내 아들이 실수하는 것은 용서가 되지 않아서 관전하는 내내 지적하고 야단을 쳤다. 그런데 신기한 것은 그곳에 있는 코치와 부모들은 한결같이 어린 선수들을 칭찬하고 격려하는 것이었다. 헛스윙을 하고 들어오는 아이에게 공이 맞았으면 홈런이 되었을 것이라고 격려해 주는 것이었다. 또 공을 제대로 받지 못해 떨어뜨린 아이에게는 공을 받는 자세가 아주 좋았다고 격려해 줬다. 그래서인지 아이들은 실수에 주눅 들지 않고 다음 경기에도, 그 다음 경기에도 당당히 나와서 또 떨어뜨리고, 헛스윙하고, 아무 데나 공을 던졌다. 그러나 3개월이 지났을 무렵 아이들은 놀랄 만한 성장을 보여 주었다.

필자는 아이들의 야구 경기를 관람하면서 칭찬과 격려의 효력을 직접 눈으로 확인했다.

칭찬과 격려가 풍성할 때, 명품자녀가 만들어짐을 깨달았다. 무조건 지적하고 야단치면 아무도 성장할 수 없다는 걸 깨달았다. 모두 주눅 들어 새로운 시도를 하지 않게 되고, 실수했을 때 받을 비난의 화살이 두려워 시작할 엄두도 내지 못하는 겁쟁이 자녀가 된다는 걸 알았다. 내가 하는 한마디의 칭찬과 격려는 자녀의 삶에 좋은 영양소가 됨을 명심하라.

## 14) 당신은 자녀와 통하는가?

가장 친한 친구가 누구냐는 질문을 받았다고 해보자. 우리는 오래 고민할 필요도 없이 재빠르게 한 사람의 얼굴을 머릿속에 떠올릴 것이다. 가장 많은 시간을 함께 보냈거나, 가장 많은 대화를 나누며 잘 이해한다고 믿었던 친구의 얼굴이다. 그의 이름을 말하자, 이번에는 어째서 그 친구와 가장 친하다고 생각하는지 이유를 묻는다. 이런 질문을 받으면 모든 사람들이 비슷한 답변을 내놓는다고 한다. 그 친구와 나는 서로 잘 통하기 때문이라고 말이다.

'통'한다는 말은 곧 사람 사이에 관계를 맺고 원활한 커뮤니케이션을 한다는 의미다. 부부, 친구, 동료 사이는 물론 부모와 자녀, 형제들 사이에서도 '통'해야 관계가 원만하다.


나는 가장 좋은 친구를 중학교 2학년 때 만났다. 학생들을 키가 큰 순서로 일렬로 세워 번호를 매기고 앞자리부터 앉혔던 시절이었다. 그 친구는 나보다 키가 컸는데도 어쩌다보니 내 앞에 섰던 탓에 우리는 한 번호 차이로 나란히 앉는 짝이 되었다. 그렇게 시작된 인연이 지금까지 20년이 넘도록 꾸준히 이어지고 있다.

우리가 친밀한 관계를 유지할 수 있었던 것은 '통'해왔기 때문이다. 고등학교와 대학을 서로 다른 곳으로 진학했지만 잦은 만남과 연락으로 관계가 뜸해졌던 적이 없었다. 나이가 들고 각자의 생활이 달라지면 예전의 관계를 유지하기 어렵다. 상대방의 달라지는 모습이 낯설고 내가 아는 사람이 아니라고 생각되는 것이다. 하지만 오랫동안 꾸준히 맺어온 관계는 성장과정을 가까이서 지켜보며 그의 변화까지도 이해할 수 있게 만든다.

부모와 자녀관계는 친구와는 또 다르다. 자라온 환경이나 경험이 다르기 때문에 서로를 이해하기가 그만큼 어렵기 때문이다. 하지만 어떤 가정의 아이들은 부모와 대화하는 시간이 즐겁다고 말한다. 말이 잘 통하고 이해받고 있다고 느낌은 '통'한다는 것이다. 반면 또 다른 가정의 자녀들은 부모와 대화하는 일이 점차 불편해지고 멀어진다고 생각한다. '부모님은 우리를 이해하지 못해요. 말이 안 통하는데 어떻게 대화를 할 수 있겠어요?'라는 자녀의 말은 소통, 즉 '통'하지 못하고 있다는 증거이다.

-자녀들과 대화하는 시간은 얼마나 되는가.
-부모는 자녀들이 하는 말과 관심사를 이해할 수 있는가.
-자녀들은 부모에게 이해받고 있다고 느끼는가.

-부모와 자녀간의 대화는 어떤 주제로 이루어지는가.

-부모와 자녀의 대화시간이 즐거운가.

이 같은 물음에 대한 답변은 부모와 자녀 사이의 친밀도와 소통하는 정도를 알려주는 방법이다. 소통은 어느 날 갑자기 완성되는 것이 아니다. 자녀가 어릴 때부터 부모와 관계를 맺고 소통하는 일을 시작하도록 하라. 우리 애들은 부모와 통하지 않는다고 느끼는 시점부터 빠르게 멀어져간다. 이미 멀어진 후에는 관계를 회복하기가 그만큼 어렵다.

# CHAPTER 4

# 언어의 기술

# 01
# 자녀를 부지런히 가르쳐라

교육열이 매우 높은 국가 중에 하나가 우리나라라고 한다. 어느 나라일지라도 교육의 중요성을 강조하기는 마찬가지지만 우리는 교육에 대해서 마치 생명을 바쳐, 우리의 모든 삶을 자녀 교육에 맞추고 있다. 한 가구 당 월평균 약 50-60만원의 돈이 사교육비로 들어가고 있다고 한다. 강남의 집값이 고공행진 하는 것도 오직 자녀교육 때문이라는 것을 우리는 너무 많이 들어 알고 있다.

세계의 어느 민족이든 다 자녀들이 잘 되기를 바라고 또 공부를 잘 하기를 바라지만 우리는 그 도를 넘어서고 있다.

우리의 자녀들이 천재, 수재, 영재이고, 배우지 않아도 척척 알고 염려하지 않아도 좋은 대학에 들어가면 얼마나 좋을까? 우리나라 부모들의 소원은 오로지 자녀들이 공부 잘 하는 것이다.

그러나 우리가 꼭 알아야 할 것이 있다. 우리의 교육열로 인해 자녀의 소원이 이루어지고, 그것이 곧 자녀의 미래이고 가장 큰 유산이라고 생각해서는 안 된다. 우리가 생각하는 교육보다도 더 중요한 교육과 교육 목적이 있다.

예를 들어, 유대인들은 교육으로 인해서 세계를 지배하고 있다. 세계의 모든 민족이 유대인의 교육을 배우려고 하고, 유대인의 교육을 통해서 유대인같이 훌륭한 인물들을 배출하려고 하고 있다. 노벨상을 받은 사람의 25%가 유대인이다. 특별히 과학 분야나 물리학 분야는 60%가 유대인이다. 도대체 무엇을 어떻게 교육받았기에 세계의 200 여 국가 가운데 가장 작은 민족이 이렇게 뛰어날 수 있을까?

유대인의 인구는 남한의 10분의 1밖에 안 된다. 세계에 흩어져 있는 유대인을 다 합해도 우리나라 인구의 4분의 1 정도 밖에 안 된다. 그럼에도 불구하고 어떻게 이런 놀라운 일이 일어날 수 있었을까?

또 미국에는 상당한 수준을 갖춘 대학이 3천 개 정도가 된다고 한다. 그런데 거기에 25%의 교수가 유대인이라고 한다.

그렇다면 유대인의 아이큐가 세계 제일일까? 그건 아니다. 유대인들은 어려서부터 혹독하게 교육을 받아서일까? 그것도 아니다.

유대인이 과외를 우리나라 아이들처럼 할까? 그것도 아니다. 그러면 어떻게 이런 일이 일어날 수 있었을까? 한 마디로 유대인 부모님들은 성적에 관심이 없다. 그들이 지향하는 교육은 오로지 참다운 인간이 되어야 한다는 것뿐이다.

루소는 말하기를 "교육의 목적은 기계를 만드는 데 있지 않고, 사람을 만드는 데 있다."고 했다. 교육의 목적은 바로 변화(change)이다. 지식이 없는데서 지식을 넣어서 지성인으로 변화시키는 것이다. 무식한데서 유식한 사람으로 체인지를 시키는 것이다.

무지하게 살아가는 사람들을 가르쳐서 올바른 행동을 하도록 체인지를 시켜주는 것이 지식인 것이다. 오늘 지식의 가장 중요한, 참다운 교육의 중요한, 체인지에 가장 중요한 사람으로 체인지를 시켜주는 이것이 참 교육의 핵심인 것이다.

그런데 우리의 교육은 어떤가. 동물의 이름을 아는 것으로부터 교육이 시작된다. '이게 뭘까요?', '기린이요.' '그럼 이건 무엇일까요?', '사자요.' 등 교육의 시작을 동물에서부터 하는 반면, 유대인의 교육의 시작은 세계를 움직이는 위대한 정신, 위대한 능력, 인격, 사상을 아는 데서부터 시작한다고 한다.

## 1) 아버지와 많은 시간을 보낸 자녀가 지능이 높다

영국 뉴캐슬대학의 연구진은 아버지와 자녀와의 친밀도가 자녀의 장래에 좋은 영향을 끼친다는 보고서를 발표했다. 연구진은 1958년에 태어난 영국인 남녀 1만여 명을 대상으로 아버지와 자녀와의 관계에 대한 영향들을 조사했다.

이 조사에서 조사 대상자들 중, 어린 시절 아버지와 독서, 여행 등 다양한 관계형성을 이룬 사람들과 그렇지 못했던 사람들을 분류하고, 그들의 사회적 신분과 지능과의 관계를 분석했다.

결과는 놀랍게도 아버지와의 관계가 친밀했던 사람들이 상대적으로 높은 지능을 보였고, 신분 상승 능력이 더 큰 것으로 나타났다. 연구를 담당한 '대니얼 네틀' 박사는 어린 시절 아버지의 관심 속에 자란 것이 자녀의 지능과 사회성에 분명한 영향을 끼쳤다고 말한다.

자녀의 미래는 돈으로 살 수 없는 귀중한 것이다. 아버지에게 배우는 꿈, 용기, 지혜 그리고 사랑이야말로 이 세상 그 누구보다 특별한 존재로 자라게 하는 최고의 영양제다.

또한 아버지의 스킨십은 말보다 강하다. 육체적인 접촉 없이 자란 아이들보다 안아 주거나 입맞춤을 해준 자녀들이 훨씬 건강하게 자란다고 한다. 아버지가 딸을 많이 안아 주는 것은 매우 중요하다. 그들은 아버지의 품에 안겨 여성성을 키워 나간다. 반면 아들은 아버지의 품에 안겨서 남성성을 키워 나간다.

이에 대해 토마스 카알라일은 "우주에는 성전이 하나뿐인데 그 것은 인간의 몸이다. 인간의 몸에 손을 댈 때에 우리는 하늘을 만진다."고 말했다.

한편 자녀들은 사랑을 먹고 자란다. 부모의 따뜻한 포옹과 스킨 십은 자녀들의 가슴을 덮어주고 그 온기가 고스란히 세포 속에 남아, 그 자녀가 성장하면서 사랑이 고갈될 때마다 다시 되살아나 가슴을 덥히는 위력을 발휘한다. 사랑이 담긴 부모의 손끝에 하늘 같은 아이들의 일생이 달려 있음을 명심하자.


## 2) 자녀교육은 잔소리로 되지 않는다

나는 자녀들이 말을 안 듣는다고 한탄하는 부모들에게서 한 가지 공통점을 발견했다.

그들은 교육에 대해 오해를 하고 있었다. 그들은 늘 이렇게 말한다.

"스스로 하게 하려고 내버려둔다."

그러나 분명히 알아두어야 할 것이 있다. 아이 스스로 할 나이가 되기 전에 부모가 가르쳐야 할 시기가 있다. 아이가 어릴수록 부모가 바른 판단을 내려주고, 바른 행동 양식을 가르쳐주어야 한다. 그 과정을 거쳐야만, 아이는 배운 것을 가지고 스스로 할 수 있다. 스스로 하게 한다는 핑계를 대며 교육에 힘을 쏟지 않는 부모들은 자녀들에게 "해라!"와 "했니?"로 교육을 다한 것처럼 생각한다.

"숙제해라", "다 했니?"

"공부해라", "안하니?"

이런 말보다는 왜 그것을 해야 하는지 먼저 알게 하고, 옆에서 도와주고, 다 했을 때 점검해주고 칭찬해주어야 한다.


## 3) 자녀와 대화를 시작하는 규칙들

### – 사소한 내용부터 시작하자

먹고 자는 일을 비롯한 일상생활의 사소한 일들을 공유하는 일이 시작인 것이다. 좋아하는 음식과 잠자리에 드는 시간, 휴일을 어떻게 보낼지에 대한 일들부터 대화하는 습관을 길러보자. 잔소리꾼이 되지 않으면서도 자녀들의 생활을 파악할 수 있는 방법이다.

### – 서로의 의논상대가 되자

자녀들이 필요로 할 때 고민거리를 들어주고 상담할 수 있는 부모가 되어야 한다. 그러기 위해서는 자녀들의 관심사에 열려있어야 한다. 한편 부모의 고민에도 자녀가 협력하도록 만들어라. 심각한 일이 아니라 친구들과의 모임에 입고 갈 옷을 고르는 작은 일이라도 의논을 해보면, 자녀들은 저희가 부모의 의논상대가 된 듯 우쭐하며 만족감을 느낀다.

## – 긍정문으로 질문해야 긍정문으로 답변한다

같은 말을 하더라도 긍정문으로 하는 부모가 자녀들의 환영을 받는다. '음식을 흘리면서 먹는 건 나쁜 습관이라고 했지?' '욕을 하지 마라.'와 같이 부정적인 표현은 거부감을 일으키기 때문이다. '음식을 흘리지 않고 먹는 것이 좋은 습관이야.' '예쁜 말을 써야 남들에게 사랑받는다.'와 같이 긍정적인 표현을 기본으로 사용해야 한다.

## – 자녀가 말할 때는 끝까지 듣는다

어른들의 나쁜 습관 중의 하나는 아이의 말을 중간에 자르는 것이다. 비록 자녀가 조리 있게 말하지 못하고, 말하려는 내용이 짐작 가더라도 끝까지 들어주어야 한다. 자기 말을 끝까지 경청하는 사람에게 말하고 싶은 것은 아이나 어른이나 다르지 않다.

## – 칭찬해주며 대화한다

'칭찬은 고래도 춤추게 한다.'지 않던가. 조련사들도 동물을 훈련시킬 때 채찍만 사용하지 않는다. 가르치던 대로 행동을 했을 때 좋아하는 음식을 상으로 내려 칭찬한다. 자녀교육에 있어 칭찬은 비타민의 10배쯤은 되는 영양분이다. 자녀가 말할 때 '그런 단어도 알아? 놀라운데.' '역시 우리 아들은 똑똑하다니까.' 등의 칭찬을 추임새로 곁들여라.

## 4) 자신감 있는 자녀로 키우는 5가지 대화 방법

### – 자녀의 기를 살려주는 대화

자녀가 새로운 일을 시도하려 할 때는 어른의 기준으로 무조건 못하게 할 것이 아니라, 곁에서 지켜봐 주면서 실패의 두려움을 없애주고 격려해 주는 것이 중요하다.

### – 작은 일에도 칭찬을 해주는 대화

매일 한 가지 이상 잘한 행동에 대해서는 칭찬을 많이 해준다. 단순히 말만이 아니라 머리를 쓰다듬어주거나 엉덩이나 등을 두드려 준다. 가볍게 안아 주거나 놀란 표정을 지어 온몸으로 자녀를 칭찬해주어도 좋다.

### – 자녀가 스스로 해결할 수 있는 기회를 만들어주는 대화

어떤 일을 할 때 지시하기보다는 자녀가 스스로 심사숙고하여 문제를 해결할 수 있는 충분한 시간을 주는 것이 좋다. 혼자서 문제를 찾아 해결할 수 있도록 끊임없이 격려하고 독립심을 북돋아준다.

### – 비난하거나 냉소적인 태도는 피하는 대화

자녀가 비록 잘못을 했다 하더라도 감정적으로 얼굴을 붉히거나 무조건 크게 화내는 일은 삼가야 한다. 간혹 자녀가 한 일에 너무 화가 날 때 잠시 자신의 감정부터 다스리고 자녀를 대해야 한다.

## – 비교하지 않는 대화

형제나 친구, 친척과 비교해서 자녀를 위축시키지 않는다. 자녀가 또래에 비해 어떤 부분에서 발달이 늦더라도 상심하지 않도록 잘하는 것을 찾아서 칭찬한다.

## 5) 자녀의 호기심을 키워주는 대화 방법

### – 자녀의 질문에 항상 관심을 보여 주어야 한다

"그래, 그게 궁금했었구나. 어떻게 그런 생각을 했니?

### – 자녀의 연령, 질문동기, 지능정도를 고려하여 이해할 수 있도록 눈높이에 맞는 대답을 해 준다

### – 질문에 칭찬을 해주며 자신감을 심어 주는 것이 좋다

"그래 참 좋은 질문이구나!

엄마는 이런 생각을 한 네가 정말 대단하게 느껴지는 걸."

### – 어려운 질문은 백과사전, 과학도감, 인터넷 등으로 함께 찾아보는 태도가 필요하다

"엄마도 잘 모르겠구나. 우리 함께 찾아볼까? 엄마도 정말 그 답이 궁금한데?"

### – 때로는 부모가 질문을 던져 보라

"너라면 어떻게 할 것 같니?"

**– 일방적인 대화보다는 생각할 수 있게 하는 열린 대화**

"학교에서 재미있게 놀았니?" "네." "아니오."로만 대답하는 닫힌 대화법이 아닌 "오늘 배운 것 중 무엇이 가장 재미있었니?"와 같은 열린 대화를 나눈다.

**– 자녀가 질문할 때 "만약?" 이라고 되물어 본다**

"왜 밤에 잠을 자야 하나요?"라는 자녀의 질문에

"만약 잠을 자지 않으면 어떻게 되지?" 하고 되물어 본다.

**– 자녀의 질문에 즉각적인 대답보다 "글쎄, 왜 그럴까?" 같은 질문으로 반응하라**

'꼭 말을 해야 알아? 그냥 통하는 거지.'라고 말하는 사람들이 있다. 하지만 말하지 않고도 상대방이 알아들을 거라는 믿음이 설득력을 잃은 지 오래다. 사람마다 생각이 다르고 표현이 제각각인데 오해를 받지 않고 진심을 전하기 위해서는 대화가 필수적이다. 긴 세월을 함께 살고도 이혼하는 부부들의 사례 역시 이러한 오해가 깊어진 결과인 것이다.

말은 생각을 담아내는 그릇이다. 그릇이 깨져있으면 음식물이 흩어져 형체를 알아볼 수 없게 되는 것처럼, 말이 제 역할을 수행하지 않으면 생각은 뿔뿔이 나뉘어 상대에게 전해지지 않는다. 말을 못하는 사람들이 수화를 하거나, 몸짓으로 말하는 이유도 이와 같다. 표현을 하지 않고서 이해를 바라는 건 얼마나 큰 모순인가.

　모든 부모는 자녀들과의 관계가 친밀하기를 바란다. 그리고 그러한 바람을 자녀들이 이해할 것이라고 은연중에 믿고 있다. 하지만 재미있는 사실은 '이해'를 받기 위해서도 '표현'이 먼저라는 것이다. 자녀들과의 관계가 소원하다고 말하는 부모들이 하나같이 대화가 부족하다는 사실도 이를 증명하는 일이다.

**02**

# 자녀를 변화시키는
# 칭찬의 위력

성공한 사람들에게서 공통적으로 발견되는 점이 있다. 그것은 바로 그 사람들을 격려하고 칭찬해 준 누군가가 있었다는 사실이다.

'알버트 아인슈타인' 하면 모르는 사람이 없을 것이다. 많은 사람들은 그가 20세기가 낳은 최고 천재 중의 한 사람이라고 말한다. 그러나 그의 학창시절을 보면 그는 결코 천재가 될 자격이 없는 사람이었다. 그의 고등학교 생활기록부에는 담임선생님의 날카로운 지적이 생생히 적혀 있다. "이 학생은 무슨 공부를 해도 성공할 가능성이 없습니다."

이러한 내용이 적힌 성적표를 받아든 아인슈타인의 어머니는 낙담해하는 아들을 달래주며, 이렇게 격려해 줬다.

"아들아, 너는 다른 아이와 다르단다. 네가 다른 아이와 같다면 너는 결코 천재가 될 수 없어."

아인슈타인의 담임선생님은 그의 천재성을 알아보지 못했지만, 그의 어머니는 아인슈타인의 가능성과 미래를 보았던 것이다.

아인슈타인은 어머니의 격려에 낙담하지 않은 채 도리어 용기를 얻었으며, 자기에게 주어진 재능을 발휘할 수 있는 기회를 기다리며 묵묵히 학문에 매진했다. 그 결과, 20세기가 낳은 최고의 천재 중 한 사람이 되었다.


어느 날 학교에서 돌아온 딸아이가 자기 친구의 바이올린 솜씨가 무척 놀랍다면서, 입에 침이 마르도록 칭찬을 하였다. 딸아이는 자기 친구가 고등학교 기악반에서 활약하는 여러 가지 일을 끝도 없이 늘어놓았다. 나는 딸아이의 말을 가로막으며 물었다.

"애야, 너도 바이올린 강습을 받고 싶니?"

"예. 바이올린 연주를 하고 싶어요. 하지만 오케스트라 속에 묻힌 바이올린 연주자의 한 사람이 되고 싶지는 않아요. 바이올린 수석 연주가가 되고 싶어요."

"그래? 그럼, 한번 해보려무나."

나는 반 농담으로 딸아이를 격려하였다.

“하면 된다는 결심만 있으면, 안 될 일이 없잖니?”

그런 뒤 딸아이는 바이올린 강습을 받았고, 얼마 뒤에 고등학교 오케스트라의 일원이 되었다. 오케스트라 내의 바이올린 연주자가 된 것이다.

그녀는 제일 끝인 말단의 자리에서 시작하였다. 딸아이는 조금도 게으름을 피우지 않고 오히려 더욱 열심히 연습했다.

그러던 어느 날, 집에 돌아온 딸아이는 자랑스럽게 자기가 수석 연주자가 되었다고 말했다.

“아버지, 정말 되는데요. 하면 된다고 굳게 믿고 했더니, 이렇게 됐잖아요.”


이처럼 우리의 생활에 격려가 밑받침되면, 자신의 꿈을 이루면서 훌륭한 역할을 감당하는 사람이 많이 나타날 것이다.

## 1) 야망을 키워주는 칭찬

목표를 달성할 때까지 자녀들은 종종 휘청거리고, 그러면서 인생에 대해 더 많은 것을 발견하게 된다.

따라서 자녀들이 좌절을 거듭하는 동안 자극과 영감을 불어넣어 주고, 격려해 주어야 한다.

볼프강 아마데우스 모차르트는 걸음마를 할 때부터 음악가인 아버지가 누나에게 피아노를 가르치는 것을 지켜보았다.

네 살 때 이미 첫 번째 협주곡을 작곡해 아버지를 기쁘게 했던 모차르트는 아버지가 이끌어주어 본격적인 음악의 길로 나서게 되었다.


마이클 조던은 고등학교 때 성적이 형편없었다.

근면한 소작인의 아들이었던 그의 아버지는 아들이 야망을 갖지 않은 것이 도무지 이해가 되지 않았다.

아버지는 마이클에게 성적이 좋아지지 않으면 대학은 그림의 떡에 불과하다고 상기시켜 주었다.

마이클은 그제야 '정신이 번쩍 들어' 열심히 공부했으며, 그 결과는 미국 농구의 역사가 되었다.


베스트셀러 저술가인 에밀리 포스트는 건축가인 아버지와 함께 나눈 이야기를 잊을 수 없다고 고백했다.

아버지는 인생은 집을 짓는 것과 같다고 말했다.

"네가 원칙을 알고 그걸 존중한다면 건물을 잘 지을 수밖에 없다."

세월이 흐른 뒤, 에밀리 포스트의 7백 페이지에 달하는 에티켓 규칙에 관한 책은 베스트셀러 목록의 정상을 차지했다.


자녀들이 보지 못하는 것을 부모들은 볼 수 있다. 그만큼의 인생을 더 살아왔기 때문이다.

부모는 삶의 경험을 통해, 수많은 실패를 경험하면서 자연스럽게 배우게 된 지혜를 자녀들에게 말해주고 싶어 한다. 그리고 작은 꿈이 아니라, 세상을 변화시킬 수 있는 커다란 꿈을 가지고 나아가기를 소망한다.

자녀들이 우물 안 개구리가 되지 않게 하려면, 계속해서 가능성을 이야기하며 길을 열어주어야 한다.


## 2) 용기를 주는 칭찬

루이스 사이먼은 널리 알려진 베이스기타 연주자로 아서 가프리와 재키 글리즌의 텔레비전 쇼에서 정기적으로 연주했다.

그는 아들 폴의 음악적 기질을 격려하며, 열네 살 때 아들에게 음향 기타를 사주었다.

폴이 자기 집 화장실에서 뮤지컬을 연습하고 있을 때, 전문적인 음악가인 아버지가 해준 칭찬은 폴에게 큰 힘이 되었다.

"멋지다, 폴. 넌 멋진 목소리를 가졌구나."

뮤지컬은 히트를 했고, 폴은 학교 콘서트와 댄스파티에서 노래를 부르게 되었다.


우리는 때때로 앞을 볼 수 없을 만큼 지독한 안개 속에 서 있는 경우가 있다. 그러한 상황에서 우리가 계속 앞으로 나갈 수 있는 방법은 안개 속에서도 볼 수 있는 밝은 빛을 가지는 것이다.

그 빛에 의지하여 한 발 한 발 내딛다보면 가고자 하는 목적지까지 도달할 수 있다.


### 3) 헌신을 가르치는 칭찬

"눈송이는 각각 다르게 생겼지만 하나하나가 그 자체로 완벽하단다."

이 이야기는 발레리나 니쳴 니콜스의 아버지가 딸에게 해준 말이다.

열네 살 때 니쳴은 시카고 발레 아카데미에서 오디션을 받기로 약속했다.

발레 지도교사는 니쳴이 흑인인 것을 알고는 '흑인은 발레를 할 수 없다'고 했다.

그녀의 아버지는 즉시 강력하게 항의했다.

"당신은 이 애의 춤을 보겠다고 약속했잖소. 그래서 우린 지금 여기 온 거요."

니쳴은 멋지게 춤을 추었고, 곧 입학 허가를 받았다. 그녀는 곧 발레계의 다양한 춤의 형태를 이끌어 갔다.

니쳴은 아버지의 헌신에 힘입어 자신의 분야에서 화려한 꽃을 피웠다.

우리가 불가능하다고 생각하면, 그 일은 할 수 없다. 그러나 가능하다고 생각하면, 그 일은 반드시 이루어진다. 하지만 그 바탕에는 그 일을 이루려고 하는 열정과 노력이 함께 동반되어야 한다.

우리가 얻고자 하는 것이 있다면 분명 그것을 성취하기 위해 버려야 할 것, 포기해야 할 것이 생기게 마련이다.

하지만 애벌레가 나비가 되기 위해 허물을 벗어버리지 않으면 안 되는 것처럼, 더 큰 가치를 위한 것이라면 우리는 과감히 포기해야 한다.

## 4) 길을 열어주는 칭찬

대가족의 막내로 자란 사라 오필리어(재담가 : 미니 펄)는 많은 사랑을 받았다. 네 살 때 피아노 앞에서 가족과 친구들을 위해 공연을 하고, 자주 사람들에게 노래와 춤을 선보였다. 아버지 토머스는 그녀에게 휘파람과 새소리 내는 법을 가르쳐주었다.

아이들이 어릴 때 토마스는 믿기 어려운 이상한 이야기들을 많이 해주었다. '그 이야기가 사실인지 아닌지 알 길은 없었지만' 딸들에게는 아버지의 이야기가 재미있고 인상적이었다. 하루는 막내 사라 오필리어가 물었다.

"하지만 아빠, 지난번엔 그런 식으로 말씀하지 않으셨는데요."

"물론 그러지 않았지."

아버지가 대답했다.

"그렇지만 새로운 게 들어가니까 더 재미있지 않니?"

그 재능 있는 이야기꾼은 뒤에 그의 딸이 '미니 펄'이 되어 자신의 이야기로 다른 사람들을 즐겁게 해주면서 거두게 될 창조력과 다양한 생각의 씨앗을 심고 있었던 것이다.


자녀를 가장 가까이에서 지켜보는 사람은 바로 부모다. 그리고 자녀를 가장 잘 알고 있는 사람도 바로 부모다.

자녀가 무엇을 잘 하는지, 무엇을 싫어하는지, 무엇을 좋아하는지, 무엇을 두려워하는지 자녀 자신보다 더 잘 알고 있다.

또한 부모는 지금의 모습보다 10년 아니 더 미래의 모습을 바라보며, 자녀가 가진 재능과 능력을 평가하기 때문에 그 말에는 힘이 있다.


## 5) 책임감을 길러주는 칭찬

스티븐 바턴 대위는 자신이 가진 것을 늘 가난한 사람들에게 나눠주는 것을 원칙으로 삼았고, 고향의 빈곤한 사람들에게 거처를 마련해 주는 일에 앞장섰다.

나중에 그의 딸 클라라는 미국 남북전쟁 동안 최전선에 구호품을 가져갈 수 있게 해달라고 다니엘 루커 대령에게 청원했다.

이 일을 시작으로 클라라 바턴은 1881년 미국 적십자를 탄생시키게 되었다.

자녀에게 경제적 책임의 본을 보여준 아버지는 자녀가 성공적인 삶과 활동을 실현할 수 있는 실질적인 토대를 마련해 준 셈이다.

"열심히 일하고, 신세를 졌으면 갚아라."

간단한 충고지만, 자녀가 출세하기를 원한다면 꼭 필요한 충고다.


책임감은 자신을 중요한 존재로 느끼게 만들어준다.

자신이 꼭 그 일을 해야만 한다는 부담감을 줄 수도 있으나, 그 일을 완성하기 위해 최선을 다하게 되고, 결과가 눈에 보이면 자신감도 함께 얻을 수 있다.

**03**

# 자녀와의
# 교감을 가져라

　오랜 가뭄과 심한 황사 현상 끝에 안개비가 오다말다 하던 날이었다. 비 같지도 않은 비라  손자와 산책을 가면서 우산을 쓰지 않았다. 어린 것의 손을 잡고 급한 일없이 어슬렁거리는 것도 노후의 조용한 낙중의 하나이다.

　아이의 손은 어쩌면 그렇게 방금 움튼 새순과 닮았는지 아이의 이런 새순처럼 부드러우면서도 힘찬 생명력을 가미하고 있노라면, 늙음이 아무리 흙으로 돌아갈 날만 남겨놓고 있다고 해도 그다지 서럽거나 허망할 것도 없을 것 같아 슬그머니 유쾌해지곤 한다.

아이는 축축해진 제 옷을 만져보고 나서야 비로소 비가 오고 있다는 걸 알았는지, 내 손을 놓으면서 길가 추녀 끝으로 들어가 피하려 들었다. 나는 아이한테 그냥 비를 맞으면서 가자고 했다. 감질나게 인색한 비였지만 그래도 땅을 축이면서 풍겨오는 흙냄새는 제법 강렬하고 싱그러웠다. 그러나 아이는 아빠가 비 맞으면 안 된다고 했다고 한다. 왜? 라는 내 물음에 아이는 아빠가 비 맞으면 마트 아저씨처럼 대머리 된다고 했는데 할머니는 그것도 모르냐고 반문을 했다.

매스컴에서 중국의 온갖 공해물질이 함유된 황사와 산성비에 대해 연일 겁을 줄때라, 아마도 아들은 어린 것이 그런 비를 안 맞도록 그렇게 겁을 준 모양이다.

그러고 보니 길 가는 사람들도 비를 태연히 맞기보다는 하다못해 신문지로라도 머리만은 가리고 가는 사람이 많았다. 기다리던 비를 보통 '단비'라고 말하지만 비가 우리 몸에도 달다고 생각하는 사람은 이제 거의 없는 것 같다. 그럼에도 불구하고 우리는 비를 간절히 기다렸고, 그래도 간간이 내린 비로 인하여 강물은 마르지 않았고, 산과 들은 꽃피고 잎이 돋았고, 한차례의 넉넉한 비로 농사 걱정을 덜게 되었다. 인간이 비 맞기를 꺼린다고 해도 자연이 비 없이 생명력을 유지할 수 있으리라고는 상상도 할 수 없는 일이다.

문득 어릴 적 생각이 났다. 가뭄 끝에 오는 단비건, 나리는 장마

비건 비는 "온다"가 아니라 "오신다"였다. 누구한테도 존댓말을 쓸 필요가 없는 집안의 웃어른인 할아버지까지도 비한테는 존댓말을 쓰셨기에 어린 마음에도 비는 인간의 서열을 초월한 외경의 대상이었다. 그러나 가장 스스럼없이 친할 수 있는 게 비이기도 했다. 집집마다 변변한 우산 하나도 없을 시절이기도 했지만, 기다리던 비가 왔을 때는 걸어가기보다는 맞고 가는 걸 비에 대한 응분의 환대처럼 여겼다. 특히 시골에서 여름에 소나기를 일부러 맞았을 때의 복받치던 환희는 잊혀 지지 않는다. 아이들은 너나없이 옷 입은 체 하늘의 채찍 같은 빗발 속으로 뛰어 들어 뜻 모를 환성을 지르며 너울너울 춤을 추었다. 더위에 지쳐 축 늘어졌던 논의 벼, 밭의 푸성귀와 동산의 나무들이 같이 춤을 춘 건 물론이다, 그때 우리는 푸성귀의 일부였고 나무의 일부였다. 아니면 목말라하던 푸성귀와 나무들의 환희가 옮아붙은 거였다.

자연과 인간과의 완전한 교감으로 말미암아 환희가 어떻다는 것을 요새 아이들이 과연 상상이나 할 수 있을까? 요새 아이들은 우리 세대가 상상도 할 수 없는 온갖 문명의 즐거움을 알고 있으니 피장파장이라고 말 해버릴 수도 있겠으나, 현격한 자연관의 차이만은 섭섭하다 못해 두렵기 조차하다.

젊은이들이 들으면 걱정도 팔자라고 비웃겠지만, 우리 몸에 해로운 비라면 언젠가는 자연에게도 해를 끼칠 것 같은 것도 은근히 겁나는 것 중 하나이다. 봄이 되니 어김없이 꽃은 피고 잎이 돋는 아름다운 산하를 보고 내심 지나치게 반갑고 고마운 것도 언제까지나 그걸 볼 수 있을 것 같지 않은 불길한 예감 때문이다. 개인 수명의 한계를 말하려는 게 아니라, 자연이 언제까지 인간의 학대를 참아 줄 것인지 못내 두려운 생각이 엄습한다. 이 땅 어디든 콘크리트 덩어리가 동산을 뭉개거나 가리지 않는 곳은 남아 있지 않다.

서울이 광화문을 중심으로 어떻게 달라지리라는 이른바 국가 중심가로 조성 계획을 들어도 반갑기보다는 허전하기만 하다. 심한 어긋남 때문이다. 내가 꿈꾸는 서울은 그렇게 달라진 서울이 아니라 지금 만큼이라도 웅장하고 아기자기하고 정정한 북한산이 남아 있는 서울이다. 새롭게 뚫린 훤한 길과 기능적으로 설계된 최신의 휴식처가 아니라 우리가 산 자취를 통해 후손과 손잡고 싶어서이다. 수도의 기능이나 외관은 급히 만들 수 있을지 몰라도 품위만은 오직 시간이 만들어가는 것이기에.

### 1) 대화를 즐겁게 만드는 도구, '유머'

말 실수를 줄이기 위해 말을 많이 하지 말고 신중하라고들 말한다. 하지만 심사숙고해서 빈틈없는 말, 꼭 필요한 말만 하는 대화란 얼마나 무미건조하고 재미없는가? 돈가스에 토마토 케첩을 살짝 뿌려서 먹으면 고기의 느끼한 맛이 없어지고 새콤한 맛을 내며 입에서 술술 넘어간다. 유머도 마찬가지다. 유머를 적당히 섞어서 말하는 것이 인상을 쓰며 이야기하는 것보다 훨씬 재미있다. 이 세상에 가장 무서운 것이 무엇이냐고 물으면 전쟁, 질병 등 많은 대답이 나오지만 사실 150살 내지는 200살까지도 살 수 있다는 의학계의 주장이 있다. 그러다 보면 어떤 사람은 한 직장에서 한 가지 일을 100년 이상 해야 하는데, 재미가 없다면 얼마나 지겨울까? 1등 하는 학생은 공부도 재미로 한단다. 서울대학교를 들어간 어떤 학생이 한 말이다.

"전 공부가 제일 쉬웠어요."

유머는 영화, 소설, 만화, 드라마, 스포츠, 쇼 등에는 물론 우리의 삶속에서 우리를 즐겁게 해주고 있다.

이현세의 만화 중 한 장면이다. 혜성은 유럽에서 '신의 손'이란 호칭을 받고 있는 천재 첼리스트이다. 혜성이는 실내악단에 오디션을 받으러 갔지만 접수담당 아가씨가 막무가내다.

"오디션 받으러 왔는데요."

"(기계적인 목소리로)서류가 미비합니다."

"사정 좀 봐 주세요. 실력만큼은 자신 있어요."

"(기계적인 목소리로)서류가 완비되어야만 가능합니다."

그러자 어이가 없어진 혜성이는 "여기선 무엇으로 연주하나요?"

"네, 그야 당연히 악기로 하지요."

"아~난 또, 서류로 연주하는 줄 알았네요."

이 이야기는 이현세의 수많은 베스트셀러 중 하나인 〈비바체〉란 작품에 나오는 내용이다. 이현세의 성공요소 중의 하나는 바로 그의 탁월한 유머 감각이다. 담당아가씨의 "기계성"과 마지막의 "반전"이 재미있다. 수많은 만화를 만들면서도 새로운 유머를 창출해 내는 그의 기량이 놀랍다.

미국의 유머 강사 존 머리얼은 다음과 같이 말하고 있다.

"우리들이 산업계 사람들을 만날 때 우리가 유머나 놀이에 대해 학교에서 겪었던 똑같은 편견을 그들도 가지고 있다는 것을 알게 된다. 어떤 컴퓨터 생산업자는 업무시간에 웃음을 금지하는 근무 교안을 만들었다는 것이다. 그 일이야말로 아이러니하게도 현재 미국의 경영자들이 눈뜨고 있는 유머와 놀이에 의해 생성된 색다른 사고요, 정신적 융통성이다. 다음과 같은 질문들이 산업계에서 들려오고 있다.

"어떻게 이 상품을 재 디자인해서 새 시장을 뚫을까?"

"어떻게 하면 더욱 경비를 절감할 수 있을까?"를 위한 기초도 갖추지 못하고 있는 실정이다. 다행스럽게도  최근 10년 동안 많은 미국회사들이 사원 교육을 위해 색다른 사고와 정신적 융통성을 증진시키기 위해 유머와 놀이를 도입하고 있다. 어떤 경영자들은 많은 종류의 유머 게임 프로그램을 도입하고 있다. 물론 경영자들이 사원들을 즐겁게 하는데 관심이 있는 것은 아니다. 그들의 관심은 언제나 이윤 창출이다. 그러나 그들은 유머가 넘치는 근무 조건에 비해 무미건조한 근무조건이 창조력, 팀 활성화 등에 전혀 도움이 안 된다는 것을 점차 깨닫고 있는 것이다.

과거엔 오직 희극인들 만이 유머 감각을 필요로 했다. 그러나 지금은 강사, 만화작가, 소설가, 배우, 사업가, 영업사원, 주부 등 거의 모든 부문의 사람들이 유머 감각을 필요로 한다.

대화 안에 유머가 끼어들면 진지함은 반감될지 모른다. 하지만 우리가 사는 일은 진지함 만으로는 한계가 있다. 실수하지 않으려고 이리 재고 저리 재고 말하다보면 분위기는 사뭇 심각해지기만 할 것이다. 적당한 유머가 대화를 유쾌하게 만들고, 같이 있는 사람을 기분 좋게 할 수 있다면 꺼릴 이유가 없지 않은가 싶다. 자녀들이 좋아하는 유머와 농담을 섞어가며 대화의 분위기를 상승시켜라! 모두가 즐거워지는 지름길이 된다.

## 2) 웃음 반, 울음 반

21세기를 무슨 시대냐고 물으면, 미래학자들이 말하기를 기술의 시대다. 정보의 시대다. 문화의 시대다 라고 말하면서 또 하나 말하는 것이 여성의 시대가 되었다고 함은 감성의 시대가 되었다는 것과 같다.

남자들은 어릴 때부터 울면 안 된다고 교육을 받았다. "사나이는 인생에서 세 번만 우는 것이다." 이 말 때문에 우리나라 남자들은 엄청난 손해를 보고 있다. 영화 보러 가면 여자들이 많이 운다. 드라마를 보면서도 울고 이산가족 찾는 광경을 보면서도 운다.

"미워도 다시 한 번", "별들의 고향"을 보며 울었고, "여로"를 보며 울었다. "불효자는 웁니다"를 보면서는 아주 손수건을 쥐어짜며 운다. 여성들은 웃음도 많고 울음도 많다. 그래서 이런 습관 덕분에 오래 산다고 한다.

웃음 또한 마찬가지다. 유머는 말하는 사람과 듣는 사람 모두를 편하게 해준다. 내가 기업체 강의를 다니면서 발견한 일인데, 어떤 단체의 분위기는 아주 좋다.

강의 시작 전에 강사 대접도 잘해주고 인사도 잘한다. 으레 강사의 등장에 밝은 얼굴로 맞아준다. 그러나 그들 중에도 죽어도 안 웃는 사람들이 있다. 잘 웃는 사람은 대개 여자고 안 웃는 사람은 대개 남자들이다.

하지만 남의 유머에 적당히 웃어주는 것이 현대인의 필수적인 요소다. 감정을 발산할 때 하지 않으면 독소가 된다고 한다. 음식도 먹는 것 못지않게 배설이 중요한 것과 마찬가지로 감정도 입력된 만큼 잘 배설해야 정신건강에 좋다는 말이다. 몸의 변비만 있는 것이 아니라 정신의 변비도 얼마든지 있다.

한 예로, 유태인의 자녀교육법은 오랫동안 교육학의 모델이 되어왔다. 그들은 자녀가 아주 어릴 때는 마음껏 만지고 물고 빨고 하며 감각을 발달시키도록 내버려둔다고 한다. 그러다 감각이 어느 정도 발달된 시점에서 교육을 시작하는데 이 방식이 재미있다.

숫자로 블록을 쌓거나 퍼즐을 맞추며 수리능력과 관찰력을 길러주고, 수수께끼와 퀴즈를 통해 창의성을 개발한다. 자녀가 자기 생각을 표현하는 나이가 되면 가족 간에 토의와 토론을 벌여 논리력을 키워주는 것이다. 그래서 유태인 자녀들은 놀이를 하는 동안에 공부하는 습관을 저절로 기르게 된다고 한다. 토의주제는 그때그때 달라지겠지만 자녀의 논리를 무시해버리는 우리나라 부모들이 배워야 할 점이 이것이다.

본격적으로 학습을 시킬 때에는 사탕이나 초콜릿을 가져다 자녀에게 먹이곤 이렇게 말한다. '달콤하고 맛있지? 너희들이 이제부터 하려는 공부도 이와 같단다. 달콤하고 맛있는 것, 그것이 공부란다.' 우리가 읽었던 〈탈무드〉의 교훈적인 일화들은 이러한 그들의 교육관에 바탕을 두고 있다.

이처럼 같은 말도 표현하기에 따라 상대의 기분을 좋게 만들기도 하고, 기분 상하게 만들기도 하기 때문이다. 현명한 부모가 되는 길은 얼마나 어려운가. 한번 웃고 지나갈 농담마저도 교육적으로 활용해야 한다니 참으로 만만치 않은 일이다.

## 3) 유머로 만드는 친구

연예인들의 결혼소식은 매스컴을 통해 보도되기 때문에 나처럼 평범한 사람까지 다 알게 된다. 특히 몇몇 결혼정보회사는 이런 기회를 놓치지 않고 통계를 만들어 제시했다. 결혼율과 결혼하고 싶은 상대, 연령층 등 통계는 많았지만 나는 '코미디언의 결혼'이 기억에 남았다. 내용인즉 결혼상대로 가장 인기가 높은 연예인의 직업은 코미디언이라는 것이다. 게다가 남자 코미디언이 결혼하는 상대는 하나같이 빼어난 외모의 여성이 대부분이었다. 결혼정보회사는 그 이유로 코미디언이 '재미있고 성격이 좋다.'는 점을 꼽았다.

우리는 재미있는 사람에게 끌린다. 학창시절에 인기 있었던 친구는 남들보다 좋은 성적을 내는 친구가 아니라 재미있는 농담을 잘하는 친구였다. 직장이나 사회에서도 과묵하고 무게 잡는 사람보다는 가벼운 유머로 분위기를 유연하게 이끄는 사람들이 인기가 많다. 진중한 회의실에서 농담이나 하려는 사람은 업무능력을 의심받지만, 때를 가려 유머를 활용하는 사람 주변에는 항상 사람들이 모인다.


"너희 반에서는 누가 제일 인기가 많니?"

나와 아내는 궁금증을 참지 못하고 학교에서 돌아온 아들에게 물어보곤 했었다.

"형돈이. 그건 왜 물어?"

"걔가 왜 인기가 많아? 잘 생겼어? 아니면 공부를 잘해?"

"그냥 뭐. 축구도 잘하고 키도 크고 재미있으니까. 연예인 흉내도 잘 내."

"반장은? 공부 잘 하는 애는 인기가 없어?"

"공부만 잘하면 뭘 해. 재미가 없는데."

요즘 아이들도 공부 잘하는 친구를 부러워는 하지만 가까이 친하고 싶은 아이는 재미있는 친구다. 나는 이것이 재미있는 아이들이 가진 유연성 때문이라고 생각한다. 농담을 잘하는 아이들은 그 농담을 어떤 상황에 써야 하는지 알기에 상대방을 즐겁게 만들어 줄 수 있다. 무조건 코미디 프로그램의 유행어들을 남발해서야 재미는커녕 바보처럼만 보일 것이기 때문이다.

내 자녀가 밖에 나가 인기 있기를 원한다면 유머를 '제대로' 쓰도록 지도하자. 언제 어떻게 써야 효과적인지는 집안에서부터 연습할 수 있다.

# 시기적절한 말 한마디의 위력

어느 왕자의 이야기다. 어릴 적 아버지와 헤어져 사는데 그에겐 부러진 칼이 있었다. 나중에 아버지를 찾아가 자기 칼과 아버지 칼을 맞추니 이쪽과 저쪽 아귀가 딱 들어맞아서 왕자로 인정을 받고 높은 자리에 올라가는 내용을 읽은 적이 있다.

이처럼 강사와 청중 간에도 이 아귀가 맞아야 하고, 모든 말하는 사람과 듣는 사람 간에 아귀가 딱딱 맞아야 한다. 부모와 자녀간의 대화도 마찬가지다. 그래서 말은 TPO에 맞게 해야 한다는 것이다. 즉 시간(Time), 장소(Place), 경우(Occasion)가 그 뜻이다.

강의하다보면 아침과 오후와 저녁의 분위기가 다 다르다. 아침에는 모두가 정신이 맑다. 유머의 기법, 유머리스트의 자세 등 조금 이론이 있는 수업도 잘 받아들여진다.

오후엔 모두가 노곤해 한다. 특히 점심시간 직후는 강사가 싫어하는 취약시간이다. 대부분의 강사가 싫어하는 취약시간이다. 노곤하게 낮잠이 밀려오는 시간이기 때문이다. 지루하지 않다고 소문난 내 강의는 그래서 유독 이 시간에 많이 편성된다. 강의가 시작되면 가벼운 몸 풀기나 게임, 유머, 퀴즈 그리고 체험담을 많이 섞는다. 졸려고 각오한 사람들도 주위의 폭소에 눈을 뜬다.

저녁은 사람들의 마음을 들뜨게 하는 시간대다. 저녁엔 말의 스피드도 줄이고 평소보다 낮은 목소리에 부드러운 분위기로 접근해간다. 그러면 저녁의 들뜬 분위기가 차분하게 가라앉아 좋은 수업을 할 수 있게 된다.

장소에 맞게 하는 것도 중요하다. 다음은 상황에 안 맞아 망신당한 유머 한마디이다."터미네이터가 최불암을 죽이려고 방송국에 쳐 들어왔다. 방송국 옥상부터 내려오면서 쑥밭을 만들고 있었다. 모든 사람이 공포에 떨고 있는데, 누군가 터미네이터의 뒤통수를 치며 말했다. 그는 수위였다.

'야, 여긴 KBS야. 최불암 만나려면 MBC로 가 봐.'

터미네이터가 상황에 맞지 않는 행동을 하여 망신을 당한 것이다."

 기쁜 장소에 가선 활기찬 태도를 보여주는 것이 바람직하다. 결혼식에 가서는 밝은 목소리로 축하해 주는 사람이어야 한다. 상가에 가서는 상주와 유가족을 정중하고도 부드럽게 위로해주는 것이 필요하다.

유가족들의 심리는 참 묘하다. 뜻밖의 상을 당한 경우, 특히 죽음이 믿어지지 않는 경우는 남도 나와 같이 경건한 자세를 지켜 주었으면 좋겠다고 생각하게 된다. 너무 도에 지나친 웃는 모습, 술에 취해서 심하게 싸운다든가 하는 것은 보기에 좋지 않다. 어떤 사람은 술에 취해서 울고불고 하는 통에 오히려 상주 쪽에서 손님을 위로하는 엉뚱한 현상이 벌어지기도 한다. 상황에 맞는 말을 하는 것은 생존의 문제인 것이다.

**04**

# 대화의 단절,
# 이렇게 풀어라

## 1) 긍정적 사고 3원칙 대화 방법

### – 자녀가 어떤 생각과 감정을 갖고 있는지 경청한다

자녀 : "엄마 속상해요. 선생님이 정말 싫어요.

　　　학교도 가기 싫어요."

엄마 : "많이 속상한 일 있었구나. 무슨 일이 있었니?

### – 질문을 통해 부정적 사고의 이유를 파악한다

자녀 : "선생님이 제 말은 듣지도 않고 수업시간에 집중하지 않

는다고 혼내잖아요."

"친구가 지우개 빌려달라고 해서 그랬는데…"

## – 새로운 관점으로 해석한다

엄마: "그래, 많이 마음이 아팠겠구나.

　　　엄마도 네 마음이 이해가 되는구나.

　　　널 미워서 그랬겠니? 많은 친구들을 살피느라 선생님께

　　　서도 힘이 드실거야. 엄마는 너 하나도 힘든 걸. 내일 너

　　　의 마음을 편지에 담아 선생님께 드리렴."


평소에는 연락이 없다가 명절 등 어쩌다가 모이는 형제들 간에는 할 말이 없다. 기껏해야 아이들 성적 얘기만을 할 뿐이다. 친척과 형제들에게 전화를 종종 해야겠다고 생각하면서도 다음 명절이 되면 또다시 바늘방석에 앉은 것처럼 불편해지곤 한다.

자녀와의 관계도 그렇다. 꾸준히 대화하는 관계를 지속하는 게 가장 중요하다. 서로가 바쁘거나 직장, 학교 등의 이유로 공백이 생긴 뒤에는 관계를 회복하기가 어렵다. 아무 때고 전화를 걸 수 있는 친구처럼 자녀와 가까이 지내야만이 할 얘기가 바닥나지 않는다.

하지만 이론과 현실은 다른 법이라 알고 있어도 지키기는 쉽지 않다. 한동안 바쁘다는 핑계로 대화를 미루다보면 자녀들은 어느새 성큼 자라 있다. 불과 얼마 전까지만 해도 만화책에 열광하던 아이가 '그런 시시한 건 이제 안 봐. 엄마는 내가 어린애인 줄 알

아?'라고 대꾸해오면 할 말이 없다. 어쩔 수 없이 대화가 단절된 순간, 부모는 끊어진 부분을 이어붙이는 지혜를 발휘해야 한다.

### 2) 몸짓언어의 매력

자녀와 멀어졌다고 생각되면 몸짓언어를 사용해 마음을 전달해보자. 어떤 말을 꺼낼지 고민만 하다가는 대화를 시작하기가 점점 어려워진다. 무리해서 단어를 찾아내려는 사람도 힘들고, 듣는 사람도 불편한 상황을 만들기 십상이다.

공부하는 자녀의 등 뒤로 다가가 가만히 어깨를 안아주는 것도 좋다. 처음에는 어깨를 빼려던 자녀도 따뜻한 체온이 전달되는 순간에 평온함을 얻는다. 함께 TV를 볼 일이 생기면 모른 척하고 옆에 앉아 손을 잡거나, 머리를 쓰다듬는 등 부드러운 접촉을 시도하라. 자녀들이 즐겨 쓰는 몸짓언어를 안다면 그대로 흉내 내는 것도 도움이 된다. 생전 안하던 행동이라고 어색해 할지 모르지만 반복적인 몸짓에는 진심이 담겨있다.

### 3) 자녀 소통의 도구를 다양화시켜라

내 자녀가 좋아하는 소통 도구가 무엇인지 점검해보자. 컴퓨터와 인터넷의 사용, 휴대폰에서 전송하는 문자메시지는 기본이다. 문자를 보내는 손놀림이 하도 빨라 '엄지 족'이라 불리던 무리도 수년 전에 나온 말이다. 손가락 두 개를 써서 독수리타법으로 자판을 두들겨도 답답해하지 말고 시도해야 한다. 컴퓨터에 익숙한 아이들에게 전자계산기도 아닌 주판세대의 언어로 대화할 수는 없지 않은가.

물론 나도 가끔은 손때 묻은 편지지와 잉크냄새가 그리워진다. 하지만 세상이 변하고 아이들의 수단이 바뀌면 부모도 그에 맞게 달라져야 대화가 단절되지 않는다.

### 4) 가족과 함께하는 봉사정신을 길러줘라

중학생 아들을 둔 어떤 어머니가 방학 동안에 아들이 봉사할 만한 데가 없나 알아보러 다니는 걸 본 적이 있다. 학비나 용돈을 벌 만한 일자리가 아니라 순전히 봉사를 하고 싶다니 공부만 아는 세상에 그런 아이가 있다는 게 신기했지만, 그걸 어머니가 알아보러 다닌다는 건 어쩐지 좀 이상하게 들렸다.

지난 겨울방학에 있었던 일인데 요새 그 어머니를 다시 만나게 되어 그 신통한 아들 안부를 물었더니 봉사활동이라는 게 자발적인 게 아니라 중학교 내신 성적에 반영이 되기 때문에 부모가 그것까지 신경을 써서 챙겨줘야 한다는 걸 알게 되었다.

즉 삼 년 동안의 내신 성적 만점은 300점인데 그중에 포함되는 봉사점수 만점은 12점이고 학년 당 만점을 받으려면 지난 해까지는 40시간의 봉사활동 실적을 증명해야 하는데 금년부터는 줄어서 12시간만 봉사를 해도 점수를 받을 수 있다는 것이었다.

요새 아이들이 자기만 알고  봉사정신이 부족하다는 것은 누구나 다 알고 걱정하는 바이지만 그것까지 점수로 환산하면 고칠 수 있다는 교육청의 발상은 한심하다 못해 혐오스러웠다.

"아니 집에서 바쁜 어머니를 도와 식탁에 젓가락 한 짝 갖다 놓을 줄도 모르는 것들이 봉사는 무슨 놈의 봉사"라는 말이 저절로 나왔다.

남을 위해 자기의 주의력이나 시간, 노동력을 기꺼이 내준다는 봉사정신은 가정에서 자기 식구들의 힘든 일을 도와주고 근심이나 걱정을 덜어주고 싶은 따뜻하고 너그러운 마음에서 비롯된다. 가족들의 필요에도 무관심한 자녀가 길에 가는 노인네의 무거운 짐을 들어 드리고 싶은 마음이 우러날 리가 없다. 우러나지 않는 일을 억지로 시키려니 점수만한 채찍이 없었나보다. 효도나 사랑이라고 부르기도 뭣한, 사람으로 태어났으면 마땅히 지녀야 할 최소한의 사람노릇 조차도 할 필요가 없도록 만든 게 바로 그놈의 학교 점수라는 건데, 봉사정신의 부족을 점수로써 고쳐 보겠다는 계산인 것 같아 마음이 씁쓸하다.

요새 부모들은 절대로 자녀들에게 일을 시키지 않는다. 남편이 가사 일을 돕지 않는다고 불평이 대단한 주부들도 다 큰 아들 딸에게 설거지 한번 시키려들지 않는다. 설거지는커녕 자기가 먹고 난 밥그릇을 싱크대에 갖다놓는 자녀들도 없다. 제 밥그릇 싱크대에 갖다놓는 일은 유치원생도 할 수 있는데 안 시킨다. 빨래는 세탁기가 해주는 세상이라고는 하지만 벗어놓은 팬티나 양말짝을 세탁기에 갖다 넣는 정도는 가족의 일원으로서의 기본적인 도리여야 하지 않은가.

식구들이 제각기 벗어 놓은 자기 옷 중에서 안 빨아도 되는 것과 빨 것을 구별해서 세탁기에 갖다가 넣어만 줘도 일손이 얼마나 덜어지는지는 아마 주부노릇 해본 이들은 알고도 남을 것이다.

'너는 아무것도 할 필요가 없다.', '공부만 잘하면 돼', '그게 효도야'라며 어려서부터 가르치니까 점수를 잘 받아오는 게 부모를 위한 최대 봉사라고 생각한다. 학교에서 돌아와 숙제하고 남는 시간은 과외공부를 시킨다. 오로지 학교에서 조금이라도 나은 점수를 받게 하기 위함이다.

중간 중간에 남는 시간이 있다고 해도 공부하는데 오죽 피곤하랴 그저 안쓰럽기만 해서 일을 시키기는커녕 잠깐 눈을 붙이든지 음악을 들으며 휴식을 취하길 바란다. 제 방에서 컴퓨터 게임에 몰두한다는 걸 알아도 컴퓨터도 공부려니 하기도 하고, 그 재미도 없이 어떻게 공부만 하랴하고 애써 자식의 입장을 이해하려 든다.

부모도 자식에게 이해 받을 권리가 있지 않을까. 남과 입장을 바꿔 생각할 수 있는 것은 인간만이 지닌 아름다운 마음씨고, 더불어 사는 세상을 제대로 돌아가게 하는 윤활유이다. 남과 입장을 바꿔 생각할 수 있는 능력이 인간만이 지닌 부성이라고 해서 저절로 타고나는 건 아니다. 모든 좋은 능력이 다 그렇듯이 개발을 해줘야 하고, 그것도 교육의 중요한 목적 중의 하나이다.

그 능력을 개발하기 위해서는 일을 시켜보는 게 가장 효율적이다. 자녀들에게 제 도시락 통만이라도 제가 닦도록 시켜보라. 설거지라는 게 쉬운 일이 아니라는 것도 알게 된다. 밥풀이나 반찬 찌꺼기를 남기면 설거지하기가 얼마나 어려워진다는 것도 알게 된다.

한 가족이 각자 제 분수에 맞는 일을 분담할 때 그 가정이 얼마나 원활하게 돌아가고 서로가 이해하고 감사하고 존중하는 세상이 서로가 서로에게 도움을 주고받는 관계에 있다는 걸 깨닫는 시작이 된다.

내가 이런 말을 한다고 해서 내 아들을 잘 가르치고 있는 것은 아니다. 실은 내 아들을 보고 꼴사납게 여긴 걸 이런 글을 통해 발산하고 있는지도 모른다. 같이 살지는 않지만  만날 때마다 잔소리를 많이 해서 아들에게서 인기 없는 아버지일 수도 있다.

내 자녀들이나 요새 젊은 엄마들에게 기회만 있으면 하는 얘기도 자녀들한테도 적당한 일을 시키라는 것과 먹을 것을 비롯한 물건을 귀하게 여기고 아끼도록 가르치라는 건데 그 두 가지는 따로따로가 아니고 실은 서로 마주하고 있다고 생각한다.

일을 해보면 모든 먹을 것과 물건들이 거저 생기는 게 아니라 누군가의 노동력의 결과라는 걸 알게 될 테고, 누군가가 놀고먹을 수 있는 것은 누군가의 노동력의 신세를 지고 있는 것과 같다는 것도 알게 될 것이다.



## 아이들의 경제교육

"어린이들은 과거에 비해 경험할 수 있는 일들이 훨씬 많아졌습니다. 하지만 아쉬운 것이 딱 한 가지 있습니다."

"그게 뭡니까?"

"은행에서 돈을 빌릴 수가 없다는 겁니다."

미국의 헬리콥터 재벌인 델과 그의 한 측근의 대화이다. 그의 측근은 그에게 어린이에게 돈을 빌려줄 수 있는 방법을 알아보자고 제안했고, 곧 그는 자신의 변호사들을 동원해 어린이들을 위한 은행을 만들기 위한 시도를 했다. 하지만 현행법상 어린이들을 대상으로 한 은행은 설립할 수가 없었기에 대신 그는 어린이들에게 기금을 무료로 대출해주고 자율로 되갚는 방식의 비영리 재단을 설립하기로 했다. 많은 어린이들이 자신의 아이디어를 실현하기 위해 재단을 찾아왔고 필요한 만큼의 돈을 빌렸다. 그중의 토미라는 어린이는 범퍼스티커를 만들어 레이건과 고르바초프 같은 세계 각국의 정상들에게까지 팔 정도로 성공을 거두었다. 하지만 비영리 재단이기에 아이들이 돈을 빌려간 후 갚지 않아도 돈을 받을 수 있는 방법이 없었다. 그러나 놀랍게도 돈을 빌려간 아이들은 모두 100% 다시 돈을 되갚았다. 뿐만 아니라 그들은 자신들과 같은 더 많은 어린이들이 혜택을 볼 수 있게 빌린 돈의 이자까지 쳐서 되갚았다. 아이들이 어려서부터 양심적이고 합리적인 경제활동을 배울 수 있다면 커서도 그것을 절대 잊지 않을 것이다. 아이들이 단순히 지식만 습득해야 한다고 생각하지 말자. 또 다양한 사회적, 경제적 활동을 하도록 장려해 보는 지혜로운 부모가 되도록 노력해 보자.

## 05

# 효과적인
# 대화 기술의 언어

대화란 무엇인가? 사전을 보면 '서로 대면하여 하는 이야기, 화법, 대담'이라고 풀이한다.

대화는 우선 말하는 이와 듣는 이가 있어야 성립된다. 그리고 전달되는 내용, 말하는 이와 듣는 이가 무엇 때문에 말하고 듣고 있는지에 해당하는 목적이 분명하게 있어야 한다.

즉 누군가가 누군가에게 어떠한 목적을 위해, 말이라는 개체를 빌어 전달하는 것을 받아들이는 것, 그리고 이것이 서로 소통될 때 비로소 대화가 성립되는 것이다.

## 1) 대화 기법이란?

우리는 말과 대화를 같은 것으로 이해하여 말을 잘하는 사람이 대화를 잘하는 것으로 생각한다. 또는 '나는 발표는 잘하는데, 상대방과 말하는 것은 어렵다'라고 말하는 사람도 적지 않다.

그런데 자세히 살펴보면, 말은 자신의 의사를 전달하는 과정이어서 일방통행인 반면에, 대화는 의사를 교환하는 과정이어서 양방통행이다.

대화는 이처럼 상대방과의 상호관계에서 이루어지기 때문에, 자기의 생각이나 의견을 상대방에게 효과적으로 잘 전달하고 상대방이 원하는 것을 잘 들어줄 때만 효과적인 의사소통이 가능해지는 것이다.

그러나 우리는 대화할 때 어떠한가?

자기의 생각이나 의견 등 자신이 간절하게 나타내고 싶은 것이 있음에도 불구하고 체면이나 눈치 등으로 인해 자신의 권익을 포기하고 얌전한 체, 겸손한 체, 예의바른 체 자신을 속이면서 아무 말도 하지 않고 있지는 않은가? 또는 전혀 마음에 없는 말을 한다거나, 또는 상대방의 권리나 느낌 등을 고려하지 않고 자신의 권리나 욕구만 내세우지는 않는가?

그렇게 되면 효과적인 인간관계를 유지하는 데 어려움이 야기될 것이 분명하다.

따라서 대인관계에서 상대방의 인격을 존중하면서도 자신의 생

각이나 의견, 느낌 등을 상대방에게 솔직하게 표현할 수 있는 효과
적인 대화방법과 기술을 익히는 것이 필요하다.

그렇다면 자신의 권리도 찾고 대인관계를 향상시키기 위한 훈련
에는 어떤 것이 있을까? 그 방법을 알아보자.


## 2) 대화의 기본 태도

사람들은 태어나 말을 하는 순간부터 눈을 감는 순간까지 셀 수
없이 많은 사람들과 대화한다. 그 상대는 가족이거나 친구, 배우
자, 직장동료에서부터 일로 얽힌 사람들, 그리고 지나가다 뜻밖의
이유로 만난 사람들까지 무한히 많을 수 있다.

그렇다면 대화를 위한 기본적인 태도는 무엇인가?

### – 상대방을 한 개인으로 존중하는 것이다

이것은 상대방을 인간적으로 존중하며, 그의 감정,사고,행동을
평가하거나 비판 · 판단하지 않고 있는 그대로 받아들이는 태
도이다.

### – 상대방을 성실한 마음으로 대하는 것이다

이것은 상대방과의 관계에서 느낀 감정과 태도를 긍정적이든
부정적이든 솔직하고 성실하게 표현하는 태도를 말한다.

이러한 감정의 표현은 상대방과의 솔직한 의사 및 감정의 교
류를 가능하도록 도와주기 때문이다.

이것은 자신의 생각이나 느낌,가치,도덕관 등의 선입견과 편견을 가지고 상대방을 이해하려 하지 않고, 상대방으로 하여금 자신이 이해받고 있다는 느낌을 갖도록 하는 것이다.

## 3) 효과적인 대화법

말하는 것을 보면 그 사람의 교양이나 마음, 인격 등을 알 수 있다.

즉 말과 인격, 말과 교양은 종이의 앞뒷면과 같아서 훌륭한 인격과 교양을 가진 사람은 자연히 예의 바르고 품위 있는 말을 사용하게 되며, 그렇지 못한 사람은 반대로 예의 없고 품위 없는 말을 사용한다.

이슬람 수피파의 잠언에 이런 글이 있다.

남의 말에 귀를 기울여라, 신중할지어다.
그러나 말수는 적어야 하느니라.
묻는 사람이 없거든 절대 입을 열지 말라.
물음을 받거든 당장 간단히 대답하라.
행여 물음에 대해 모른다고 해도
그것을 고백하기를 부끄러워하지 말라.

인사가 서로에 대해 자신의 존재를 알리는 것이라면, 대화는 보다 실질적이면서 구체적으로 자신을 드러내는 것이다.

그런 의미에서 볼 때, 대화는 의사소통을 함으로써 친밀성을 갖게 해주는 매개체인 것이다.

말 한마디 잘못해서 일이 어긋나거나 관계마저 멀어지는 경우도 있지만, 천 냥 빚도 한순간에 갚아버릴 수 있게 하는 것이 바로 말이다.

그렇다면 어떻게 대화하는 것이 효과적일까?

### -상대의 말을 가급적 많이 들어준다

상대의 말이 끝나기도 전에 리듬을 깨버리거나 반박하는 것은 아주 잘못된 태도이다. 그로 인해 기분이 상한 상대방이 더 중요한 말을 하지 않을 수도 있기 때문이다.

또한 급하고 예의 없는 당신의 행동을 보고 신뢰하지 못할 사람이라고 생각할 수도 있다. 대부분의 사람들은 자신의 말을 진지하게 들어주는 사람에게 호감을 가지며, 일을 맡기고 싶어 하니까 말이다.

말을 잘하기 위해서는 말수를 줄이는 것도 한 방법이다.

말을 많이 하는 것은 상대방의 말을 중간에서 끊는 것만큼이나 위험한 행위다. 따라서 말이 적을수록 말을 잘하는 사람이라는 사실을 명심해야 한다.

한낱 말솜씨는 '회의가'를 낳을 수는 있지만 '철학자'를 만들지는 못한다는 말도 있지 않은가.

과거를 들추며 요란하게 치장하는 것보다는 미래를 위해 사고하는 인간형이 바람직하다.

말이 많아지면, 빈 수레가 내는 소음 정도로 취급당할 수도 있음을 잊지 말자.

## ―지나친 침묵은 돌이다

침묵은 금이라고 하지만, 무조건 듣기만 하다 보면 돌이 되고 만다.

대화 중에 침묵을 지키는 사람은 모든 것을 알고 있거나 아무것도 모르는 사람이라는 말이 있다. 하지만 상대와 처음 대면하는 자리이고, 무언가 일을 추진하기 위한 순간이라면 상황은 다르다. 상대는 침묵하는 당신이 모든 것을 이해하고 있다고는 생각하지 않기 때문이다. 상황에 맞게 수긍을 하거나 질문을 던지는 것이 생산적인 대화법이다.

마구 지껄이는 사람은 엉뚱한 시간을 가리키고 있는 잘못된 시계와 같고, 묵묵히 침묵을 지키는 사람은 고장 나서 움직이지 않는 시계와 같다고 한다.

## ―상황에 맞게 대답해라

무턱대고 상대의 말끝마다 '예'라든가 '맞습니다'라고 추임새를 넣는 것은 효율적이지 못하다. 그보다는 진지한 태도로 듣고 나서, 상대가 한 말을 기억하여 적절하게 사용하는 것이 더 효과적이다.

이를테면, 상대에게 그 말을 재확인시켜 줄 때 슬쩍 꺼내는 것이다. 그리하면 상대는 자신의 생각을 보다 쉽게 정리할 수 있고, 당신의 배려에 감사할 수도 있다.

**★ 효과적인 대화법 10가지 ★**

ⓐ 인사말은 명확하게 하며, 경직되지 않은 평온한 얼굴을 유지한다.

ⓑ 가슴은 펴고, 고개는 든 채 부드러운 시선을 유지한다.

ⓒ 상대와의 거리는 1미터를 넘지 않는 것이 좋다.

ⓓ 상대의 눈을 보며 시종일관 정중한 자세를 유지한다.

ⓔ 건조한 말투보다는 리드미컬하게 표현한다.

ⓕ 항상 존칭을 잊지 말고 긍정적인 표현을 쓴다.

ⓖ 상대의 말을 끝까지 듣고, '예'와 '아니오'의 구분을 확실히 한다.

ⓗ 중요한 부분에서는 악센트를 적절히 활용한다.

ⓘ 상대가 제시한 핵심 포인트에 대해 한 번 더 질문하여 신뢰를 얻는다.

ⓙ 대화를 마칠 때도 명확히 하며, 예의바른 인사를 잊지 않는다.

CHAPTER **5**

# 생활의
# 언어

**01**

# 올바른
# 경청의 태도

### 1) 경청의 태도

듣는 사람이 편안하고 안정된 태도를 보이면 말하는 사람도 안정되고 편안한 상태가 되어, 결과적으로 대화의 분위기를 자연스럽게 이끌어 나갈 수 있다.

이야기를 들으면서 상대방이 말하는 것을 이해했는지 못했는지를 적절하게 표시하는 것이 중요하다.

상대방의 말을 주의 깊게 경청하면서 상대방의 말에서 풍기는 시사점 및 부여하는 의미 등을 알아차리는 의도적인 노력을 해야 한다.

이때의 적절한 이해 반응으로는 '…한다는 것이 이해된다', '내가 느끼기로는, 네가 말한 것이 …', '그런 것이 너에게 어떤 의미가 있는지를 알겠다' 등이다.

반면에 상대방의 이야기를 잘 이해하지 못했을 경우에는 '너의 말을 잘 이해하지 못했는데, 다시 좀 말해 주겠니?"라고 표현해야 한다.


## 2) 경청의 10가지 방법

### ① '적절한' 때 고개를 끄덕여라

고개의 끄덕임은 행동적으로는 매우 단순한 반응이지만, 상황과 맥락에 따라 그 의미가 매우 다양하게 전달될 수 있다.

시도 때도 없이 아무 때나 고개를 끄덕이는 것은 상대방에게 '경망스럽다', '건방지다', 심지어는 '잘 듣지 않는다'는 느낌을 줄 수도 있지만, 적절한 고개의 끄덕임은 상대방에게 '사려 깊은 경청'이라는 느낌을 줄 수 있다.

### ② 시선이나 자세를 상대방 쪽으로 향해라

부드럽고 부담 없는 시선으로 상대방을 바라보면서, 자세 또한 상대방 쪽으로 약간 기울인다.

시선을 외면하거나 뒤로 젖혀진 자세는 상대에게 거부감이나 무시당하고 있다는 기분을 줄 수 있으므로 삼가야 한다.

③ 음성 반응은 단순하게 해라

상대방의 말을 이해한다는 표시로 하는 '아, 예, 응, 그랬구나'
등의 음성 반응은 단순하지만 상대방에게 '경청받는다, 이해
받는다, 공감받는다'는 느낌을 줄 수 있다.

④ 상대방의 입장에서 생각해라

사람마다 성장 배경과 처지가 다르므로, 자신의 생각과 다르
더라도 상대방의 입장에서 그럴 수밖에 없는 이유를 찾아야
한다.

⑤ 관심을 나타내는 질문을 해라

상대방에게 사실이나 정보를 확인하는 질문을 삼가고, 그 대
신 상대방의 감정이나 태도 등을 탐색하는 질문을 하는 것이
효과적이다.

⑥ 의문점이 있으면 즉시 질문해라

상대방에 대해 지레짐작으로 넘어가지 말고 확실하게 파악하
려고 노력하는 모습을 보인다. 그래야 자기 말에 관심이 있다
는 것을 상대방이 알게 되고, 공감 수준도 넓어진다.

⑦ 선입견과 편견을 버려라

상대방의 과거, 전해들은 말, 신체적 특성 등에 대해 선입견이
나 편견 없이 상대방을 보려고 노력한다.

### ⑧ 결점, 문제점보다는 감춰진 잠재력을 찾아라

대부분의 경우, 상대방의 장점보다는 문제점을 잘 찾기 마련이다. 그러나 공감을 잘해 주고 말을 잘 들어주다 보면, 상대방의 감춰진 장점이나 능력을 더 빨리 발견할 수 있게 된다.

### ⑨ 비언어적인 제스처에 귀를 기울여라

말의 내용보다는 목소리의 강약과 떨림, 시선, 제스처, 억양, 표정, 자세 등에 관심을 보여라. 상대방에 대해 보다 많은 것을 알게 되어 상대방을 이해하는 데 도움이 된다.

### ⑩ 상대방 말의 일부를 반복, 요약, 환언하라

상대방이 한 말의 일부를 반복하면, 상대방은 자신의 말을 '경청한다, 이해한다, 계속하라'는 메시지로 받아들인다. 물론 앵무새처럼 상대방의 말을 반복하면 상대방이 우롱 받는다는 느낌을 받을 수도 있다. 그러나 적절한 반복, 예를 들면 상대방이 강조해서 한 말이나 중요한 부분이라고 생각되는 곳을 반복해 주면 상대방이 자기표현을 하는 데도 도움이 된다.

요약은 상대방이 한 말을 환언하여 짧게 말해 주는 기술이다. 이것은 상대방의 말을 듣고 이해한 바를 상대방에게 확인받는 효과가 있다.

이해가 제대로 되지 않은 경우라도 상대방의 말을 요약하고 환언해 봄으로써 듣는 사람 쪽에서 상대방을 어느 정도 이해하고 있는지를 보여줄 수 있고, 상대방은 그러한 반응을 통해 계속해서 말을 이어가도 좋을지를 짚어볼 수 있다.

요약을 잘하면 상대방에게 '이해한다, 경청한다'는 메시지를 주는 것 외에도, 상대방이 자신의 말과 심정을 간단명료하게 정리할 수 있도록 돕는 결과도 가져온다.

## 3) 경청의 장점

### ① 들어주어야 마음을 연다

상대방이 잘 들어준다고 생각할 때 비로소 마음을 연다. 사람들이 쉽게 마음을 열지 않는 것은, 대부분의 경우 사람들이 자기를 이해하지 못할 것이라고 생각하기 때문이다.

### ② 들어주면 호감을 갖는다

남의 말은 잘 듣지 않으면서, 자신이 할 말은 하나도 빼놓지 않고 하는 사람은 누구든 좋아하지 않는다.

상대방의 말에 귀 기울여주면, 상대방은 자신이 이해받았다는 느낌을 가지므로 당연히 호감을 갖는다.

### ③ 들어주면 감정적으로 정화(카타르시스)가 된다

들어주면 상대방의 슬픔이나 분노 등이 감소된다. 마치 고해성사를 하고 난 것처럼 말이다.

## ④ 들어주는 사람에게는 반항하지 않는다

아무리 좋은 얘기라도 혼자서만 일방적으로 떠들면 상대방이 싫어한다.

설득과 조언만 하는 사람에겐 반발심을 가질 수 있지만, 잘 들어주는 사람에겐 고분고분해진다.

## ⑤ 후회를 만들지 않는다

말을 많이 하고 난 후 뒤끝이 개운하지 않을 때가 많다. 그러나 열심히 들어준 다음에는 후회가 없다.

# 02
# 자녀의 기를 죽이는 부모의 말 한마디

나의 아버지는 그 연배의 보통 아버지들이 그렇듯 엄격한 편이셨다. 잘못한 일이 있을 때는 호되게 꾸지람을 하셨지만 잘한 일이 있을 때는 칭찬을 아끼셨다. 내가 기억하는 한 아버지는 한 번도 나를 칭찬하신 적이 없었던 것 같다. 어머니는 아버지가 표현할 줄 모르는 성품이라 그렇다고 하셨지만, 어릴 때 나는 하다못해 방 안 청소를 잘했다거나 반찬투정을 안하는 것에 대해서라도 칭찬받고 싶었다. 지금까지도 기억에 남은 걸 보니 나는 어지간히 칭찬에 목 말랐던 것 같다. 뭐라도 잘했다는 말을 들으면 더 잘할 수 있을 것 같았다. 아버지는 나를 기죽이시지는 않았으나, 내 기를 살려주는 사람도 아니었던 것이다.

자녀는 부모의 말 한 마디에 힘을 얻어 용기백배 하는가 하면 반대로 기운을 잃기도 한다. 이때 중요한 것이 칭찬이다. 작은 일이라도 잘했다는 칭찬을 받으며 자란 아이는 스스로를 자랑스럽게 느끼고 더 잘하려고 노력한다. 반면 매사에 잘못하고 실수한 것만 부각시켜 '너는 왜 그것밖에 못하느냐?' '머리 나쁜 아이야.' '넌 제대로 하는 게 없어.'와 같은 말을 들으며 자란 아이는 주눅이 들어버린다.

자녀를 주눅 들고 기죽게 만들고 싶은 부모는 없다. 다만 자신이 하는 말이 자녀에게 얼마나 큰 영향을 주는지 모르기 때문에 말을 함부로 하는 실수를 반복하는 것이다. 지금부터라도 내 자녀를 위해 절대 해서는 안 될 말들을 가리는 부모가 되어야 한다.

## 1) 하지 마!

어린자녀를 둔 부모는 한눈을 팔 짬이 없다. 잠시 딴 데로 시선을 돌리는 사이에 위험한 장난을 하거나 아이가 다칠 수도 있기 때문이다. 어린아이들은 손에 닿는 모든 것을 어떻게든 만져보려고 시도한다. 그게 위험하든 안 위험하든 상관하질 않는다. 또 부모는 자녀에게 너무 빠르게, 너무 많은 걸 배우고 익히도록 요구하는 실수를 범한다. 자녀는 만져보기 전에는 불이 뜨겁고 위험하다는 사실을 모르는데, 불 가까이에 가지 말라고만 하는 것이다. 따뜻한 식기를 만져보게 하고, 불은 그보다 10배나 100배쯤 뜨겁다고 말해주면 어떨까. 불에 데어 화상을 입을 필요까지야 없겠지만 체계적인 교육이란 그런 것이다. 무조건 '하지 말라'고만 하면 자녀는 제 스스로 아무것도 손대지 못하는 수동적인 성격으로 변해버린다. 머리가 나쁜 자녀는 없다. 다만 부모가 아는 것을 알기에는 자녀의 준비가 덜되었을 뿐이다. '하지 말라'는 말을 계속 들으면 자녀는 마음의 상처를 입고 주눅 들게 된다.

## 2) 그것밖에 못하니, 제대로 하는 게 없어

자녀에 대한 부모의 높은 기대치가 자녀를 멍들게 하고 있다. 한글을 배우기 시작한 자녀에게 독후감을 쓰라고 하거나, 알파벳을 배우는 자녀에게 능숙한 영어문장을 만들라고 하는 것과 같은 이치다. 자녀의 성장을 기다려주는 부모의 인내심이 아쉬울 때가 많다.

이따금 TV프로그램에 '신동'이라 불리는 자녀들이 출연할 때가 있다. 그 자녀들을 보는 많은 부모들이 '내 아이도 신동이라면 얼마나 좋았을까.'라는 생각으로 부러워한다고 한다. 하지만 신동이라고 해도 모든 분야에 뛰어난 것은 아니다. 부모의 직업이나 가족환경의 특수성 때문에 특정 분야에서 일찍 두각을 나타내는 경우가 많을 뿐이다. 부모가 모두 과학자라면 자녀는 일찍부터 과학에 노출될 확률이 높고, 관심사가 과학으로 쏠린 뒤에는 부모의 도움을 받아 개발을 할 수 있다. 음악가의 가정에서 음악가가, 미술가의 가정에서 미술가가 나오는 것은, 태어나는 것이 아니라 길러지는 것이다. 만일 실제로 천부적인 재능을 타고 난 신동이 있다고 해도 뭐가 다른가. 대부분의 우리 아이들은 신동이 아니다.

실제로 우리가 경험했듯이 어린 시절의 재능과 성인이 된 후의 재능, 어린 시절의 꿈과 성인이 되어서의 꿈은 다르다. 게다가 한 가지를 제대로 배울 시간도 주지 않은 채 이것저것 바꿔 주다보면 자녀의 혼란만 가중될 수 있다. 자녀 스스로 '난 왜 이렇게 잘 하는 게 없을까? 제대로 할 줄 아는 게 아무것도 없어.'라고 믿게 만들어서는 안 된다.

### 3) 잘못했다고 말해!

자녀를 키우다보면 부모가 자녀를 꾸중해야 할 시점이 분명히 온다. 자녀의 잘못을 고쳐주고 실수를 바로잡으며, 좋은 습관을 길러주기 위해서 드는 '사랑의 매'와 같다. 그러나 부모가 꾸중하고 야단치는 일은 지혜롭게 진행되어야 한다. 꾸중을 하는 과정에서 언성이 높아지거나, 좋지 않은 표현으로 자녀를 상처 입힐 수 있기 때문이다.

자녀는 벌써 제가 뭘 잘못했는지 알고 있다. 굳이 야단을 치지 않고 넘어갈 수도 있겠지만, 이번 기회에 정확하게 짚고 넘어가야 겠다고 생각할 수도 있다. 그래도 자녀를 윽박지를 필요는 없다. 우리가 뭔가 잘못을 했을 때 누군가 '잘못했으면, 잘못했다고 말해!'라고 강요한다면 그 심정이 이해가 될 것이다. 자녀의 잘못을 일러주는 것은 중요하지만, 이런 식의 어법은 자녀를 궁지에 몰아 넣는다. 소중한 내 자녀를 기죽일 필요는 없는 것이다.

## 4) 주의할 질문 방법

(1) 의문형 문장형태를 띄고 있다고 해서 질문은 아니다.

(2) 단답형의 대답이 나올 수 있는 질문을 피한다.

(3) 정답이 없는 질문도 두려워하지 않는다.

### − 잘못된 대화 −

- "숙제는 다 했니?"

- "토마토는 채소일까?"

- "오징어는 왜 다리가 많을까?"

### − 지혜로운 대화 −

- "너는 앞으로 어떤 사람이 되고 싶니?"

- "너에게 가장 소중한 것은 무엇이니?"

- "이번 시험을 통해 네가 배운 교훈은 무엇이니?"

## 03
# 자신감을
# 떨어뜨리는 말

사회생활을 하다보면 나도 모르게 사람들을 평가할 때가 있다. 첫인상과 옷차림, 걸음걸이, 말투 등을 보면 그 사람이 어떤 사람인지 짐작을 하게 되는데 대체로 틀리지 않는다. 이런 특징은 직업이나 학력처럼 명확하게 드러나지는 않지만 그 사람을 설명하는 표현이 된다. 사람들의 행동을 평가하는 데는 몇 가지 규칙이 있다. 키와 상관없이 자세가 곧고 바른 사람은 신뢰감을 주며, 어깨를 펴고 성큼성큼 걷는 사람은 당당해 보인다. 자신의 의견을 말할 때 어조에 힘을 실어 강단 있게 끊는 사람은 확신이 있어 보이고, 상대방의 눈을 정면으로 응시하는 사람은 자신감이 있어 보인다.

반대로 키가 큰데도 자세가 구부정하고 목을 움츠린 사람을 보면 주눅이 들어 보이고, 흐느적거리며 느리게 걷는 사람은 게을러 보인다. 말을 할 때 종결어미를 분명히 하지 않고 흐리는 사람은 신뢰가 가지 않으며, 상대방의 눈을 피하는 사람은 진실 되게 보이지 않는다. 다른 사람의 행동을 보며 이렇게 판단하는 사람이 나만은 아닐 것이다. 행동과 자세는 그 사람의 내면을 드러내는 거울이기 때문이다.

나는 내 자녀가 당당하고 자신감이 넘치며, 남에게 신뢰감을 주고 진실 되어 보이기를 바란다. 하지만 '언제나 당당하고 자신 있게 말해!' '믿음직하게 굴어야지!'라는 말로는 자녀의 행동을 바꿀 수 없다. 이미 말했듯이 행동과 자세는 어떻게 외모가 생겼는지에 상관없이 내면에서부터 우러나오는 것이기 때문이다. 그러므로 내면을 가꾸도록 돕는 일은 외모를 가꾸는 일보다 훨씬 어렵다.

### 1) 넌 안 돼, 원래 그런 아이야

사람의 성장과정은 몇 단계에 걸쳐 일어난다. 영, 유아기, 아동기, 청소년기 등으로 말해지는 생리적인 성장도 있을 테지만 희로애락을 경험하는 시기가 각기 다르기 때문이다. 너무 어린 아이들은 좋고 나쁜 것밖에는 구별할 줄 모른다. 배고프고 배부른 것, 춥고 더운 것, 재미있고 재미없는 것 등 상반된 감정에서 O표, X표를 하는 것이다. 그러나 나이가 들어가면서 좋은 것은 한 가지가 아니

라는 사실과 나쁜 것 또한 갖가지 감정이 포함되어 있음을 깨닫게
된다. 호감, 기쁨, 만족, 신남, 행복 등을 '좋다'는 단어 하나에 집어
넣을 수 없다는 걸 배우는 것이다.

　문화센터의 일일 스피치 코칭으로 봉사활동을 나간 적이 있었
다. 초등학생 하나가 어깨를 잔뜩 움츠리고 나를 찾아왔다. 스스
로 오고 싶어 온 것이 아니라 누가 등을 떠밀어 온 것 같은 모양새
를 하고 있었다. '오늘은 날씨가 좋구나. 날씨가 좋으면 기분도 좋
아지지? 오늘은 어떻게 보냈니?'라고 말을 걸자 아이는 '아 네. 그
냥요.'라고 대답하는 것이다. 감정표현에 서툰 아이라고 생각하며
'어떻게 알고 찾아왔니?'라고 물었다. 아이가 한참을 머뭇거리는
통에 나도 대화를 이어나가기가 여간 불편한 것이 아니었다. '그냥
요. 오고 싶지 않았는데 선생님이 가보라고 해서요.' 아이는 말할
준비가 되어 있지 않았다.
　나는 다만 대화를 이어나갈 명목으로 '무슨 과목을 제일 좋아하
니? 어떤 친구와 제일 친해?'라고 판에 박힌 질문을 할 수밖에 없
었다. '아 네. 전 잘 하는 게 없어요. 무얼 해도 안돼요.'라고 아이가
대답했다.

　내가 가장 끔찍하게 생각하는 말은 '넌 무엇을 해도 안 돼.'라
는 말이다. 이처럼 부정적인 말은 아이가 제 스스로 찾아낼 수 있

는 표현이 아니다. 누군가로부터 반복적으로 이 말을 들어왔을 때에 인지되는 말이기 때문이다. 문제는 그 '누군가'가 보통은 아이의 부모라는 사실이다. 실제로 앞의 아이는 어릴 때부터 부모로부터 '넌 왜 제대로 못하니?' '넌 아무것도 못하는구나.'라는 말을 계속해서 들어왔다. 제대로 해 내기 위해 애를 썼어도 계속해서 실패하자 아이의 부모는 '넌 뭘 해도 안 돼.' '넌 원래 그런 아이야.'라고 말했다는 것이다. 아이는 그 말이 나쁜 말인 줄 몰랐지만 자신도 모르는 사이에 '난 원래 그런 아이야. 아무것도 못하고, 뭘 해도 안 돼.'라고 믿게 되었다.

부모의 말 한마디는 자녀의 자신감을 길러줄 수 있고, 동시에 자신감을 빼앗을 수도 있다. 늘 '예쁘다'고 말을 들어온 자녀는 자기 외모에 자신감을 가지며, '못생겼다'는 말을 들어온 자녀는 사실은 매우 예쁜 외모에도 불구하고 스스로 못생겼다고 믿는다. 내 자녀를 부정적으로 평가하는 말은 절대 해서는 안 될 말이다.

### 2) 왜 가르쳐줘도 모르니, 머리가 나빠?

집에 있는 화초에 매일 물을 주어도 잎사귀마다 자라는 속도가 제각각이다. 어떤 잎사귀는 하루가 다르게 크는 반면 어떤 것은 몇 주가 지나도 그대로 있는 경우도 많다. 때가 되면 자라겠지만 시간이 필요한 것이다.

자녀의 성장도 이와 같은데, 부모들은 자녀들의 성장속도가 제각각이라는 사실을 받아들이지 못하는 것 같다. 다른 집 부모들이 어떻게 키우는지, 다른 자녀들은 얼마나 컸는지 끊임없이 궁금해하고 안달한다. 내 자녀가 다른 집 자녀들보다 뒤처질까 조바심을 내기 때문이다.

늦게 결혼을 한 내 친구는 빨리 아이를 낳고 싶었지만 수년간 생기지 않았다. 무슨 문제가 있는가 걱정되어 병원에서 검사를 받기도 했다. 그러다 5년 만에 아이가 생겼을 때 친구부부의 기쁨은 말로 표현할 수 없었다. 친구는 딸을 낳았고, 할 수만 있다면 곧바로 둘째를 가지고 싶다고 말했다. 덕분에 나도 오래전에 우리 아들을 낳았던 때의 감동과 기쁨을 떠올릴 수 있었다.

'우리 애는 누굴 닮았는지, 수학을 정말 잘해요.' '우리 애는 1등을 놓쳐본 적이 없어요.'라는 말이 그토록 대단한 것인지, 아이의 인생에 우열을 갈라놓는 일인지 궁금하다. 다른 집 아이들보다 빨리 자라기를, 빨리 깨우치기를 바라는 부모의 욕심이 아이를 힘들게 만든다.

그래서 엄마들은 자녀가 감당할 수 없는데도 가르치려 든다. 예를 들어, 겨우 머리를 가누는 자녀를 일으켜 세워 걸음마 연습을 시키고, 자녀가 따라오지 못한다고 야단을 친다. '대체 뭐가 문제니? 아무리 가르쳐줘도 늘지가 않아.'이렇게 한탄하는 것이다. 부모가 조바심을 낸다고 해서 자녀가 빨리 자라는 것은 아니다. '우리 아이는 머리가 나빠. 어떻게 하면 좋아?'라는 말을 하는 엄마들을 볼 때마다, 아이의 성장을 기다려주지 않는 인내가 안타깝다.

### 3) 누굴 닮아서 그러니?

자녀를 사랑하는 부모의 마음은 '발가락이 닮았다'는 말이라도 하고 싶게 만든다. 그만큼 내 분신이라는 생각이 강하기 때문이다. 아직 눈도 뜨지 못하는 갓난아기를 보고도 부모 중 '누구를 닮았네.' '친가와 외가 중 어느 쪽을 탁했네.'라는 말을 하는 것이다. 부모의 바람은 기왕이면 나를 닮았기를 바란다. 그래서 남편과 아내 중 어느 한 쪽만을 닮았다고 하면 닮지 않은 쪽에서는 서운해 하기도 한다. 내 어머니 역시 나를 두고 '아버지를 빼다 박은 얼굴'이라고 친척들이 말했을 때 서운해서 눈물이 났다고 했었다.

이처럼 좋은 의미로 쓰였던 '닮았다'는 말이 어째서인지 나중에는 부정적으로 쓰이는 경우가 많아진다. 아이가 속을 썩일 때, 마음에 안 드는 구석이 있을 때 '누굴 닮아서 이렇게 속을 썩이는 거니?'라는 말은 호의적으로 들리지 않는다.

아들의 친구가 제일 싫어하는 말은 '네 아빠를 닮았어.'라는 말이라고 한다. 그 아이의 부모는 2년 전에 이혼을 했는데 아이의 아빠가 재혼을 하면서, 엄마와 함께 살고 있었다. 이혼을 받아들이기도, 편부모와 사는 일도 아이에겐 낯설고 적응하기 어려운 일이었을 것이다. 그래서인지 언제부터인가 학교성적이 급격히 떨어졌다고 한다. 같이 어울리지 않기를 바라는 아이들과 몰려다니며 컴퓨터게임을 하느라 밤을 새우기도 했다. 그 당시 초등학생이었는데 아마도 직장을 다니는 엄마가 없는 빈집에 들어가기도 싫었을 것이다.

엄마는 늘 피곤한 상태였기 때문에 점차 아이에게 관대함을 잃어갔고 마음에 안 드는 행동을 할 때마다 큰소리로 야단을 치는 일이 잦아졌다고 한다. 그 중 가장 자주 하는 말이 '어쩌면 너는 네 에비랑 하는 짓이 똑같니? 엄마 힘들게 하고 속 썩이고.'라는 말을 자주 했다고 한다. 그 아이가 잘못을 저지르는 이유가 제 아버지를 닮아서라며 아이를 몰아붙였다. 어쩌다 집에 있는 주말에는 아들을 가만히 지켜보다가 한 마디씩 내뱉기도 했다고 한다. '넌 정말 네 에비를 꼭 닮았구나. 앞날이 걱정된다.'는 말이었다.

그 아이의 엄마는 자기 친구들을 만날 때도 비슷한 얘기를 했다고 한다. 아이가 자랄수록 제 아빠를 닮아가니 정이 떨어질 때가 있다는 말이었다. 그 후로 그 아이는 '아빠를 닮았다'는 말이 나쁜 말이라고 인식하게 되었다고 한다.


아마도 가족이 화목했을 때에는 최고의 찬사였을 말이, 부부가 이혼을 함으로써 최악의 표현이 되어버린 사례다. 사랑하는 남편을 닮아 더 예뻤던 아들의 외모는 변함이 없는데 받아들이는 엄마 입장이 틀려졌기 때문이다. 이제 그 아이의 엄마는 아들에게서 전 남편의 모습을 발견하는 일이 싫어진 것이다.

이혼이라는 특수한 상황이 아니더라도 '넌 네 엄마랑 똑같구나.' '넌 네 아빠와 같은 행동을 하는구나.'라는 말들은 자주 부정적으로 쓰인다. 부부싸움 뒤에, 혹은 자녀의 실수를 발견하고 책임을 회피하고 싶을 때 사용하기 때문이다.

'닮았다'는 말이 부정적으로 쓰이면 그 당사자도 부정적인 사람이 된다. 아빠를 닮아서 실수한 거라면, 아빠는 '실수를 저지르는 나쁜 사람'이라는 결론에 쉽게 도달하기 때문이다. 부모를 닮고 싶은 자녀, 닮기 싫은 자녀를 만드는 일은 부모의 선택이다.

**04**

# 학습에서 멀어지게
# 하는 말

우리나라 부모는 세계적으로 교육열이 높기로 유명하다. 이민자들이 뿌리를 내린 미국의 여러 대학에서도 최고의 성적을 내는 학생은 한국인들이다. 그만큼 교육을 중요하게 생각한다는 점에서 존중을 받기도 하지만, 지나치게 성적에 집착하는 면 때문에 부정적인 시선을 받기도 한다. 국내에서도 자녀의 성적경쟁이 부모의 경쟁이 된 지 오래되었다.

우리나라에서 공부에 대한 중압감과 성적 비관 등으로 자살한 학생이 연간 200명 이상이라고 한다. 공부를 잘하라는 강요는 성적이 좋거나 나쁘거나에 상관없이 학생들을 괴롭히는 것이다. 사랑하는 내 자녀, 공부하는 습관을 길러주고 싶은 부모 마음이야 똑같겠지만, 공부하라는 잔소리는 더 이상 효과적인 것 같지 않다.

나는 부모님들로부터 공부하라는 말을 듣고 자라지 않았다. 어쩌다 우등상이라도 받아오면 아버지는 밖에 나가 친구들에게 자랑을 할지언정 내 앞에서는 칭찬을 아꼈다. 어머니가 '잘했다고 칭찬을 좀 해주지 그래요?'라고 말하면 '이게 저를 위한거지. 나를 위한거야? 공부해서 잘되고 싶으면 다 제 할 일이야.'라는 게 아버지의 말이었다.

그러나 어쩌다 선행표창장을 받아올 때는 얘기가 달라졌다. 당시에는 어쩌면 그렇게 상이 많았는지, 친구들과 잘 지내고 예의가 바르다는 이유로도 상장을 주었다. '아버지는 네가 우등상을 받아온 것보다 이게 더 마음에 든다. 먼저 인간이 되어야지, 공부만 잘하면 무슨 소용이냐?'라는 말은 아버지의 진심이었을 것이다. 실제로 내 성적이 떨어졌을 때 아버지는 야단을 치시지 않았다. 만일 그때 야단을 맞았더라면 내가 더 열심히 공부했을까 자문해본다. 아마도 그렇지는 않았을 것이다.

## 1) 공부하라고 했지?

조사에 따르면 대다수의 학생들이 공부하기 싫어지는 말의 1순위로 '공부하라'는 말을 꼽았다. 공부를 하라고 하면 공부가 하기 싫어진다니, 참 아이러니한 일이 아닐 수 없다. 분명한 것은 내 아이가 공부에 흥미를 가지도록 하려면 공부를 하라고 강요하지 말아야 한다는 것이다.

"엄마는 다른 데 관심이 없어요. 오직 공부, 공부, 공부뿐이에요. 내가 무슨, 공부하는 기계도 아닌데. 다른 말은 할 줄 모르나 봐요. 성적표나 학교 같은 거 없는 세상이라면 엄마는 심심해서 못 살았을 걸요. 엄마랑 얘기하기가 싫어요."

중학교 3학년인 성환이는 전국 모의고사 성적이 5% 안에 들어가는 우등생이다. 책읽기를 좋아하고 영리해서 지금처럼만 공부한다면 명문대에 들어갈 게 분명했지만, 제 엄마와의 갈등은 나날이 깊어가고 있었다. 하지만 성환이 엄마는 흔들림 없이 단호했다.

"지금 성적이야 괜찮지만 한눈팔면 금세 떨어질 거야. 뒤에서 치고 올라오는 애들이 있는데 제까짓 게 얼마나 버티겠어? 다 저를 위해서 하는 말인지도 모르고."

자녀의 성적에 관심 없는 부모는 없다. 하지만 관심을 어떻게 표현하느냐에 따라 자녀들은 부모의 사랑을 느끼기도 하고 그렇지 못하기도 한다. '너를 위해서 공부하라는 거야.'라고 말해봤자 '나를 위해서가 아니라 엄마를 위해서 공부하라는 거 아니야?'라는 반발만 되돌아온다. 부모가 되기 전에는 우리도 자녀였다는 사실을 기억하고 지금의 내 자녀가 받는 느낌에 초점을 맞춰야 한다.

　최근에 나는 초등학교 교사로 근무하는 친구로부터 흥미로운 소식을 들었다. 특목고와 명문대를 목적으로 영어나 수학, 논술 등의 과외를 받는 아이에 대한 이야기였다. 부모의 성화로 어릴 때부터 과외 받는 아이는 드물지 않지만, 그 아이는 농구와 기타연주까지 과외 받고 있다고 했다. 이유인즉 공부만 잘하는 아이는 인기가 없기 때문이라는 것이다. 운동도 하나쯤 해야 하고 악기도 하나쯤은 다뤄야 한다는 게 그 아이 부모의 생각이었다. 자신이 원해서가 아니라 부모의 강요로 배우는 운동과 악기연주에 과연 아이가 흥미를 가질까 의문이었다.

　하지만 나도 별 수 없이 내 아이에게는 잔소리꾼이다. 공부하라는 말은 다른 부모들보다 덜할지 모르지만, 아이에게는 여전히 과한 모양이다. '공부하라는 말 좀 그만 하세요. 제가 다 알아서 한다니까요.'라는 말이 어쩌다 내 아이 입에서 나올 때면 당혹스럽다. 어떻게 해야 아이에게 과중한 부담을 주지 않고 공부하는 습관을 길러주는 현명한 부모가 될 수 있는가. 부모가 평생을 고민해야 할 숙제인 것 같다.

### 2) 다른 아이와 비교하기

　자녀들은 비교당하는 데 어른들보다 더 민감하다. 부모는 자녀의 마음을 잡아줄 작정으로 하는 말이지만 자녀가 받아들이는 건 다르다. 친구들과 비교하는 것도 문제지만, 형제간에 비교당하면 더 크게 상처를 받는다. 형제지간이라도 성격과 장점이 다 다른데 부모의 관심이 한 곳에만 쏠려있다고 생각되면, 비교당하는 아이는 소외감을 느낀다는 걸 명심하자.


### 3) 행복은 성적순?

1989년에 개봉된 〈행복은 성적순이 아니잖아요〉라는 영화를 기억할 것이다. 당시 하이틴스타였던 이미연, 김민종, 최수지, 김보성 등이 출연했던 그 영화는, 1986년에 자살한 여중생의 실화를 바탕으로 제작되어 주목을 끌었다. 우등생이었던 주인공은 공부만 강요하는 엄마와 입시제도에 반발하여 자살이라는 극단적인 방법을 택했다. 여중생의 유서에는 음악도, 친구도, 노는 것도 안 된다던 엄마에 대한 원망과, 공부를 잘해도 행복하지 않다는 내용이 적혀있었다.

하지만 영화가 사회에 일으킨 파문은 잠시, 여전히 학생들은 입시교육과 성적 스트레스에서 해방되지 못했다.


(중략) 내가 자살하기 하루 전에 쓰는 글이야. 왠지 슬퍼. 내가 죽기 때문일까, 내가 죽으면 슬퍼할 사람들 때문일까, 아님 내가 죽어도 아무 일 없었다는 듯이 버젓이 돌아갈 세상 때문일까? 나는 말이야. 유치원 약 3년, 초등학교 6년, 중학교 2년하고도 약 2

개월. 약11년 조금 넘게 공부를 했어. (중략)


　나도 자유로운 사람이 되려고 생각했었어. 근데 현실은 너무 달라. 상상 이상으로 너무 달라. 공부 힘들어 자살하는 사람들, 다 남 이야기 같았어. 하지만 아니야. 공부 공부 공부 공부. 좁디좁은 교실에 선풍기4대 히터2대. 40명이 넘는 아이들. 같은 곳에서 각기 다른 재능을 지닌 아이들이 오직 한 가지만 배우고 있었어. '대학 가는 법.' (중략)


　내가 죽는다고 변하는 건 아무것도 없을 거야. 선생님들의 강력한 몽둥이도, 선생님들의 강력한 두발 규제도, 선생님들의 공부 공부 소리. 사회의 공부 공부 공부 공부.
　난 사실 평범한 여중생일 뿐이야.

(2007년 대구의 여중학생 유서 중에서)


　'행복은 성적순이 아니지만 인생은 성적순이다.'라는 말이었다. 벌써 오래전의 일인데도 이렇게 생생하게 기억나는 것을 보면 내가 꽤나 충격을 받았던 모양이다.
　과연 그럴까. 성적이 높았던 학생과 낮았던 학생의 인생이 그렇게나 차이가 나는 것일까 의문이었다. 물론 성적이 좋았던 학생들은 소위 말하는 명문대를 진학했고, 성적이 나빴던 학생들은 중하위권 대학에 가거나 아예 취업으로 진로를 바꾸기도 했다.

학창시절의 성적이 미치는 영향은 거기까지다. 대학을 진학하거나 가지 못했다고 해서 상반된 인생이 펼쳐지는 것은 아니다. 동창회에 나가보면, 나보다 좋은 성적을 내고 명문대에 진학했던 친구들이 오늘날 반드시 나보다 나은 인생을 살고 있지는 않았다. 또 대학시절 학점이 나빠 취업을 고민했던 친구들 중에 사회의 여러 분야에서 활약하는 이가 적지 않으니, 그때 담임선생님을 만날 수 있다면 아직도 같은 생각인지 묻고 싶다.

우리 아이들에게 '행복은 성적순' '인생은 성적순'이라고 말하지 말자. 누군가 1등을 한다면 누군가는 40등을 할 수밖에 없다. 40등을 했다고 해서 그 아이를 인생의 낙오자로 만들 것인가. 아이가 100%의 자질을 발휘하도록 돕는 방법은 강요나 위협이 아니다.

## 05

# 생활태도를
# 나쁘게 하는 말

자녀에게 부모는 역할모델이다. 아버지로부터 남성상을, 어머니로부터 여성상을 배우기 때문이다. 남성의 역할과 책임감을 보여주는 아버지를 보고 자란 딸의 이상형은 '아버지 같은 남자'이며 어머니가 보여준 여성성에 감동받은 아들은 '어머니 같은 여자'를 이상형으로 삼는다. 부모의 습관과 행동, 사용하는 말 등 어느 것 하나 영향을 미치지 않는 게 없다. 아이들이 부모를 보면서 그대로 모방하기 때문이다.

## 1) 내일 하면 되지

오늘 할 일을 내일로 미루는 부모는 아이의 좋은 습관을 길러주지 못한다. 역할모델인 부모를 모방하는 자녀들의 습성 때문이다. 또한 '내일 하면 되잖아?' '오늘 꼭 해야만 하니?'라는 식으로 아이에게 자꾸 말해버리면 아이는 무의식중에 '뭐, 조금 늦게 한다고 달라지는 건 없어.'라고 믿게 되는 것이다. 이런 생활이 반복되면 제 할 일도 책임지지 못하는 무책임한 아이가 되는 것은 물론 약속을 잘 지키지 않는 걸 당연하게 생각하게 된다.

그러면 어떤 결과가 나올지 상상할 수 있을 것이다. 오늘 할 공부를 내일로 미루고, 당장 해야 할 숙제를 나중으로 미뤄도 상관없으며, 현재에 충실하지 않게 된다. 내가 사회에서 만난 사람들 중 일부는 약속을 소중하게 여길 줄 몰랐다. 마감일이 정해진 일인데도 제시간을 지키지 않아 일을 의뢰한 사람과 동료에게 불이익을 주는 사람들도 많이 봤다. 나는 그들이 어릴 때부터 '미루기' '핑계대기'에 익숙하도록 길러졌다고 생각한다.

## 2) 결과가 가장 중요하다는 말

결과 지향적인 부모의 말이 자녀의 생활태도를 나쁘게 만든다. 과정이야 어찌됐든 결과만 좋으면 된다는 논리 때문이다. '무조건 백점만 받아와. 해 달라는 대로 다 해줄게.' '성적이 오르기만 하면 돼. 다른 건 필요 없어.'와 같은 말들로 부모는 아이들이 결과에 치중하도록 몰아넣는다. 백점을 받기 위해서는 공부를 어떻게 해야 하고, 무슨 노력을 해야 하는 지는 중요하지 않다는 생각 때문이다. 그래서 쉽게 성적을 올리기 위해 남의 답안을 보고 베끼는 부정행위를 하는 것이다.

어떤 아이들은 밤을 새워 공부하고도 성적이 빨리 오르지 않는다. 성적이 오르지 않았으니 그 공부가 가치 없는 일인가. 노력만큼의 성과가 없다고 해서 그 노력이 가치 없다는 인식을 심어준다면 아이는 다시 노력할 의욕을 잃어버릴 것이다.


해마다 수학능력시험이 실시될 무렵이면 안타까운 기사가 줄을 잇는다. 입시제도는 여러 차례 바뀌어왔지만 여전히 '입시부정'이 계속되고 있기 때문이다. 내신 등급을 올리기 위해 단체로 부정행위를 하는 고등학생들이 있는가하면, 성적을 조작해주는 교사도 있다. 돈을 받고 수학능력평가를 대신 치러주는 대학생, 휴대폰과 이어폰 등을 사용해 답을 불러주다 들통 난 학원 강사도 여러 명 있었다. 대학을 입학한 후에 뒤늦게 부정행위가 밝혀져 합격이 취소된 사례도 드물지 않았다.

내신이나 수학능력평가 등 직접적인 시험성적에 대한 부정 외에도 온라인지원 사이트를 폭주시켜 지원 자체를 어렵게 만든 일도 있었다. 이런 사례들의 공통적인 저변에는 '수단과 방법에 상관없이 무조건 대학에 들어가기만 하면 된다.'는 의식이 깔려있다는 것이다.

　부모의 결과지향적인 말을 들으며 자란 아이는 동기를 잃어버리고 과정을 무시한다. '좋은 대학에 입학하고 싶으면 열심히 공부해서 성적을 올려야 한다.'가 아니라 '왜 대학을 가야하는지'를 모르면서 '수단과 방법을 가리지 말고 좋은 대학에 입학해야 한다.'고 믿게 되는 것이다. 현명한 부모는 결과를 제시하는 사람이 아니라 아이가 노력할 수 있도록 동기를 부여하는 사람이다. 올바른 동기가 형성되어야 과정과 결과도 바르게 나오는 것이다.

　나도 내 자녀가 경쟁사회에서 지지 않기를 바라는 엄마다. 하지만 아이가 단지 이기는 것만을 목적으로 살아서는 안 된다고 생각한다. 이겨야 하는 이유를 알아야 하고, 제가 원해야 결과가 나오는 것이다. 또한 무조건 이겨야 한다는 생각은 친구들을 '선의의 경쟁자가 아닌 적'으로 인식하게 만들 수 있다. 그러므로 '반드시 이겨라.' '남에게 지지 말라.'는 말은 부모가 해서는 안 되는 말이다. 부모는 자녀가 '어떤 결과'를 위해 노력할 수 있는 '동기'를 부여하고 '과정'을 눈여겨봐야 한다. '모로 가도 서울만 가면 된다.'가 아니라 '정도'를 걸어가도록 지도해야 할 책임이 있기 때문이다. 또한 '남에게는 질 수도 있다. 하지만 너 자신에게는 절대 지지 마라.'고 가르쳐주어야 한다. 그래야 실패를 맞닥뜨려도 다시 노력할 힘을 얻기 때문이다.

## 3) 커서 뭐가 되려고 그러니?

　자녀들은 무한한 꿈을 가진 존재다. 하루에도 몇 번씩 원하는 것이 달라지고, 자라서 이루고 싶은 꿈도 바뀐다. 어떤 아이는 어렸을 때 꿈이 소방관이 되는 것이었다. 뉴스에서 화재를 진압하는 소방관을 보았는데 어린 눈에도 멋지게 보였던 모양이었다. 그래서 '엄마! 난 소방관이 될래. 너무 멋있다.'라고 했다. 얼마 후에는 동물원에 가서 사자나 악어를 다루는 조련사를 보고 감탄했는지 '아무래도 조련사가 낫겠어. 진짜 멋있는 남자는 큰 동물도 겁내지 않아야지.'라는 것이다. 이렇듯 아이들의 꿈은 계속해서 바뀌는 것이다. 엄마는 그때마다 '그래? 멋진데?'라며 거들어 주어야 한다.

　부모는 자녀가 꿈을 키우도록 지켜보고 도와주는 사람이다. 아이가 원하는 것이 부모 눈에는 별로 대단해보이지 않아도 '그런 직업을 가져서는 안 돼. 더 큰 꿈을 가져야지.'라고 말해서는 안 된다. 자녀가 성장하여 직업을 가질 때까지는 최소한 20여년이 걸리는 것이다. 그 동안 자녀가 경험을 통해 배울 수 있는 것들을 미리 차단하고 규정할 필요는 없다.


　이처럼 자녀의 집중력은 어른들의 그것과는 다르다. 그래서 고집부리는 아이를 달래는 방법은 다른 데로 관심거리를 돌려주는 것이다. 자녀는 새로운 관심거리가 생기면 곧 과거의 것은 잊어버리고 만다.

특히 부모가 '하지 말았으면'하고 바라는 일에도 자녀는 관심을 가지고 몰두한다. 이는 신기하고 재미있어 보이기 때문이지 인생의 목표를 그쪽으로 정한 것은 아니다. 아직 어리기 때문에 사방으로 호기심이 뻗어나가고 집중하지 못하며, 그 과정에서 실수도 연발하게 된다. 이런 일에 대해 부모가 너무 걱정할 필요는 없다. 크게 잘못될 일도 별로 없겠지만, 고쳐야겠다 싶은 잘못에 대해서만 교정을 해주면 되는 것이다.

부모가 '다른 꿈을 가져라.' '그렇게 살지 마라.' '커서 뭐가 되려고 그래?'등으로 현재의 행동을 야단치면 아이는 당황한다. 이런 말들은 자녀를 납득시키지 못하고 의욕 없는 자녀로 만든다. 소금을 먹지 말라고 시키지 않아도 일단 짠맛을 본 아이는 다시 먹지 않는다는 걸 명심하자.

# 06
# 예의 없는 자녀로 키우는
# 말 한마디

내가 자랄 때만 해도 우리 친가 쪽은 매우 엄격한 유교적 전통을 고수하고 있었다. 지금이야 달라졌지만 그때만 해도 남자들과 여자들의 밥상이 따로 차려질 정도였다. 아버지는 할아버지, 삼촌과 겸상했고 할머니와 어머니, 우리 자매들은 나중에 먹는 게 일반적이었다.

할아버지가 돌아가신 후에도 집안의 어른인 할머니가 계셨으니 나도 내 친구들에 비해서는 엄격한 예절교육을 받은 셈이었다. 그러니 밥을 먹을 때 지켜야 할 것만도 너무 까다로웠다. 어른들보다 수저를 나중에 들어야 하고, 맛있는 반찬은 어른들이 드시도록 손을 대서는 안 되며, 수저와 젓가락은 한 손에 들지 말고, 국물을 마실 때는 소리가 나지 않아야 하며, 씹는 소리도 최대한 조심하고, 식사 중에는 말을 하지 말라는 것 등이었다. 심지어 밥보다 국을 먼저 먹거나 식사 도중에 물을 마시는 것도 주의를 들었다.

한번은 외출하고 돌아오신 아버지께 '저녁식사 하셨어요?'라고 물었다가 할머니로부터 꾸지람을 듣고 밥을 굶은 적도 있었다. 뭐가 문제인지 몰라 울고 있는 내게 어머니는 '다음부터는 저녁진지 잡수셨어요? 라고 여쭈어라.'고 일러주었다.

요즘 세상에는 이런 식으로 아이를 가르치는 집이 드물다. 가족계획 이후로 형제가 줄었고, 부모와 자녀로만 이뤄진 핵가족이 대부분이기 때문이다. 가족의 규모가 작아졌으니 구성원간의 관계는 친밀해졌고, 지켜야 할 예절의 내용도 바뀌었다. 심한 경우에는 예절 불감증에 가깝게 신경을 쓰지 않는 집안도 많이 보았다. 하지만 나는 지나친 엄격함만큼이나 지나친 예절 불감증 역시 문제라고 생각한다.

### 1) 네가 원하는 대로 해

언젠가 내가 탔던 택시에 모녀가 합승을 한 일이 있었다. 평소라면 합승하지 않았겠지만 서너 살 정도 되어 보이는 딸아이와 젊은 엄마가 택시잡기 어려운 곳에서 손을 흔들었기 때문에 거절할 수 없었다. 나는 뒷자리에 앉아 있다가 상황이 그런지라 모녀에게 자리를 양보하고 조수석으로 옮겨 탔다. 얼마나 시간이 지났을까. 내가 앉은 의자의 등받이를 차는 발길질이 느껴졌다. 돌아보니 아니나 다를까, 아이가 발로 의자를 차는 것이다. 내가 돌아본 이유를 알 법도 한데 그 엄마는 아이가 마냥 예쁘기만 한 지 말릴 생각을 하지 않았다. 기분이 상하긴 했지만 남에게 싫은 소리를 잘 못하는 편이고 나도 아이를 키우면서 남의 아이에게 뭐라 타박을 주고 싶지는 않았다. 그래서 목적지에 내릴 때까지 자세를 이리저리 바꿔가며 언짢아했던 기억이 있다.

요즘 자녀들은 형제가 많지 않다. 외동아이도 흔하고 많아야 둘 정도를 넘어서지 않는다. 그러다보니 부모의 애정과 관심이 자녀에게 집중되는 일은 당연할 것이다. 문제는 애정 그 자체가 아니다. 애정을 표현하는 방식이 잘못되거나 도가 지나쳐 아이를 버릇없이 만드는 일이 흔하다는 데 있다. '네가 하고 싶은 대로 해.' '네 마음대로 해.'라는 말이 아이의 자신감을 키워준다는 건 부모의 잘못된 생각이다.

이런 부모들은 '어린애가 실수할 수도 있지 뭘 그런 걸 갖고 야단이냐?'고 말한다. 물론 어린아이들은 예사로 실수하고, 예사로 넘어지며, 예사로 울음을 터뜨리거나 소리를 지른다. 그렇다고 해서 그것이 당연시되어서는 곤란하다는 말이다. 다른 사람들이 '아직 어리니까 그럴 수도 있지.'라고 이해하는데도 분명 한계는 있다. 자기 아이에게는 관대한 사람도 남의 아이의 버릇없음에는 신경을 곤두세우기 마련이다. 남이 내 아이에게 '버릇없다'며 야단칠 구실을 만들지 않는 게 부모의 역할이다. 남에게 피해를 주지 않으려는 최소한의 예의를 지키는 것만으로도 자녀는 밖에 나가 더 사랑받을 수 있다.

### 2) 아이는 상전이 아니다

우리 아이들에게 '공주님' '왕자님'이라고 부르는 호칭은 소중하다는 표현이다. 부모에게 자녀들은 공주와 왕자처럼 귀하니까, 다른 사람에게도 그렇게 대우받기를 바라는 마음도 담겨있다. 그렇다면 자녀를 공주나 왕자로 키우는 부모는 왕과 왕비가 되는 게 맞을 것이다. 서로를 귀하게 여기고 소중하게 대하는 관계는 그렇게 만들어진다. 그런데 많은 부모들이 자녀를 '공주님, 왕자님'으로 떠받들기 위해 신하나 하인이 되어가고 있다.

자녀를 집안의 상전으로, 작은 폭군으로 만드는 일은 간단하다. 자녀와 갈등을 만들지 말고, 원하는 것은 뭐든지 들어주고 손발처럼 돌봐주면 된다. 하지만 일단 습관이 되어버리면 이를 고치는 데는 몇 배의 힘든 노력이 필요하다. 이 과정에서 자녀는 정서적 혼란과 부모에 대한 배신감을 느낄 수도 있다.

'엄마가 다 해줄게.' '필요한 건 뭐든지 말해.'와 같은 말은, 우리의 소중한 왕자와 공주를 집안의 지배자, 폭군으로 만들 수 있다. 자신이 최고라고 믿게 되어 막무가내로 원하고, 노력하지 않으며,

가족들 위에 군림하고자 하기 때문이다. 이런 자녀들이 밖에 나가서 다른 어른들을 존중할 가능성은 없다.

### 3) 네 잘못이 아니야

'우리 부모님은 항상 내 편이야.'라는 믿음을 자녀에게 심어주는 일은 중요하다. 필요하다면 '네가 무엇을 하든 우린 항상 네 편이라고 믿어라.'고 직접적으로 말해줘도 좋다. 자녀들은 부모가 자신의 편이라고 믿으면 자신감을 얻고 마음이 안정된다. 하지만 '자녀 편'이 되어준다는 의미는 자녀의 판단이 100% 옳기 때문에 하는 말이 아니다. 자녀가 실수를 하거나 잘못을 저질렀을 때에도 곁에 있어주겠다는 의미인 것이다. 따라서 자녀가 잘못된 판단을 내렸을 때 지적해주고 올바른 판단을 할 수 있도록 돕는 일 역시 부모의 역할이다. 초등학생인 지현이는 엄마가 항상 자기편이라고 믿어온 아이다. 지현이의 엄마는 '네가 무슨 일을 겪든, 어떤 상황에 놓이든 네 편이 되어줄 거야.'라고 항상 말을 해 왔었다. 어느 날 학교에서 돌아온 지현이가 무슨 일로 화가 났는지 잔뜩 골이 나 있었다.

"왜 그래 지현아? 학교에서 무슨 일 있었어?"

"응. 선영이는 바보, 멍텅구리야. 재수 없어 죽겠어."

"어머, 무슨 일이 있었기에 재수 없다는 말까지 하는 거야?"

"걔 오늘 생일이거든. 생일파티를 크게 한다는데 날 초대하지도 않았어."

　아이들의 생일파티야 별로 중요하지 않다고 여기는 지현이 엄마는, 아이의 비위를 맞춰주기로 결심했다. 일단은 지현이의 기분이 풀어지는 게 먼저라는 생각에서였다.

　"그랬어? 선영이라는 친구가 정말 바보인가보다. 우리 지현이를 생일파티에 초대하지 않았단 말이야? 걔랑 놀지 마. 나중에 지현이 생일파티에 선영이는 초대하지 말자."

　지현이 엄마의 선택은 아이의 상한 기분을 위로하자는 것이었다. 그래서 지현이가 바라는 대로 선영이를 바보로 만드는 데 손을 들어 주었다. 아이의 편이 되어줌으로써 속상한 마음을 달래주고, 그러면 모든 게 해결된다는 생각 때문이었다. 좀 더 신중한 부모라면 선영이가 무엇 때문에 지현이를 초대하지 않았는지를 의아해하고, 그 이유가 혹시 지현이에게 있지 않았는지를 따져봤을 법도 하다. 그러나 아이 편을 들어주기에 바쁜 부모는 그런 데까지 생각이 미치지 못한다.

　이것은 아이들 또래집단의 단편적인 예일 뿐이다. 하지만 아이들이 어른들을 상대로 하는 실수에도 똑같이 반응하는 부모들이 많다. '아저씨가 반말 쓴다고 뭐라 해.'라는 아이의 말에 '언제 봤다고 존댓말을 쓰래? 나이 먹으면 나이 값을 해야지.'라는 식으로 얼토당토않은 설명을 하는 부모를 자주 봐 왔다. 자녀가 실수를 해도 상대방의 잘못이라 말하며 편을 드는 것은 진정으로 자녀를 위하는 일이 아니다.

**07**

# 자녀를 절망으로
# 이끄는 말

내가 고등학교 1학년 때 우리 담임선생님이 자주 쓰셨던 말이 '너희들한테 실망했다.'는 말이었다. 주로 우리 반 아이들의 성적이 만족스럽지 못할 때 쓰는 표현이었다. 인문계 고등학교 선생님이니 학생들의 성적이 제일 큰 관심사였을 것 같기는 하다. 그래서 반평균이 기대치에 못 미치거나 등수가 떨어지고, 성적이 떨어질 때마다 '정말 실망이다. 대학은 어떻게 가려고 그러니?'라고 말씀하셨다.

다른 학생들은 어땠는지 모르지만 난 그 말이 정말 듣기 싫었다. 사람이 사람에게 '실망했다'는 말처럼 무서운 말이 또 있을까. 그

때부터 내가 가장 듣기 싫어하는 말이 '너에게 실망했어.'가 되었
다. 이후로 나는 누군가 내게 실망하지 않도록 노력해왔다. 그래도
쉽지는 않은지라 친구로부터, 부모님으로부터 그런 말을 들을 때
면 어김없이 큰 상처를 받곤 했다.

나는 아무리 화가 나도 내 아들에게 '실망했다'는 말을 하지 않
는다. 실망을 하기에는 아이에게 열려있는 가능성이 너무 크기 때
문이다. 또한 실망했다는 말을 듣는 아이가 나처럼 상처받지 않기
를 바라는 마음도 있다. 실망은 곧 기대하는 바가 없다는 의미이
니, 얼마나 사람을 좌절하게 만드는 말인가.


## 1) 넌 나쁜 아이야

자녀들은 어릴 때부터 이렇게 하면 착한 아이고, 저렇게 하면 나
쁜 아이라는 말을 듣고 자란다. 어찌 보면 지나치게 양분법적 사고
이기도 하다. 세상에는 착하고 나쁜 것만 있지 않기 때문이다. 흔
히 우리가 흑백으로 나누는 검정과 흰색 사이에도 밝기가 틀린 회
색이 수없이 존재한다. 감정도 마찬가지여서 '좋음과 나쁨'사이에
는 무수한 중간지점이 있게 마련이다. 아들이 유치원에 다닐 때
'착한 아이, 나쁜 아이'이라는 수업이 있었다. 수업 전에는 숙제도
있었는데 '어떻게 해야 착한 아이이고, 어떻게 하면 나쁜 아이인지
를 알아오라'는 것이었다. 친구들과 사이좋게 지내는 것, 힘든 사
람이 있으면 도와주는 것, 떼를 쓰지 않는 것, 장난감 정리를 잘하

는 것, 동생을 돌봐주는 것 등을 '착한 아이'에 적어갔던 것 같다.

유치원을 마치고 돌아온 아들의 손에는 '부모님 말씀을 잘 듣는 것, 친구들과 사이좋게 지내는 것, 유치원에 결석하지 않는 것, 반찬투정을 하지 않는 것'등이 '착한 아이'로 적혀 있었다. '나쁜 아이'는 욕심 부리는 것, 장난감을 혼자만 가지고 노는 것, 친구나 동생을 때리는 것, 거짓말 하는 것 등이 적혀 있었던 것 같다.

아이들은 가르치는 대로 받아들이기 때문에 '착한 아이, 나쁜 아이'에 해당하는 일이 벌어질 때마다 내게 묻곤 했다. '엄마! 밥을 안 남기고 다 먹었으니까 나는 착한 아이지?'라는 식이다. 혹시 실수를 하면 '친구랑 싸웠으니까 나는 이제 나쁜 아이야?'라고 묻는 것이었다.


아이들은 '나쁜 아이'라는 말을 정말 듣기 싫어한다. 그냥 싫어하는 게 아니라 겁을 내고 무서워하는 것이다. 왜냐하면 아이들의 세계는 '착한 아이'와 '나쁜 아이'로 나뉘기 때문이다. 가장 나쁜 아이가 바로 자신이라는 생각은 아이를 절망하게 만든다. 어떤 부모들은 아이가 속을 썩이거나 시키는 대로 하지 않을 때 '넌 나쁜 아이야. 왜 엄마 말을 안 듣니?'라고 말하면 아이가 깨닫고 고친다고 생각한다. 사실은 그렇지 않다. 아이는 당장에 '나는 나쁜 아이구나.'라며 좌절하고 큰 상처를 입을 뿐이다.

## 2) 실망했다는 말

'실망'이란 말 그대로 바라지 않는다는 것, 소망을 잃어버렸다는 의미다. 그래서 상대에 실망했다는 말을 할 때는 포기한다는 말이 포함되어 있다. 더 이상 바라는 바를 잃었으니 기대하는 바가 없다는 뜻이기도 하다. 사람 사이의 관계에서 서로 바라는 것이 없다면 이미 관계는 끝난 것이나 다름없다. 부모가 자녀에게 '실망했다'고 말하지 않아야 하는 이유이다. 자녀들이 쓰는 말은 의미를 제대로 모르고 하는 경우가 대부분이다. 그렇다면 말을 어디서 배웠는지 물어보고 회유책을 써서 가르쳐야 한다. '실망했다는 말을 다 아네? 어디서 그런 말을 배웠지? 어려운 한자말인데.' 그러면 아이들은 'TV에서 봤어.' '선생님이 우리한테 그렇게 말하셨어.' '엄마가 아빠에게 하는 말을 들어서 배웠지.'라며 자랑스럽게 말해준다. 그 말을 엄마에게서 배웠다고 할 때 엄마는 마음이 뜨끔할 것이다. 아이들에게는 절대로 하지 말아야지 하면서도 남편이나, 또는 다른 사람에게 쓰는 경우가 있다는 사실 때문이다. 그리고 그런 좋지 못한 말을 내 아이들이 배워서 쓰게 했다는 책임감에 괴로울 것이다.

그럴 때는 '실망했다는 말은 별로 좋은 말이 아니란다. 친구랑 싸워서 미운 마음이 들더라도 너희가 그런 말을 안 썼으면 좋겠다. 그런 말은 화해할 수 없을 정도로 미운 사람에게 쓰는 말인데, 친구나 동생과는 다시 화해할 거잖아. 가능하면 안 쓰는 게 좋아.' 이렇게 일러주면 아이들은 놀라면서도 배우게 된다. '정말? 몰랐어. 그냥 싸울 때 하는 말인 줄 알았어.'라는 아이의 답변을 들을 수 있을 것이다. 그리고 아이들은 앞으로 형제간에 싸울 일이 있어도 '실망했다'는 말을 함부로 쓰지 않게 될 것이다.

부모가 쓰지 않아도 자녀들은 여러 창구를 통해 좋지 못한 표현을 배울 수 있다. 매스컴에 노출되어 있고, 밖에서 새로운 사람을 만날 때마다 다른 표현을 배우기 때문이다. 그래서 부모는 자녀들이 사용하는 말에 관심을 가져야 한다. 의미를 모르면서 다른 사람에게 상처 되는 말을 하는 아이는, 나중에 그 말의 의미를 알게 되었을 때 상처를 받는다.

특히 부모로부터 '실망했다'는 말을 듣고 자라는 자녀들은 자신감을 잃고 절망에 빠진다. '우리 엄마아빠는 내게 기대하는 게 없어. 내가 뭘 하든 관심이 없는 거야. 난 엄마아빠를 실망시키기만 해.'라는 뿌리 깊은 절망감은 자녀를 성장할 수 없게 만들기 때문이다.

### 3) 마지막이라는 말

'처음'이라는 말은 모든 일의 시작이며, 앞날에 대한 기대로 설레게 하는 희망적인 단어다. 반대로 '마지막'이라는 말은 끝을 의미하며, 더 이상 나아갈 길이 없다는 종결의 느낌을 가지고 있다. 그래서 '첫 번째 기회'라는 말은 무한한 가능성을 주지만 '마지막 기회’라는 말은 사람을 절박하고 초조하게 만드는 것이다.

　그래서 자녀들에게 해서는 안 될 말이 ‘마지막’이다. 나쁜 습관을 고쳐주려는 부모가 ‘한 번 더 기회를 줄게. 대신 이번이 마지막이야.’ ‘오늘은 엄마가 야단치지 않을 거야. 하지만 이게 마지막이야. 다음에는 용서 없어.’라는 말을 하지 말아야 한다. 마지막이라는 말은 종결을 뜻하기 때문에 어떤 결과를 낳던지 긍정적이지 못하다. 왜냐하면 ‘마지막 기회’라고 말해놓고 다음에 같은 상황이 닥쳤을 때 똑같이 행동한다면 부모에 대한 불신을 키우기 때문이다. ‘우리 엄마는 항상 마지막이라고 말하지만 마지막인 적은 없었어. 다음에도 또 그렇겠지.’라고 생각하니 부모에 대한 신뢰가 떨어질 수 있다. 또한 부모의 신용을 위해 ‘마지막’이 정말 마지막이 된다면 자녀들은 상처를 받는다. 관대하지 못한 부모, 기댈 수 없는 부모를 바라는 자녀는 없기 때문이다.

　일전에 친구와 통화를 하는 도중에 다투면서 나도 모르게 ‘이번이 마지막이야.’라는 말을 했던 모양이다. 당장 감정이 상해서 뱉어놓은 말이었고 그날 이후로 다시 그 얘기가 나온 일은 없었다. 한참 시간이 지난 뒤 친구가 그날 일을 꺼내기 전까지는 내가 그런 말을 했다는 사실조차도 잊고 지냈다. ‘네가 그때 마지막이라고 해서 내가 얼마나 상처받았었는지 모르지?’라는 친구의 말에 ‘내가 그런 말을 했었어? 기억 안 나는데.’라고 대답했다. 충동적으로 말했던 사람은 잊어버리지만 그 말을 들은 사람은 상처로 남는다. 우리 아이들을 상처 입히는 일은 우리 부모들 자신을 상처 입히는 일이다. 아니, 자녀에게 상처를 주었다는 사실을 알게 된 부모는 더 크게 상처받는다. 우리 자녀들이 언제고 다가와서 기댈 수 있기를 원한다면 '마지막'이라는 말을 경계하자. 모든 부모에게 자녀들은 언제나 가능성이고 희망이며, 첫 번째고 늘 새로운 시작이기 때문이다.

### 4) 말은 마음의 창, 실천의 문

사람의 얼굴에는 네 곳의 구멍이 있다. 그것은 바로 눈과 귀, 코와 입이다. 그런데 입을 제외하고는 모두 구멍이 두 개씩이다. 왜일까? 아마도 많이 보고, 많이 듣고, 많이 느끼며 살되 말은 아끼라는 것일지도 모른다. 하지만 눈을 아무리 부릅떠도, 두 개의 귓구멍이나 콧구멍을 합쳐도 벌린 하나의 입보다 작다. 왜일까? 그것은 할 말은 크게 하며 살라는 뜻일 것이다.

말이란 한 사람의 인생을 넘어서 때론 세계의 역사를 바꾸기도 한다. 그 어떤 무기보다도 강력한 힘을 가지고 있다. 갓난아기는 울음소리로 아픔과 배고픔을 표현하고 조금 더 자란 어린 아이들은 행동으로 자신의 의사를 전달하지만, 말문이 트이기 시작하면 그때부터 어른들은 아이의 말 한마디 한마디에 즐거워하기도 하고 놀라기도 한다.

아직 어떤 말이 좋은지, 무슨 말은 해야 되고, 해서는 안 될 말은 무엇인지 모르는 아이들은 자신의 귀로 들어오는 모든 단어들을 그저 스펀지처럼 빨아들일 뿐이다. 그리고 다시 뱉어내는 것이다. 처음부터 뜻을 알고 쓴다기보다는 우선 말을 쏟아놓고 주위의 반응으로 좋은 말인지 해서는 안 되는 말인지 구분하기도 한다.

그러므로 아이가 나쁜 말을 했다고 해서 바로 눈을 동그랗게 뜨고 심각하게 놀라는 표정을 지을 필요는 없다. '너, 그런 말 어디서 배웠어?'하는 식으로 다그쳐서는 안 되는 것이다. 왜냐하면 아이는 어차피 그 말의 뜻을 잘 모르기 때문이다. '처음 듣는 말이네, 하지만 다른 사람에게 쓰면 굉장히 기분 나빠할 거 같아. 너는 무슨 말을 들었을 때가 제일 기분 나쁘니?'하고 되묻는다면 아이는 그동안 자신이 알고 있었던 단어를 열심히 머릿속에서 골라 대답을 한다. 그러면서 자신이 그런 말을 들었을 때의 기분을 상기하게 된다.

그럴 때 '방금 네가 했던 말을 누군가에게 한다면 그 사람도 너처럼 기분이 나빠졌을 거야.'하고 말해준다면 아이는 그것이 안 좋은 말이고 하지 말아야 한다는 것을 알게 되는 것이다. 이렇게 함으로써 말이 상대방에게 어떤 영향을 끼치는지 아이 스스로 생각하게 도와줄 뿐만 아니라 입장 바꿔 생각하게 하는 힘도 길러준다.

무조건 다그치거나 혼을 낸다면 자녀는 주눅이 들어 다음엔 어떤 말을 해야 혼나지 않을까를 먼저 생각하게 되어 하고 싶어도 말을 아끼는 상황이 생기게 된다. 결국 말 수가 적어지게 되는 것이다.

아이는 유치원과 학교를 다니면 많은 사람들과 친구가 되고 그들과 대화를 나눔으로써 새로운 말을 익힌다. 하지만 그들보다 더 대화를 많이 하는 사람이 식구이며 부모다. 자녀들은 부모가 하는 말을 대부분 듣고 따라하게 되는 것이다. 그러므로 우선 부부끼리 주고받는 말이 중요하다.

# CHAPTER 6

마음의
언어

# 01

# 부모가 모르는
# 자녀들의 말

나의 학창 시절에는 문장을 줄여서 말하는 것이 유행이었다. 가령 '넌 옥떨메야.'라고 한다면 그건 '옥상에서 떨어진 메주'의 줄임말이고 '넌 엉뚱해.'라는 말을 했다면 '넌 엉덩이가 뚱뚱해'라는 말이 되는 것이다. 요즘의 '열공'과 같은 맥락이다.

우리는 서로 그런 말을 하면서 같은 세대끼리의 동질감, 유대감 같은 걸 느끼곤 했다. 여러 세대와 어우러져 살아가면서도 그들과는 다른 우리들끼리 공유할 수 있는 테두리가 있다는 건 왠지 기분이 좋은 일이었다. 어느 선 이상을 그들이 침범하지 못한다는 사춘기적 우월감이라고나 할까.

나는 부모님에게 그런 언어로 소통을 해 본적이 없다. 그들은 삶에 지쳐있었고 새로운 언어를 받아들일 만큼 여유가 있지 않았다. 내가 부모에게 그런 말들을 해도 함께 웃어주지 못했기 때문에 어느 정도 말의 장벽이 생겨있었다. 그것은 좋은 일이 아니다. 왜냐하면 그만큼 부모와 나 사이에는 서로 사랑하는 마음은 있어도 함께 공유할 수 있는 부분이 적다는 것이기 때문이다. 같은 말을 쓰고 그것을 같이 공감할 수 있을 때 아이들은 부모를 동지로 받아들이게 되는 것이고 속마음을 열어주는 것이다.

말은 그 시대의 흐름이다. 뜻은 같을지라도 세대에 따라 말이 달라지기도 하고 변종이 생기기도 한다. 또한 새로 발명되거나 새로운 상황에 맞게 거의 무차별적으로 신종 언어들이 태어나고 있다.

## 1) 그들의 언어를 배우자

물론 그들의 언어를 몰라도 세상을 살아가는데 아무런 문제가 없다. 그러나 자녀와 친해지고 싶고 그들을 이해하고 싶다면 세상이 어떻게 돌아가고 있는지에 관심을 가져야 할 것이다. 아니, 세상 돌아가는 일에 별 관심이 없어도 내 자녀가 어떠한 말들을 쓰고 있으며 무슨 뜻인지는 알고 있어야 무시당하는 일이 없다. '에이, 엄마아빠는 그것도 몰라?'하고 자녀가 핀잔을 준다면 기분이 나쁘고 부모로서 자존심이 상할 수도 있겠지만 그렇다고 자녀들을 비난하거나 화를 내서는 안 된다.

우리는 누군가에게 물어 보는 것을 별로 좋아하지 않는다. 그것은 나의 무식을 드러내는 꼴이 되기 때문이다. 하지만 자녀들에게는 다른 말을 한다. 학교에서 이미 배웠는데 어떤 부분은 잘 모르겠다는 말을 했다면 자녀에게 어떤 말을 하겠는가. 나는 아이가 이런 것이 궁금했다고 말을 하면 '왜 선생님에게 물어보지 않았니? 잘 모르는 부분이거나 궁금한 게 있으면 바로 선생님에게 질문을 해야지. 모르는 건 부끄러운 게 아냐. 평생 모르고 사는 게 더 부끄러운 거지, 안 그러니?'라고 되묻는다.

그런데 정작 나는 그러질 못했다. 누군가와 대화를 나누는데 모르는 단어가 나오거나 일을 할 때 잘 모르는 부분이 있어도 짐짓 아는 척 혼자 해결해 보려고 하다가 낭패를 보기도 한다. '그게 무슨 뜻이죠?'하고 물어보는 게 왠지 자존심이 상하고 부끄럽다는 생각이 앞섰던 것이다. 앞서 말했듯이 물어 보는 것은 잠깐이고 한 번만 부끄러우면 영원히 더 이상 그 일로 인해서는 창피를 당하지 않을 수 있다. 설령 아이들일지라도 모르는 것이 있으면 물어보는 게 당연하다.

특히 자녀들은 부모가 자신들의 세계에 관심을 가지면 매우 좋아하고 가르쳐주려고 적극적이다. 부모가 자신들과 같은 세계에 존재한다는 유대감을 갖게 되는 것이다.

## 2) 그들의 언어를 비난하지 말라

'왜 좋은 한글 놔두고 그따위 말들을 쓰는지 원, 세종대왕이 하늘에서 보고 얼마나 속상하겠니?'하는 말들을 한다면 더 이상 아이들과 소통하는 것은 포기해야 할 것이다.

아이들은 유행에 민감하고 그 중심에 자신이 있기를 원한다. 그들의 언어를 비난하는 것은 그 말을 사용하는 내 자녀를 비난하는 것과 같다. 자녀가 부모로부터 자신이 비난을 받고 있다는 생각을 가지게 해서는 안 된다. 물론 유행하는 언어라고 해서 모두 좋은 뜻만 있는 것은 아니다.

혹시라도 자녀의 입에서 낯선 단어가 튀어나올 때는 '처음 듣는 말이네, 무슨 뜻이니?'하고 물어보아야 한다. 뜻을 모른다고 한다면 우선 알게 해야 한다. 모르는 말을 함부로 사용했을 때 어떤 일이 생길지에 대해 상상하게 하는 것이다. '너는 뜻도 모르고 어떤 말을 했는데 만약 그게 욕이라면 상대방은 어떨까? 물론 상대방은 그 뜻을 알고 있다면 말이야. 굉장히 불쾌하고 너에 대해 안 좋은 감정을 가지게 될 수도 있겠지?'

만약 뜻을 알면서 사용한다면 자녀도 그것이 나쁜 말인지 좋은 말인지 알고 있다는 것이다. 그러므로 나쁜 말일 경우에는 대답하기를 주저하게 된다. 그 때 '넌 그게 나쁜 말인 줄 알면서도 쓴단 말이니? 도대체 그런 말은 어디서 배워 오는 거야?'하고 고함을 치거나 '너의 주변에는 그런 애들만 있니? 그런 말 쓰는 애들이랑은 어울리지 말랬지?' 하는 식의 비난은 하지 않는 것이 좋다. 그런 식으로 자녀의 말에 간섭을 하고 비난을 한다면 자녀는 두 가지 언어를 가지게 된다. 부모 앞에서 사용하는 말과 밖에서 통하는 사람들끼리 하는 말로 말이다.

'나는 내 아이에 대해 모르는 게 없어, 내 아이는 나쁜 말은 절대 하지 않아.' 정말 그럴까. 아이를 덮어놓고 의심하자는 게 아니라 부모 앞에서만 쓰지 않고 다른 곳에서는 사용하는 그런 아이로 만들지 말자는 것이다. 무조건 해서는 안 된다는 식이 아닌 어느 정도는 허락을 하지만 지나치게 해서는 안 된다는 주의를 주어도 아이는 알아듣는다.


## 3) 어른들이 모르는 자녀들의 말

요즘 우리 아이들은 무슨 말을 사용하고 있을까. 우리도 그들의 언어세계를 잠시 들여다보자.

- 킨족: 펌질(퍼 나르는 행위)을 좋아하는 사람을 나타내는 말 펌과 KIN(즐겁다) 그리고 집단을 나타내는 말(족)의 합성어이다.
- KIN : 옆으로 읽으면 '즐'자와 같음. '즐'은 '즐겁다'의 줄임말
- 뽀샵질: 포토샵으로 사진을 예쁘게 꾸미는 일.
- 셤 : 시험의 줄임말
- 조낸 : 정말, 매우, 굉장히 라는 뜻. 좋은 뜻으로 쓰이지는 않는다.

-OTL : 좌절하다. (비슷한 말 :OTZ)

-열공 : 열심히 공부하자

-도촬 : 몰래 사진을 찍는 것. 도둑 촬영의 줄임말

-출첵 : 출석체크의 줄임말

-뽀대나다 : 폼나다. 멋있다 (비슷한 말 :간지나다)

-쌩까다 : 모른 척 하다

-고고씽 : ~에 가자 (예 : 학교로 고고씽=학교로 가자)

-안습 : 안구에 습기 차다.

-지대 : 제대로

-완소 : 완전 소중한

-훈남 : 훈훈한 남자

-쌩얼 : 화장을 하지 않은 맨 얼굴, 안경을 벗은 얼굴


## 4) 긍정적 사고 3원칙 대화 방법

### (1) 자녀가 어떤 생각과 감정을 갖고 있는지 경청한다

자녀 :"엄마 속상해요. 선생님이 정말 싫어요. 학교도 가기 싫어요."

엄마 :"저런, 속상한 일이 있었나 보구나. 학교에서 무슨 일이 있었니?"

## (2) 질문을 통해 부정적 사고의 이유를 파악한다

자녀 : "선생님이 제 말은 듣지도 않고 수업시간에 집중하지 않는다고 혼내잖아요. 친구가 볼펜을 빌려 달라고 해서 그런 건데 말이에요."

## (3) 새로운 관점으로 해석한다

엄마 : "그래, 네 마음이 아팠겠구나. 엄마도 그때의 네 마음이 이해가 되는구나. 하지만 얘야, 선생님이 네가 미워서 그런 건 아니실 거야."

**02**

# 자녀들이 모르는<br>부모의 말

우리 세대는 대부분 어른들의 말을 따라하고 답습하며 살아 왔다. 하지만 어느 시점부터 사회는 급하게 변화를 거듭하며 새로운 언어들이 쏟아져 나오기 시작했다. 어른들의 말에만 익숙해져 있던 사람들에게 새로운 단어들은 낯설고 차가운 느낌이 들 수밖에 없지만 그 단어들을 배우고 자란 자녀세대에서는 자연스런 단어들이다. 그에 따라 우리와 함께 우리의 언어도 자녀들에게 자리를 내어 주고 물러나 앉은 처지가 되고 말았다.

어린 시절 나는 콧물이 자주 흘러내리곤 했다. 그래서 스윽 옷소매로 닦아내곤 했는데 그런 나를 보며 할머니는 '옥지기가 난다'

고 인상을 찌푸렸다. 그런데 할머니는 앞니가 없어서 발음이 새기 때문에 옥지기라는 말이 나에게는 '옥시기'라고 들렸다. 문제는 할머니가 '옥수수'도 '옥수구' 혹은 '옥시기'라고 하기 때문에 그 모든 말들이 하나를 연상하게 하는 것이다. '할머니는 왜 내 코에서 옥수수가 난다고 할까?'하며 의문을 가지곤 했다.

말이란 하는 사람의 입장에서가 아닌 듣는 사람 입장에서 해석을 하게 마련이다. 내가 뜻을 정확히 알고 있다고 해서 듣는 상대방도 당연히 알고 있을 것이라는 생각은 버리는 것이 좋다. 특히 자녀들이 사용하는 언어와 부모가 쓰는 말이 서로 해석하지 못하는 데서 오는 마찰이 있음을 종종 볼 수 있다.

같은 공간 안에서 아이들은 저희들만 통하는 말로 대화를 하고 부모는 부모의 언어로 이야기를 한다고 가정해 보자.


　-첫째 : 동생아, 이거 어디서 퍼 왔어?

　-동생 : 그거 블펌이긴 한데, 어때? 뽀샵했더니 간지나지?

　-엄마 : 애들아, 주전부리 그만하고 시험이 코앞인데 바투 공부
　　　　해야지.

　-첫째 : 뭘 그만해요? 우리 가만히 있었는데. 동생아, 우리 지대
　　　　열공하러 고고씽

　-아버지 : 엄마가 공부하라는데 왜 따따부따냐! 도대체가 말이
　　　　야, 요즘 애들은 어른들 말에 데면데면하단 말이야.

조금 극단적이긴 하지만 이런 상황이라면 세대 간의 갈등은 언제나 불씨로 존재하게 되어 부모는 부모대로 '요즘 애들은 이해가 안 돼.'라고 말하게 되고, 자녀들은 그 나름으로 '우리 부모랑은 대화가 안 통해.'하며 마음의 문을 닫을 수 있다.

## 1) 어른들의 말을 자녀들에게 들려주자

자녀들은 의외로 부모들의 어린 시절에 호기심이 많다. 잠을 자는 머리맡에서라든가, 밥을 먹으면서, 혹은 놀이 도중에라도-물론 그때의 상황에 맞는 것이라면 더욱 좋다-이야기를 해 주는 것이다. '엄마가 어렸을 때는'하고 말을 꺼내면 자녀들은 무슨 말이 나올까 싶어 귀를 기울이게 된다.

여기서 알아두어야 할 건 '얌전하고 공부도 잘 하고 부모 말씀도 잘 듣는 착한 어린이였어.'하는 식의 말은 하지 말도록 한다. 차라리 실수담이라거나 꾸중 들었던 이야기를 들려준다면 자녀들은 더 재미있어 하고 다음에라도 '어렸을 때 이야기 또 해 주세요.'하고 조르게 된다. 완벽하기만 하고 뭐든지 다 알고 있을 것만 같은 엄마나 아빠도 어린 시절에는 말썽쟁이, 개구쟁이였다는 것을 알게 되면 자녀들은 또래였을 당시의 모습에 동질감을 느낀다. 부모를 고개 들고 쳐다보아야 할 대상이 아닌 좀 더 편안하고 친근하게 통할 수 있는 상대로 여기게 된다. 물론 너무 실수한 일이나 말썽부린 일만 부각을 시킨다면 '엄마(아빠)도 어릴 땐 그랬다며?'

하는 부작용이 생길 수도 있으니 적절한 선을 유지해야 한다. 그렇게 반박이 나올 때라도 당황하지 말고 '내가 그래봤으니까 너는 같은 실수하지 말라고 조언해 줄 수 있는 거야, 넌 경험자를 곁에 둔 걸 행운으로 알아야 해.'라고 말해준다.

부모들의 어린 시절을 이야기 해주다보면 자연스럽게 부모의 언어로 말을 하게 되고 호기심이 많은 자녀들은 모르는 단어가 나오면 바로 물어 보기 마련이다. 이야기의 맥을 끊는다고 싫어하지 말고 아는 대로 쉽게 대답을 해 주는 게 좋다. 또 자신이 정확하게 모르는 것이라면 '엄마도 잘 모르는데 우리 같이 사전 찾아볼까? 엄마도 궁금하다.'하면서 같이 찾으면 아이들은 자신들이 물어 본 것에 많은 자부심을 느낀다. 그리고 궁금한 것이 생기면 그것이 무엇이든 간에 바로바로 물어보는 습관이 생기게 되는 것이다.

'실컷 놀다가 노을이 다 질 때쯤 마을의 굴뚝에선 하얀 연기가 피어오르지. 그러면 싸리문을 열고 살금살금 들어가는데 부엌에서 나온 너희 할머니와 마주치면 할머니는 더러워진 내 모습을 보고는 얼른 부엌으로 들어가 부지깽이를 들고 나왔어. 그러면 달려들어 부지깽이를 든 손을 잡고 너스레를 떠는 거야. 물론 그래도 맞긴 하지만 잠 잘 때쯤에 할머니는 자리끼를 머리맡에 두고는 맞은 곳을 어루만져 주곤 했어.'

이런 식으로 대화를 하게 되면 자녀들은 부모의 어린 시절을 통해 스스럼없이 부모들의 언어를 알게 되고 같이 쓰게 된다.

우리는 자녀들이 학교에서 어떻게 생활을 했는지, 학원이나 친구들하고 무엇을 했는지 늘 궁금하다. 그렇기 때문에 자녀가 집에 돌아오면 '오늘은 뭐 했어? 잘 놀았어? 공부는 열심히 했니? 어떤 거 배웠어?' 하며 물어보게 된다. 하지만 가끔은 그 반대로 집에 들어온 자녀에게 문득 생각나는 어린시절의 한 장면을 이야기 해주거나 자신이 좀 전까지 했던 일들을 들려줘 보자. 자녀는 자신의 생활을 일일이 부모에게 보고해야 하고 어른은 그럴 필요 없다는 법은 없으니까 가볍게 말해보는 것이다.

자녀들도 의외로 부모의 생활에 관심이 많고 자신이 없는 사이에 무엇을 하고 있었을까 알고 싶어 한다. 그러므로 일방적으로 묻지만 말고 자신의 생활을 말해주는 것이다.

### 2) 자녀들이 모르는 부모의 말

요즘 무차별적으로 쏟아져 나오는 말들 중에 내가 모르는 단어도 많다. 세상이 빠르게 변하고 있다. 하지만 변하지 않는 좋은 말들도 많다. 그런 말들을 살려서 자녀들도 사용하게 만드는 것은 부모의 몫이 아닐까싶다.

나는 가끔 '어? 시나브로 해가 저물어 가네.'하거나 '좋다.'라는 말을 잘 한다. 그러면 아이는 마치 외계언어를 발견한 것처럼 무슨 뜻이냐고 물어 본다. 설명을 해주면 그 단어를 사용하기 위해 말을 만들어 낸다. '아빠, 나 시나브로 숙제 다 했어, 엄마! 여기에 써도 되는 거야?' '지대로야. 잘 했어.' 아이는 영어를 배운 것보다 더 좋은 것을 배운 것처럼 신나한다.

아이들이 모를 만한 단어를 골라 대화를 할 때 적절하게 사용해 보자. 혹시라도 아이가 묻지 않는다면 옆구리를 찔러보자. '엄마가 지금 자리끼라는 말을 썼는데 무슨 뜻일까?' 한다면 없던 궁금증이 생긴다. '몰라.' 하고 무덤덤하더라도 포기하지 말고 '알아맞히면 맛있는 간식을 해주마.'라며 관심을 집중시키는 것이다.

자녀들에게 어른들의 말을 들려주는 것은 곧 부모의 이야기를 하는 것이고 그것은 자녀에게 자신이 알지 못했던 가까운 역사의 한 페이지를 들여다보게 하는 것이다. 또한 부모와 자녀의 소통의 통로가 된다.

**03**

# 욕하지 마,
# 욕하지 마세요!

부모부터 좋은 말을 써야한다. 말은 그 사람의 마음의 창이고 자녀는 부모의 거울인 것이다. 처음부터 예쁘고 아름다운 창을 만들어 주어야 하는 것은 부모의 책임이다.

언젠가 외국인이 우리나라에 와서 제일 빨리 배우는 단어 중의 하나가 욕이라는 이야기를 들은 적이 있다. 그만큼 욕은 우리가 모르는 사이에 생활 깊숙하게 자리 잡고 있는 언어이다. 마음먹고 가르쳐준 것도 아닌데 어디서 배워왔는지 아무렇지도 않게 그 예쁜 입에서 듣기 거북한 말이 나올 때는 기가 막히다.

길을 가다가 중 고등학생들을 만날 때가 있다. 저희들끼리 주위에 신경 안 쓰고 뭐가 그리 좋은지 깔깔거리며 마냥 신이 나 있다. 그런 그들의 모습을 보면 왜 웃는지도 모르면서 나도 따라 웃게 된다. 그런데 지나치려는 순간 들리는 그들의 말, 'XX야 그만해, 미친X. 그게 자랑이냐, 이X야 깔깔.' '그게 어때서 지랄이야 XX야, 웃기잖아.' 귀를 의심하며 지나쳤지만 다시 뒤를 돌아보았다. 그들은 주위의 시선에는 아랑곳없어 보였다. 대화에 욕을 사용하지 않으면 말이 안 되는 모양이다. 문제는 서로에게 욕을 하면서도 그것을 기분 나빠하지를 않는다는 것이다. 비단 아이들만의 문제는 아니다. 아이들 못지않게 더 심한 욕을 입에 담고 사는 어른들도 많다. 아이들은 어른들의 자화상임을 명심하자.

### 1) 자녀들은 뜻을 모르고 쓴다

처음부터 뜻이 나쁘다는 것을 알면서 사용하는 아이는 없다. 누군가가 하니까 따라하는 것이고 그 말을 했을 때의 주위 반응이 없다면 아이는 사용해도 되는 말로 받아들이게 된다.

### 2) 자녀들은 관심의 도구로 욕을 사용한다

자녀들은 자신이 욕을 했을 때, 부모의 반응, 즉 관심을 바로 나타낸다는 것을 알고 있다. 부모가 자신이 아닌 다른 것에 더 애정을 쏟고 있다는 생각을 하게 되면 아이는 부모의 관심을 모으기 위해 과장된 행동을 한다.

떼를 쓰며 운다거나 물건을 집어던진다거나 평소에 하지 않던 행동을 보인다. 그러나 어느 정도 그런 행동에 익숙해진 부모가 관심을 두지 않으면 결국 아이는 극단적으로 욕을 사용한다. 부모의 반응은 즉각적이어서 '뭐? 뭐라고? 너 뭐라고 그랬어!'하며 아이에게 바로 달려가기 때문이다.

하지만 자녀가 욕을 할 때마다 화를 내거나 야단을 치게 되면 자녀 입장에서 관심 끌기에 성공했다고 생각한다. 그렇게 되면 오히려 욕하는 행동이 강화될 가능성이 있다. 그러므로 가끔은 무시를 해 보는 것이 좋다. 욕을 해도 더 이상 부모가 바로 반응을 보이지 않는다는 것을 깨닫게 되면 차츰 줄어들게 된다. 그 대신 자녀에게 따뜻한 관심을 주고, 사랑의 말을 자주 표현해보도록 하자.

### 3) 어떤 자녀가 욕을 하는가?

우선 자녀가 왜 욕을 하는지 원인부터 알아보아야 할 것이다. 대부분의 자녀는 관심을 받기위해 욕을 하기도 하지만 그 밖의 다른 외부적인 요인은 없는지 자녀의 주변 환경도 살펴서 원인을 찾아보아야 한다.

· 주변의 친구들이 욕을 잘 하는 경우
· 둘째가 태어났거나 장기적으로 아파서 돌보아 주어야 할 사람
  이 있을 경우

· 부모가 서로 싸우거나 장난하면서 욕을 사용하는 경우
· 자녀가 타고 있는 차 안에서 운전하면서 욕을 자주 하는 경우

자녀가 욕을 한다고 해서 무작정 야단을 칠 것이 아니라 왜 그렇게 되었는지 원인을 따져보고 그 원인에 대한 해결이 우선되어야 한다. 그 다음 욕을 대체할 수 있는 언어를 가르쳐야 한다.

## 4) 자신의 감정을 조절할 수 있게 한다

고학년이 되었을 경우에는 이전과는 달리 자녀가 욕의 뜻을 정확하게 알고 사용하게 된다. 장난이나 관심의 목적이던 수준에서 벗어나게 되는 것이다. 다시 말해서 상대방에게 상처를 주거나 자신의 불만을 나타내기 위해 욕을 하게 된다. 그것은 습관으로 이어져 마음에 들지 않거나 화가 나게 되면 자신도 모르게 스스럼없이 욕이 나오게 된다.

부모는 그런 모습을 보고 당황한다. '어디서 함부로 욕을 해. 욕하지 마.'하며 화를 내거나 '어디서 그따위 욕을 배운 거냐?'며 따지듯이 말하게 된다. 아직 어린 자녀들이라면 이런 부모의 반응에 움츠러들겠지만 큰 아이들에겐 좋은 방법이 아니다. 아직은 자신의 화를 발산시키면서 감정을 스스로 조절해 나갈 수 있는 힘이 부족하기 때문에 자칫 잘못하면 오히려 반감을 사게 될 뿐이다.

화가 나 있는 상태에서 욕을 하거나 게임 도중, 혹은 다툴 때 자

녀가 욕을 한다면 부모는 우선 '잠깐 말을 좀 멈추어보겠니?'하며 자녀의 말을 멈추게 한다. 그런 후에 '네가 화가 많이 나 있다는 것은 알겠다.'하며 우선 자녀의 심정을 이해한다는 말을 해 준다. 그리고 '하지만 아무리 마음이 상했더라도 상대방의 기분을 상하게 하거나 나쁜 말을 하는 것은 옳지 않은 것 같다.'고 단호하게 말을 해 주어야 한다.

또한 자녀가 왜 그런 말을 사용했는지 이유를 살펴보고 '만약 누군가가 너에게 욕을 한다면 너의 기분은 어떨 거 같니?'하고 물어 욕을 했을 때 상대가 어떤 기분이었을지 등에 대해 생각하게 한다.

더 나아가 화가 났을 때 자신의 감정을 추스르기 위해 할 수 있는 행동에 대해 말해 주는 것도 좋다. 잠시 심호흡을 해 보라거나 말 하는 것을 잠시 멈춰보라고 권해 본다. 그리고 그런 거친 표현이 아니더라도 자신의 주장을 전할 수 있는 말을 찾아 바꿔 보게 하는 것이 필요하다.

### 5) 욕하지 맙시다

'도대체 어디에서 욕을 배워오는 걸까?' 이런 의문을 가지는 부모가 많다. 하지만 의외로 가까운 데서 자녀들은 배우게 된다. 그 주범은 역시 부모이다. 우리가 무심코 내뱉는 나쁜 말들이 내 자녀들에게 그대로 흡수되는 것이다.

만약 아이들의 질문에 '몰라도 돼.'라던가 '내가? 그런 말한 적 없어.' '운전하는데 방해되니까 가만히 좀 있어.'라는 식으로 얼버무려 버린다면 자녀들은 뜻도 모른 채 화가 나면 당연히 써도 되는 말쯤으로 인식하게 된다.

아무리 어른이라도 자신의 실수에 대해서는 인정을 하고 써서는 안 된다는 것을 가르쳐주어야 한다. 자녀들에게 욕을 하지 말라고 가르치기 전에 어른부터 말을 가려서 하는 법을 배워야 할 것이다.

### 6) 스트레스 줄이는 8가지 대화 방법

#### (1) 자녀가 하는 말을 비판 없이 들어주어라

"그래, 그랬나 보구나! 학교에서 그런 일이 있었구나. 그래서 네 마음이 안 좋았구나."

#### (2) 부모부터 작은 일에도 아이와 함께 대화 나누는 습관을 가져라

"엄마는 오늘 부엌 청소를 했더니 기분이 너무 상쾌하고 좋은 거 있지. "

"너도 오늘 학교에서 기분 좋은 일이 있었니?"

#### (3) 사소한 일에도 칭찬하고 격려하라

"네가 골고루 밥을 잘 먹으니까 엄마는 네가 정말 예쁘다."

"네가 아침 일찍 일어나니까 서두르지 않아도 되고 너무좋은데."

## (4) 몸을 써서 즐겁게 할 수 있는 놀이를 찾아라

"아빠와 약수터에 함께 갈까?", "아빠와 함께 자전거 타는 게 어때?"

## (5) 가족이 함께 노래를 배우고 불러라

"요즘 유행하는 노래가 뭐니? 엄마도 궁금한데 함께 배워 보자."

## (6) 힘들 땐 엄마 품에 안겨 실컷 울게 하라

"우리 ○○, 이리 와. 엄마가 꼭 안아줄게."(대화하려고 하지 말고 품어 주자)

## (7) 일주일에 한 번 이상 자녀가 무엇을 힘들어 하는지 물어보아라

"혹시 너, 요즘 힘든 일 있니? 무슨 일 있는 건 아니니?"

## (8) 자주 안아주고 사랑하는 마음을 보여 줘라

## 04

# 자녀들과 말이 통하지
# 않는다는 것

이 세상에 나를 이해해 주고 나와 통하는 사람이 있다는 것은 행복한 일이 아닐 수 없다. 자녀들에게도 마찬가지이다. 늘 바쁘고 권위적인 아버지, 항상 공부 잘 하는 누군가와 비교를 하는 엄마와 사는 자녀는 늘 외로움을 느낀다. '도대체 뭐가 문제냐? 밥 먹여 주고 공부 시켜주고 뼈 빠지게 돈 벌어서 학원도 보내주는데 무슨 복에 겨운 소리냐!'고 소리를 치면 '그건 부모로서 당연한 책임 아닌가요?'하며 되받아 치는 게 요즘 자녀들이다.

자녀와 부모 사이에는 세대차이가 분명 있다. 살아온 환경이 다르기 때문에 어쩔 수 없는 일이다. 하지만 분명 세상은 변했고 우리의 부모가 우리에게 했던 그대로를 자녀들에게 요구하는 것은 불가능한 세상이다. 보이지 않는 벽이 자녀와의 사이에 있다고 느낄 때 도저히 벽을 허물 수 없다고 포기하지 말자. 부수려고 하면 오히려 상처가 생긴다. 벽에는 반드시 어디쯤엔가 창문이 있을 것이다. 거대한 벽만 보지 말고 열어놓은 작은 창문을 찾아보는 것이다.

## 1) 무관심의 벽

다섯 살이 된 어느 아이 엄마의 이야기이다. 이제 막 돌이 지난 둘째도 있는데 첫째가 엄마와 떨어지려 하지 않아 힘들어도 집에서 데리고 있다고 한다. 그런데 호기심도 많고 말썽도 많은 사내아이라서 점점 아이와 부딪치는 일이 많아졌고 급기야 화를 내거나 벌을 세워야만 말을 들어 매를 드는 일도 많아졌다고 한다.

하지만 원하는 대로 되지 않으면 더 이상 무슨 말을 해도 통하지 않는다고 한다. 처음에는 차분하게 충분히 설명을 해 주려고 노력하지만 마치 벽을 상대하고 있는 기분이 들 때면 자신도 모르게 울컥 화가 치밀어 아이에게 소리를 지르고 손찌검을 한다는 것이다.

그런데 놀이학원을 가거나 놀이터에서 놀 때는 다른 아이들과 어울리지 못하고 겉돌기만 한단다. 집에서는 자신의 것에 주장을 강하게 하는데 밖에서는 빼앗기기 일쑤라 속상하고 어찌해야 좋을지 모르겠다고 한다.

아이는 엄마의 관심과 사랑을 필요로 하고 있었다. 물론 엄마가 잘 돌보지 않는다는 게 아니다. '동생이 태어났으니 이제 넌 형이야. 형답게 굴어야지.'한다고 해서 저절로 그렇게 되는 게 아니다. 오히려 반대로 더욱 엄마와 떨어지지 않으려 하고 엄마의 더 큰 관심을 얻으려고 애쓰게 된다. 하지만 갓난아이에게 매달려 있는 엄마 입장에서는 아이를 얼른 놀이방이라도 보내 잠시라도 여유를 갖고 싶은 마음이다. 그러다보니 억지로 떼어내어 보내려고 하면 아이는 짜증이 나고 고집스러워진다. 더구나 아직 준비되어 있지 않은 상황에서 강제적으로 떠밀려 또래 집단에 참여하게 되어 스트레스를 받는다. 이런 경험들이 계속 된다면 아이는 다른 사람들과의 관계가 즐거운 것이 아니라 두려워서 피해야 할 것으로 여기게 될 것이다.

우선 아이가 원하지 않으면 놀이방에 가는 것을 멈추어야 한다. '그래, 네가 가고 싶을 때 가자.'하며 아이를 존중해 주고 함께 보내는 시간을 따로 확보하여 그 시간에는 아이와 대화를 하거나 놀이를 해야 한다. 무엇인가를 하고 있다면 '뭐하고 있니? 재미있니?'하며 먼저 관심을 나타내 주는 것도 좋다.

말이 통하지 않는다고 엄마가 감정적으로 대응을 하게 되면 아이도 역시 소리 지르고 화내는 식으로만 자신을 표현하는 법을 배우게 되어버린다. 시간이 걸리더라도 부드러우면서도 일관된 자세를 취하며 재촉을 하지 않아야 한다. 자신에 대해 긍정적이고 편하게 여길 수 있는 아이가 되어야 밖에서도 활발하고 자신감이 생기게 된다.

### 2) 무조건 가지고 싶은 소유의 벽

자녀가 무언가 가지고 싶은 물건이 있으면 그것을 손에 넣기 전까지 끊임없이 부모를 조른다. 사 줄 수 없는 이유를 조목조목 말해줘도 더 이상 말이 통하지 않게 된다. 자녀에게는 오로지 갖고 싶다는 마음 이외는 어떤 것도 소용이 없다.

이럴 때는 일단 그 문제에 대해서 무시를 해 버리는 것이 좋다. 이미 왜 사 줄 수 없는가를 설명해 주었는데도 계속 조른다면 '그 일에 관해서라면 더 이상 말하고 싶지 않구나. 너 자신도 꼭 필요에 의해서 사 달라고 조르는 게 아니라는 것쯤은 알고 있을 거라 생각해. 그런데도 조른다면 아무 말도 대꾸하지 않겠다.' 물론 이렇게 말했다면 정말로 아이가 그 문제에 대해서 다시 거론할 때 무시를 해야 한다.

자녀가 갖고 싶은 것이 있다면 뭐든지 다 사주고 싶은 것이 부모의 마음이다. 그러나 꼭 필요한 물건을 꼭 필요한 시기에 구입할 수 있도록 가르치는 것도 중요하다.

### 3) 세대 차이의 벽

자녀가 조금 더 크면 그때부터는 자신만의 세계를 가지려고 한다. 가족보다는 친구가 더 좋고 친구와 공유하는 그 무엇을 더 소중하게 생각한다. 가끔 이런 자녀를 보며 '우리 자녀가 이상하게 변했어. 초등학교 때는 안 그랬는데 왜 그러지?'하며 불안해한다.

부모는 자녀가 하는 모든 것이 마음에 들지 않아 잔소리를 하게 된다. '머리가 그게 뭐니? 좀 자르면 시원하겠는데, 바지가 흘러내리겠다. 똑바로 못 입니? 예전엔 안 그러더니 요즘 통 공부도 하지 않고 왜 그래?'따위의 잔소리를 입에 달고 산다. 하지만 자녀는 그런 소리를 들어도 아랑곳하지 않는다. 부모들이 생각할 때는 우스운 것이 자녀들에게는 대단히 중요한 것일 수도 있다. 그것을 존중해 줄 수 있어야 한다. 자녀는 부모와의 나이 차이만큼 세대차의 벽을 느낀다. 그리고 자녀는 자꾸 자신만의 비밀을 만들기 위해 벽을 쌓으려고 한다. 그것은 사춘기의 자녀들에겐 당연한 본능이다. 그 벽을 부모가 방치하거나 억지로 무너뜨리려고 하면 아이는 더욱 견고한 벽을 쌓으려 할 것이다. 말이 통하지 않는다고 생각되면 숨기는 게 많아진다.

세대차이의 벽은 자녀보다는 부모의 노력이 더 필요하다. 자녀가 좋아하는 것을 같이 좋아해 보고 요즘 유행하는 것들에 대해 자녀의 조언을 구하면 자녀는 아마 신이 나서 설명을 해 줄 것이다. 부모가 자신이 바라보는 곳을 보고, 같은 것을 좋아하고, 같은 언어를 사용한다면 자녀는 쌓아 올린 벽의 벽돌을 스스로 한 장씩 내려놓게 될 것이다.

**05**

# 마음을 보여라,<br>그리고 실천하라

어떤 엄마가 아이를 데리고 쇼핑을 하러 갔다. 아이는 엄마의 손에 이끌려 이리저리 돌아다녀야 했다. 아름다운 옷들이 즐비하고 신나는 음악이 나오고, 구경할 것들이 넘쳐났다. 그런데 엄마는 즐기지도 못하고 인상을 찌푸리는 아이가 이상했다. '도대체 너 왜 그러니? 즐겁게 놀아야 엄마도 기분이 좋잖아, 꼭 이런 데 나와서도 그렇게 인상을 써야 하니?' 엄마도 짜증이 나기 시작했다.

결국 엄마는 화가 나서 '너 왜 그러는 거야!' 하며 의자에 앉아 아이의 어깨를 조금 거칠게 흔들며 아이의 얼굴을 마주보았다. 그렇지만 엄마의 시선은 아이의 눈을 지나 주위를 둘러보았다. 앉아서

본 거리는 온통 지나가는 사람들의 다리와 진열대의 다리, 쇼윈도가 보이지 않는 턱이 전부였다. 아이의 시선에서 편하게 볼 수 있는 좋은 것은 존재하지 않았다.

내가 볼 수 있는 것을 아이는 볼 수 없을지도 모른다는 것을 알아야 한다. 눈높이를 맞출 때 진정 아이의 생각이 보이고, 아이가 바라보는 세상이 보이고 마음이 열리게 된다.

어리다고 해서 부모의 마음을 아이들이 모를 것이라고 무시하면 안 된다. 부모가 마음을 열고 다가서면 자녀는 모든 것을 다 보여 준다. 내가 말뿐인 행동을 하면 자녀도 말은 잘 하면서도 그 말에 책임을 지지 않는다. 그래도 되는 것으로 받아들이는 것이다. 일단 자녀에게 '거짓말을 하지 말라, 욕하지 말라, 실천을 하라.'고 했다면 부모 자신부터 모범이 되어야 자녀도 따라오는 것이다. 자녀에게 말이 통하지 않는다고 하지만 그 원인은 부모 자신의 실천이 없기 때문이다.

### 1) 자녀에게 무조건 명령하지 않기

"부모가 아이들에게 자신들의 희망을 억지로 떠맡기는 것은 자녀 교육 실패의 원인이다. 부모가 해야 할 일은 자녀의 기본적인 성격이나 기질을 바꾸는 것이 아니고 가진 그대로를 자연스럽게 표현하게 하고 그것을 존중해 사회에 적응하게 해 주는 것이다. 부모는 자녀가 부모의 희망과 다른 희망을 가지더라도 반대하지 말아야 한다. 아이의 마음은 변하지 않기 때문이다. 아이의 의견에 찬성을 해 주면 아이는 용기를 얻을 것이고 반대를 하면 위축 될 것이다."

아이를 소유물처럼 대하는 부모가 있다. 옷 입는 거 하나까지도 아이 마음이 아니라 부모가 정해 준 것을 입게 하고 '해, 하지 마.'라는 말을 당연하게 사용한다. 이런 말을 하게 되면 아이를 보는 눈이 긍정적이기 보다는 부정적으로 변하기 쉽다. 부모와 자식은 별개의 존재이며 아이도 하나의 인격체라는 것을 명심해야 한다.

### 2) 말보다 행동이 먼저

자녀들은 부모를 보고 자란다. 부모는 자녀가 세상에서 처음 만나는 사람이며 가장 가까이에서 어른이 될 때까지 관찰하게 된다. 유치원에 다니는 아이들에게 소꿉놀이를 시켜보면 남자 아이는 자신의 아빠 행동을 그대로 보여 주고, 여자 아이는 엄마의 행동을 보여 준다.

대표적인 예로 소꿉놀이를 보면 그 가정의 분위기를 어느 정도 파악할 수 있게 된다. 아이들 앞에서 어머니가 아버지에게 함부로 말을 하면 아무리 자식들에게 '아버지에게 잘 해드려라.'하고 말해도 소용이 없다. 또한 부모가 실천이 없이 자녀들에게 말만 한다면 자녀들은 '엄마도 안 하면서.'하는 식으로 부모의 말을 무시하게 된다.

### 3) 일관성 있는 태도를 갖자

대부분의 부모는 자녀의 교육에 관심이 많다보니 남들이 좋다고 하면 무조건 따라하려고 한다. 누가 수영으로 금메달을 따면 내 자녀도 수영을 가르쳐 보고 싶고, 음악을 잘 하는 사람이 있으면 억지로 음악 학원에 보내기도 한다.

어떨 땐 '공부가 무슨 소용이니, 건강이 최고야.'하다가도 '그렇게 공부해서 어떻게 살려고 하니? 공부 좀 해라.'며 소리를 지른다. 부모가 일관성 없이 기분에 따라 변하면 자녀는 가치관에 혼란을 일으킨다. 그렇게 되면 선과 악의 구분도 불분명해지고 사회에 대한 불신이 생겨 자신을 제어할 수 있는 힘을 잃고 공격적으로 변하게 된다. 부모의 일관성 있는 태도는 자녀가 탈선을 했을 때라도 다시 제자리로 찾아 올 수 있는 나침반이 되어 준다.

### 4) 긍정적인 부모가 되자

'엄마, 나 이거 하고 싶어요. 해도 돼요?' ' 네가 그걸 어떻게 하니? 할 줄도 모르잖아. 그거 하다가 다치면 큰일 나.' 이런 식의 대화는 자녀를 위축시킨다. 할 줄 모르니까 못 하고, 일이 생길까봐 손도 대보지 못하는 겁 많은 자녀로 만들게 되는 것이다.

아들에게 억지로 무언가를 시키지 않는 나는 늘 이렇게 말을 한다. '해 보고 싶은 거 없어? 말만 해. 하고 싶다는 것은 하게 해 줄게. 세상은 넓고 그만큼 할 수 있는 일도 많거든. 넌 무엇이든 될수 있고 할 수 있어. 네가 마음만 먹는다면 말이지. 얼마나 행복한일이니?'

### 5) 때로는 친구처럼, 때로는 엄한 스승처럼

미국의 부모는 자녀들과 친구처럼 지내는데 요즘 우리나라도 그렇게 지내려는 부모가 점점 많아지고 있다. 자녀의 마음을 이해하고 눈높이를 맞춰 서로 통하는 것은 좋다. 하지만 부모의 권위까지 버려서는 안 된다. 엄격하게 제한을 할 때는 말을 번복해서는 안된다. 만약 자녀가 강하게 반발한다고 번복을 하게 되면 부모의 권위는 사라지고 자녀는 그저 친구 이상으로 부모를 보지 않게 된다.

말을 듣지 않는다고 야단을 치거나 체벌을 하려고 할 때 그것을 제지하려고 한다면 그 자녀는 더 이상 부모에게 존경스러운 마음이 없다는 것이다. 부모의 권위가 없기 때문에 자신의 기분에 따라 친구에게 하듯이 함부로 해도 되는 사람이 되어 버린다.

많은 아동 심리학자들이 자녀가 어릴 때는 부모와 친구처럼 지내는 것이 좋지만 사춘기에 접어들면 지나친 친밀감이 오히려 나쁜 영향을 끼칠 수 있다고 한다. 자녀가 위계질서와 경계가 분명하다는 것을 알아야 정체감 형성에 도움이 된다.

**06**

# 자녀와의 세대 차이를
# 좁혀라

이 세상 부모들이 자식에게 바라는 가장 큰 소망은 무엇일까. 흔히 '공부 열심히 해서 좋은 대학에 가고 좋은 직장에서 돈 많이 벌어 잘 사는 것'일 것이다. 그러나 요즘은 막연하게 '공부 잘 해야 잘 살 수 있으니까.'라는 말이 무색해지고 있다. 박사명함을 가진 실업자도 수두룩하고 '사'자를 가진 직업도 자녀들 입장에서는 그렇게 매력적이지 않다. 그런데도 부모는 그런 현실을 외면한 채 자식이 성공하는 유일한 방법은 공부를 잘 하는 것이라고 생각한다. 자신이 못 했던 공부를 자식을 통해서 원수 갚듯이 하려고 한다.

그러나 자녀들은 '오로지 공부만이 살 길'이라는 부모를 이해하지 못한다. 부모가 어렸을 때 무슨 고생을 하며 살아왔는지 잘 모른다. 그렇기 때문에 왜 부모가 눈만 마주치면 '공부'를 외치며 닦달하는지 알 수가 없다. 부모 입장에서는 '내가 가난해서 하고 싶은 공부를 마음대로 못 했어. 그래서 이렇게 힘들게 사는 거야. 너희는 공부 열심히 해서 나처럼 살지 마라.'혹은 '세상을 너보다 더 많이 살아온 경험으로 공부를 못 하면 세상 살기 힘들어, 공부해라.'라는 식의 설교를 하게 된다. 자신의 경험을 자녀가 알아주고 이해해 주길 바라는 것이다. 하지만 자녀 입장에서는 부모의 '어렸을 때'이야기가 달갑지 않다. 부모가 자라온 환경과 아이가 자라는 환경은 다르다. 그런데도 부모의 눈은 자신의 어린 시절에 맞추어져 있다. 이런 시각의 차이가 부모와 아이의 대화를 가로막게 되는 것이다.

얼마 전에 친구들과 노래방을 간 적이 있었는데 모두가 대부분 우리가 10대 후반에서 20대 초에 즐겨 불렀던 노래가 주류를 이루었고, 그들 중에는 아예 트로트 일색인 친구도 있었다. 그러나 모두가 아는 노래이다 보니 그런대로 흥이 있었는데 한 친구가 최신 곡을 부르는 것이다. 가수 이름은 알겠는데 노래는 전혀 알지 못했다. 친구들은 놀란 표정으로 환호성을 지르며 부러워했다. 언제부디인가 신곡은 우리에게 맞지 않는다는 생각을 가지게 되었다. 또한 가요프로를 안 본 지도 꽤 오래 되었다는 생각이 들었다. 그러다 보니 아이들이 가요를 부르고 다니면 '무슨 그런 노래를 부르고 다니니? 그것도 노래냐?'할 때가 있다. 가만히 생각해보면 나도 내 아이만 했을 때 가요를 신나게 불렀는데도 그런 소리를 하는 게 우습기도 하다. 내가 겪은 경험만이 좋고 옳은 것은 아니다. 자녀들 세대의 경험과 인식을 무시하려 든다면 세대 간의 격차를 좁히지 못한다.

### 1) 자녀들의 문화 받아들이기

자녀들은 유행에 민감하다. 내 자녀도 마찬가지다. 하지만 부모의 입장에서 보면 그 유행이라는 것이 못마땅하다. 노랗게 염색을 하고 찢어진 청바지를 엉덩이에 반쯤 걸쳐 입거나 아슬아슬한 미니스커트를 입는다. 게다가 중학생만 되면 화장도 하고 다니니 한숨만 나올 뿐이다. '도대체 하라는 공부는 안 하고 꼬락서니가 그게 뭐냐?'하고 부모가 싫어해도 아이들은 자신들의 문화를 누리며 살아간다. 하지 말라고 하면 숨어서라도 더 하고 싶은 게 사람의 마음이다. 유행은 전염병과도 같다. 내 아이만 비켜가기를 바란다면 욕심이고 그 세대의 문화를 제대로 누리지 못한 아이도 불행하다. 스스로 생각할 수 있는 시간이 아이들에게도 필요하다.

### 2) 자녀의 말에 귀 기울이기

대부분의 부모는 자신의 말을 자식이 잘 따라주어야 한다고 생각한다. 그래야 '착한 아이.'라는 것이다. 그러다보니 일방적으로 조언을 하거나 충고를 하는 일이 많다. 왜냐하면 인생의 선배로서 자식은 자신보다 덜 고생하며 살기를 바라기 때문이다. 어쩌다 자식이 그 기준에 벗어나거나 반론이라도 하려고 하면 들어주지 않고 야단을 치거나 때리기도 한다. 자녀의 개성이나 특성보다도 자신이 정해 놓은 기준을 먼저 생각하는 것이다. 부모의 이런 일방적인 태도는 자녀와의 사이를 더 멀게 할 뿐이다.

중요한 것은 자녀의 말을 들으며 해결사가 되려고 하거나 이러쿵저러쿵 잔소리를 하지 말라는 것이다. 만약 자녀가 자신의 고민이나 있었던 일을 말했을 때 지나친 반응을 보이거나 꼬치꼬치 캐묻고 심각하게 받아들이면 자녀는 지레 겁을 먹게 된다. '내가 말을 하면 엄마는 또 놀라 실거야.' '이런 말 하면 아빠가 잔소리를 하겠지.'자녀가 이렇게 생각을 하게 되면 더 이상 말을 하려 들지 않는다. 그저 가만히 들어주고 자신의 일에 관심을 가져주고 있다는 것을 느낄 정도면 충분하다.

자녀도 자신의 미래에 대해 부모 못지않게 생각이 많다. 그러므로 진정 자녀를 생각하고 행복하게 해 주고 싶다면 윽박지르거나 부담을 주어서는 안 된다. 그것보다는 자녀의 의견을 열심히 들어주고 용기를 주면서 더 좋은 방향을 찾을 수 있도록 조언자의 역할을 해야 한다. 그러면 정말 중요한 문제에 부딪혔을 때 자녀는 부모를 제일 먼저 찾게 된다.

 자녀를 성공시키는 아름다운 언어

### 3) 공통의 관심사를 찾기

자녀들이 무엇을 좋아하는지 알고 있다면 한번 따라해 보는 것도 좋다. 혹은 자녀에게 '나도 그것을 배우고 싶은데 좀 가르쳐 줄래?'하고 흥미를 보이면 자녀는 아마 신이 나서 가르쳐 주려고 할 것이다. 자녀들이 부모의 말보다 친구들을 더 좋아하는 것은 그들과 공통의 관심사가 있어 말이 통하기 때문이다. 자녀가 관심을 갖는 것을 무조건 좋지 않은 방향으로 생각하는 것보다 오히려 같이 즐길 수 있을 때 자녀는 부모를 신뢰하고 자신의 모든 것을 보여 주게 된다. 아버지라면 아들과 같이 축구를 즐기거나 운동을 해도 좋고 영화를 같이 보거나 좋아하는 게임을 같이해 보는 것도 좋은 방법이다. 무조건 나쁘니까 하지 말라고 반대하는 것보다는 자녀의 관심사에 동참을 해 보면 왜 좋아하는지 알게 되고 그만큼 서로 할 말이 많아진다.

### 4) 세대 차이가 가져오는 문제점

세대 차이의 발생원인은 빠르게 변화를 거듭하는 사회와 대중매체의 영향, 기성세대와의 가치관의 차이, 그리고 사회현상에 대한 다른 시각 등이다. 세대 차이는 세대 간의 불신과 갈등을 유발하고 심각한 청소년 문제를 유발한다.

흡연이나 범법행위, 가출 등을 하는 청소년을 무조건 불량한 아이로 치부해 버리고 기회를 주지 않는 사회 때문에 인생을 망친 사람들을 매체를 통해 보게 된다. 한 번의 실수를 저지른 것으로 사람들은 무조건 질적으로 나쁜 사람으로 치부해 버린다. 그러면 아이는 점점 자신감을 잃게 되고 자신을 원망해 더더욱 범죄에 빠지게 된다. 세대차는 지금까지도 존재해 왔고 앞으로도 있을 것이다. 어른의 가치관으로 아이들을 저울질해서는 안 된다. 어른의 시선에 맞추려 하지 말고 그들의 시선으로 보아야 한다.



## 말 한마디

사람은 말한 대로 산다. 평소의 입버릇대로 살아가게 된다. 그래서 그 사람의 입이 그 사람의 미래인 것이다. 믿음과 칭찬과 축복과 감사의 말을 해보자. 그러면 기분이 좋아지고, 몸이 가벼워지고, 마음이 행복해지고 그러면 나 자신도 좋고 남도 좋고 모두가 좋아진다. 말은 에너지이다. 좋은 말은 좋은 에너지이고 나쁜 말은 나쁜 에너지이다. 좋은 에너지가 흘러넘치면 나도 좋고 남도 좋다.

실제 보통사람이 아침부터 저녁까지 얼마나 많은 말을 하는지 조사를 해보았더니 성인 남자가 약 2만 5천 단어였으며, 여자가 약 3만 단어를 사용하더라는 연구결과가 나왔다.

사람들이 하는 '말'에는 단순한 의사소통 이상의 생명력이 있다. '말'은 마치 씨앗과 같아서 씨앗이 껍질을 깨고 나오는 순간 새로운 생명체로 태어나듯 일단 입 밖으로 나온 말도 우리들의 무의식 속에 자리 잡아 싹이 트고 자라서 우리가 말한 그대로 열매를 맺게 된다.

즉 우리가 긍정적인 말을 하면 우리의 삶이 긍정적인 방향으로 펼쳐지고 부정적인 말을 하게 되면 부정적인 결과를 낳게 된다. 말한 대로 이루어진다는 것은 우리의 무의식 속에 있는 말의 에너지가 그 어떤 다른 에너지보다 더 강하게 작용한다는 것을 말한다.

늘 실패와 패배를 입으로 말하면서 성공을 바라는 것은 어리석은 일로 그런 사람은 아무리 애써도 성공과는 거리가 멀다. 그럼에도 우리들은 일상생활 속에서 '된다'는 긍정적인 생각과 말보다는 '안 된다'는 부정적인 말을 더 많이 사용하는 경우가 많다. 이것이 '실패의 삶'을 살게 하는 원인이 되고 있다는 것을 명심하고 희망, 도전, 용기, 성공 같은 긍정의 말을 습성화 하여 말이 갖는 에너지를 충분히 활용하여야 한다.

우리들 각자는 나름대로의 영향을 미치는 세력범위를 가지고 있어 누군가에게 늘 영향을 주면서 살아가고 있다. 가정이 그렇고 자신이 몸담고 있는 직장이 그렇고 늘 만나는 이웃들이 그러하다. 따라서 우리들은 내가 영향을 미치는 이러한 상대방에게 '좋은 말'을 하여야 한다.

여기서 말하는 '좋은 말'은 상대방의 입맛에 맞는 말을 하라는 것도 아니고 상대방의 잘못을 지적하고 고쳐주어야 한다는 말도 아니다. 말하는 전반적인 분위기가 긍정적인 말을 하여야 한다는 것이다. 어느 부모나 할 것 없이 자녀들이 잘되기를 바라지 않는 부모는 없다. 그러면서도 정작 자녀들을 올바르게 키운다는 생각에서 쉴 새 없이 부정적인 말과 저주의 말을 서슴지 않는 부모들이 의외로 많다.

'넌 왜 만날 그 모양이니? 열심히 해도 될까 말까한 세상인데 그렇게 게 을러서야 어디 밥이나 먹고 살겠니? 지금 그렇게 공부 안하고 놀다가는 나중에 땅을 치고 후회할 날이 꼭 온단다.' 물론 이러한 말들이 결코 틀린 말은 아니다. 하지만 아무리 의도가 좋다고 해도 이러한 부정적인 말들은 우리가 상상하는 것보다 훨씬 더 자녀들을 망가뜨린다.

자녀들이 큰 꿈을 꾸고 성공적인 삶을 살기를 원한다면, 그들을 향해 희망과 축복의 말을 하여야 한다. 이것은 직장에서 부하직원이나 동료 또는 이웃과의 관계에서도 마찬가지로 적용된다.

우리가 그들에게 하는 말은 그들의 미래에 좋거나 나쁜 영향을 미치기 때문이다. 말은 그것을 듣는 사람에게 영향을 줄 뿐만 아니라 그러한 말을 하는 자신의 미래에 대해서도 영향을 준다.

우리의 무의식은 우리가 하는 말을 사실로 받아들여 그것을 이루기 위한 메커니즘을 가동하여 그대로 이루어진다. 따라서 내가 남보다 더 많은 불행한 일이 일어난다고 해도 자신 외에는 그 누구도 탓할 수 없다. 나 자신을 무너뜨린 것은 남이 아닌 바로 나 자신의 생각과 말이기 때문이다. 따라서 내가 하는 말이 바뀌면 나 자신의 삶과 미래도 바뀐다.

특히 우리들은 어렵고 힘들 때일수록 우리의 입을 더 단속하여야 한다. 그럴수록 부정적인 생각과 말에 빠질 위험이 그만큼 크기 때문이다. 그리고 단순히 부정적인 말을 안 하는 데서 벗어나 긍정적인 말과 축복의 말을 하는 습관을 적극적으로 길러야 한다. 그러면 분명히 여러분의 삶이 더욱 풍성하고 윤택해지며 행복해 질 것이다.

**07**

# 자녀와 함께
# 수다의 숲으로

자녀들과 대화를 한다는 것이 대부분 일방적인 부모의 가르침이 될 수도 있다. 부모는 자신이 옳다고 생각되는 일을 자녀가 무조건 따라야 한다는 식이며 그렇지 않을 경우에는 강압적이 될 수도 있다.

자녀들은 자신의 말이 통하지 않는 부모의 명령에 복종할지는 몰라도 더 이상 대화를 하려고 하지 않는다. 어차피 통하지 않는다는 것을 알기 때문이다. 대화의 창이 닫히면 마음의 문도 걸어 잠그게 되기 때문에 자녀가 자신의 생각을 이야기 할 때는 마음껏 쏟아내게 해야 한다. 부모는 진지하게 들어주며 때론 마음에 들지 않더라도 자녀의 의견을 존중해 줄 수 있어야 한다.

자녀와 놀아주는 시기는 빠를수록 좋다. 자녀는 벌써 초등학교 5학년만 돼도 부모가 자신에게 말을 걸고 무언가를 유도하는 것을 귀찮아한다는 것이다. 하지만 어려서부터 자녀와 친밀감이 두터운 가족은 이런 시기가 늦어진다. 어린 시절부터 부모와 가까운 자녀는 학년이 높아져도 부모와 이야기하고 노는 것이 어색하지 않고 항상 친구 같은 느낌이 들기 때문이다.

## 1) 친구처럼 농담하기

부모는 대부분 자녀들에게 '하지 마'라는 말을 더 자주 한다. 그러다 보니 자녀들은 무엇은 해야 되고 어떤 것을 하지 말아야 하는지 자신도 모르게 된다. 이렇게 자녀들에게 잔소리로 통제만 하다보면 자녀가 학년이 높아지고 철이 들수록 서먹해지고 멀어지는 시기가 빨리 올 수밖에 없다. 잔소리를 듣기 싫으니 자신의 사생활에 대해서는 거의 말을 안 하게 되고 야단맞을 짓도 몰래 하게 되니 부모 눈치만 볼 뿐 친밀감이라곤 찾기 힘들다.

자녀와 친해지고 싶다면 자녀의 눈높이에서 대화를 하고 친구처럼 말을 걸어주면 쉽게 마음을 연다. 놀이를 하더라도 무조건 아빠가 규칙을 정해 자녀가 따라오도록 하는 것이 아니라 한번쯤은 부모가 자녀가 정한 룰에 맞춰 행동도 하고 아이의 리더십을 한껏 발휘하도록 놔두는 것이 중요하다.

어떤 사람이 자신의 아들이 학교에서 안 좋은 행동을 해 교무실에 불려 간 적이 있었다. 그는 선생님을 찾아다니며 사죄를 해야 했고 자녀와 교무실을 나온 뒤 운동장에 앉아서 가만히 대화를 갖는 시간을 가졌다. 아버지 체면은 말이 아니었으며 아들도 주눅이 들어 말문을 열지 못했다. 하지만 그 사람은 아들을 다독이며 '술이나 한잔 하러 가자'고 웃으며 말을 건넸다. 아들은 눈을 동그랗게 뜨고는 '아직 학생인데 어떻게 마셔요?'하며 반문을 했고 그 사람은 '아버지랑 마시는 건 괜찮아. 걱정 말고 따라 와.' 했다.

둘은 술을 마시며 그동안 못 했던 마음속의 말들을 서로 주고받았고, 많은 이야기를 나누었다. 아버지의 자연스러운 말과 행동에 너무 미안한 나머지 아들은 닭똥 같은 눈물을 흘리며 반성을 했고, 아버지는 오히려 허허 웃으며 아들의 등을 토닥여주었다.

어색한 분위기를 없애는 데는 농담이 최고다. 툭툭 치면서 어색한 분위기를 없애고 짓궂은 농담거리라도 던지면 자녀는 바로 반응이 온다. 아무리 몸과 마음이 커져도 부모가 영원한 친구임을 인식시켜주면 사춘기 때의 거친 모습이나 반항도 줄어들게 마련이다.

### 2) 공통 화제 만들기

자녀들과 수다를 떨 수 있는 가장 좋은 방법은 공통의 화제 거리를 찾는 것이다. 자녀가 좋아하고 관심 있는 것이라면 더욱 말이 많아지게 된다. 자녀와 부모가 기본적인 공통분모를 지니고 있어야 부모가 자녀에게 관심을 갖고 또한 자녀도 부모가 자신을 어떻게 생각하고 있는지 알게 된다.

자녀가 학교에서 어떤 친구를 사귀고 있으며 요즘 가장 재미있어 하는 만화나 게임은 어떤 것이고 좋아하는 반찬과 싫어하는 반찬은 무엇인지 알고 있어야 한다. 이런 사소한 관심이 자녀와 자연스럽게 대화를 할 수 있는 기본적인 요건이다.

여기서 중요한 것은 수다를 떨더라도 먼저 자녀의 말을 귀담아 들어줘야 한다는 것이다. 80%정도는 자녀가 이야기를 하게 두고 나머지 20%만 부모의 이야기가 되어야 한다. 또한 이야기를 들으며 부모가 재판관이 되어 자녀의 이야기를 판단하고 결론을 짓는 것이 아니라 배심원의 입장에서 이런저런 생각을 이야기해줘야 한다는 것이다.

다음으로는 대화의 내용을 업데이트 시켜야 한다. 부모가 바쁜 관계로 일주일에 한 번 정도밖에 대화를 할 수 없는 상황이라면 부모는 자녀의 일주일간의 변화에 누구보다 촉각을 곤두세울 필요가 있다. 지난주 애기했던 사건을 가지고 다시 일주일이 지난 뒤 이야기를 꺼낸다면 자녀는 부모가 자신의 이야기를 건성으로 듣는 것으로 알거나 대화를 재미없어 한다.

**08**

# 자녀와의 대화에도
# 전략이 필요하다

### 1) 대화를 나누고, 사랑의 감정을 교감하라

동네 놀이터를 둘러봐도 어린이들을 보기 힘들다. 어린이들의 숫자가 적은 동네여서가 아니라, 놀 시간이 없을 만큼 바쁘다는 이야기다.

어린이들의 하루 일과를 보면 24시간이 모자랄 지경이다. 하교하자마자 학원으로 달려가야 하고, 집으로 돌아오면 아이들의 시선은 텔레비전이나 인터넷, 전자 게임 등에 빠져버리기 일쑤다.

이웃과 함께 어울릴 기회가 없어서인지, 아이들은 점점 개인주의적인 성향을 띠어 가면서 정서적으로도 점점 메말라 가는 모습을 보인다.

가정의 모습도 별반 다르지 않다. 맞벌이 부부가 점점 늘어나고, 모두가 바쁘다는 이유로 얼굴 맞댈 시간이 점점 줄어들고 있는 형편이다.

또한 공통된 이야깃거리가 없다보니 서로를 이해할 수 있는 폭이 점점 좁아질 뿐 아니라 건강한 관계 형성에도 어려움을 겪게 되어, 가족의 결속력이 급격히 약화되고 있다.

더군다나 사랑이 넘쳐야 하는 부모 자식의 관계가 책임과 의무의 관계로 변질되어 가고 있는 지경에 이르고 있으니, 이러한 현상이 바쁜 현대인의 특징이라고는 하지만 보통 심각한 문제가 아닐 수 없다.

국가의 기본 단위인 가정이 이처럼 부실해진다는 것은 결국 우리의 미래가 무너진다는 것을 의미하며, 이러한 삶의 양태는 경제적인 풍요로움은 가져올지 모르지만 삭막하고 메마른 감정을 가진 건조한 인간을 양산하는 결과를 초래할 뿐이다.

우리가 아무리 급변하는 세상을 살고 있어도, 결코 포기해서는 안 되는 것이 있다. 그것은 아이들에 대한 관심이다. 일상생활 속에서 아이들에게 보이는 작은 관심이야말로 아이들의 성장에 민감하게 영향을 미치는 요소이므로, 그 어떤 일보다도 우선되어야 한다.

　　그러나 지금의 현실을 돌아보면, 교육의 효과나 결과가 당장 가시적으로 나타나지 않는 것에 대해서는 그냥 지나치거나 소홀히 하는 경향이 있다. 그리 멀지 않은 장래에 변해버린 아이들의 모습을 보고 후회한다 해도, 그때는 너무 늦다.

　　우리의 자녀를 사람다운 사람으로 기르기 위해서 가장 신경 써야 할 것은 대화이다. 물론 가장 중요한 대화 상대는 부모를 비롯한 가족과 이웃이다.

　　특히, 엄마와 아이는 대화를 자주 해야 한다. 일부러 시간을 내서라도 그런 기회를 만들어야 한다. 그렇지 않으면 아무것도 해결되지 않는다.

　　하루에 최소한 30분은 아이와 함께 하면서 대화를 나누고, 사랑의 감정을 교감하라. 따로 시간을 내는 것이 어려우면, 일을 하는 중간에 아이와 대화를 나눠라. 열심히 일하는 엄마의 모습은, 도리어 아이에게 책임감이 무엇인지를 가르쳐주는 것이 될 수도 있다.

　　그러나 중요한 것은 아이의 생각이다. 그 이유는 엄마의 사랑이 아무리 크고 절실하다 해도, 아이 스스로가 사랑받고 있다고 느끼지 못하면 소용없는 일이기 때문이다.

　　따라서 아이가 엄마의 사랑을 느낄 수 있도록 끊임없이 노력해야 한다. 엄마가 저렇게 바쁜데도, 나에게 주는 사랑은 부족하지 않다고 믿도록 만들어줘야 한다.

　　그렇다면 무슨 내용으로 어떻게 대화해야 할까?

대부분의 사람은 상투적인 일상어에 중독되어 있기 때문에, 자신도 모르게 입에 배어 있는 일상어를 뱉어내고도 그것을 이상하다고 느끼지 못한다. 또 막상 다른 말을 하고 싶어도 무슨 말을 어디에서부터 시작할지 몰라서 망설일 때가 적지 않다.

이렇게 준비되지 않은 상태에서 아이에게 던져지는 일상어로 인해 아이는 마음 상해할 수도 있다.

'공부해라', '숙제해라', '씻어라', '양치질해라', '정리정돈 해라' 등의 말들은 아이들에게 아무런 감흥을 주지 못할 뿐 아니라, 오히려 반발심을 유발시킬 수도 있다.

아이들은 귀에 못이 박혀버릴 정도로 듣는 이야기에는 관심조차 가지려 하지 않는다. 단지 잔소리로 생각하거나 간섭이라고 간주할 뿐이다.

하지만 엄마는 아이들을 사랑하는 마음만 가득할 뿐, 이런 상투적인 일상어를 남발하면서도 아무런 의식이 없다. 그러나 이 말을 듣는 아이들의 생각은 다르다.

따라서 상투적인 일상어를 버리고, 사랑이 넘치는 내용으로 바꿔야 한다.

그 내용은 다음과 같다.

① 명령하는 말에서 아이의 생각을 존중해 주는 말로 바꿔야 한다.

② 아이가 충분히 자신의 의사를 표현할 수 있도록 인내하며 기다려줘야 한다.

③ 어떤 문제 앞에서든 긍정적으로 생각할 수 있도록 지원해 줘야 한다.

④ 스스로 생각할 수 있도록 도와줘야 한다.

⑤ 다양한 생각을 수용해 줘야 한다.

⑥ 단번에 의기소침해질 수 있으므로 아이의 생각을 무시하지 말아야 한다.

### 2) 부모자식 간에 대화가 되지 않는 이유

가장 가까운 관계여야 할 부모로부터 10대 청소년들이 멀어져 가는 이유는 무엇일까?

가장 큰 이유는 서로를 바라보는 관점, 즉 서로의 눈높이와 기대치가 다르기 때문이 아닐까 싶다.

대부분의 사람들은 친구와 같이 있을 때의 경험을 가장 긍정적으로 평가한다. 노년층도 마찬가지지만, 특히 10대에게서 이 현상이 두드러지게 나타난다. 예를 들면, 공부나 일을 할 때 부모와 함께하면 마지못해서 하지만 친구들과 함께하면 신이 나서 한다.

이러한 결과가 나타나는 이유는, 친구들과는 생각을 공유할 수 있을 뿐 아니라 누가 누구에게 일방적으로 요구하는 관계가 아닌 평등한 관계이기 때문이다. 그래서 구속감 없이 즐거움을 나누면서 대화가 통한다고 느끼는 것이다.

반면에 부모와의 관계는, 공유하고 있는 것도 별로 없는 데다 평등한 관계도 아니어서 대화가 통하지 않는 것은 물론이고 오히려 부담감만 느끼게 되는 것이다.

부모와 10대 자녀는 바라보는 관점이나 요구가 다르다. 즉 부모는 어른들의 관점으로 아이들을 바라보고, 어른들의 잣대로 아이들의 행동을 평가하고 판단한다. 자녀들 역시 자신들의 관점에서 부모를 바라보고 평가한다.

부모들은 대개 '…해야 한다'의 관점에서 말을 한다. 예를 들면, 부모들은 이렇게 얘기할 것이다.

"너는 공부를 열심히 해야 한다."

반면에 아이들은 '…하고 싶다'의 관점에서 생각한다. 예컨대 자녀들은 이렇게 생각할 것이다.

"나는 놀고 싶어."

입장을 바꿔 생각해 보면, 부모들은 필요성에 근거해서 요구하고, 자녀들은 욕구에 의해서 행동하고 싶어 하는 것이다.

그래서 10대 자녀들은 부모가 자기들을 이해하지 못한다고 생각하고, 부모들 역시 자녀들이 자기들의 입장을 몰라준다고 생각한다.

이렇다보니 10대들이 그들의 부모와 대화가 통하지 않는다고 불평하는 것은 지극히 당연한 일이라고 볼 수 있다.

'너무 권위적이다.' '일방적이고 자녀의 입장을 배려하지 않는다.' '장점은 보지 않고, 단점만 찾아낸다.'

상당수의 10대들이 부모에게 갖고 있는 불만들이다. 그러나 똑같은 이유로 부모의 입장에서도 자녀들에 대해 서운함을 느끼고 있지 않을까?

자식들은 뭐든지 부모가 해주는 것을 당연한 것으로 생각하지 말고, 부모에 대한 생각을 조금만 바꿔보자. 그리하면 부모들의 태도도 달라질 것이다.

부모들은 자녀들의 입장을 이해하려고 조금만 더 노력하자. 그러면 자녀들과의 사이가 한결 부드러워질 것이다.

물론, 오랫동안 갖고 있었던 부모에 대한 생각을 바꾸는 것이 쉬운 일은 아니다. 그러나 서로 노력한다면 변화가 보이기 시작할 것이다.

## 3) 대화의 네 가지 원칙

### ① 첫째 원칙 : 성실해야 한다

자녀와 보다 가까운 관계를 만들려면, 그 목적을 이루기 위해 필요한 단계를 성실하게 밟아 나가야 한다. 뿌리 깊은 습관을 변화시키는 데는 지속적인 노력이 필요하다.

성실성은 우리에게 통찰력을 갖게 해주고, 그 통찰력은 자녀로 하여금 부모의 사랑과 염려를 느낄 수 있게 해준다. 또한

제대로 일이 풀려나가지 않을 때도 성실함으로 꾸준히 밀고나
갈 수 있게 된다.

우리가 의사소통을 위해 꾸준히 노력하며 자신들을 배려하는
모습을 성실하게 보이면, 10대 자녀도 부모가 최선을 다해 말
하고 듣고 있음을 알아차린다.

혹시 자녀가 부모의 뜻을 알아차리지 못한다고 할지라도, 이
런 성실성이 몸에 배어 있게 되면 포기하지 않고 다시 시도하
게 되기 때문에 결국은 성공하게 된다.


② 둘째 원칙 : 공감대를 형성해야 한다

10대의 감정과 정서에 파장을 맞추기 위해서는 그들과 공감대
를 형성할 수 있는 능력이 있어야 한다.

아이들은 부모가 자신들의 말을 이해하지 못하거나 신경 쓰지
않는다고 느끼게 되면, 그때부터 부모의 말을 듣지 않는다.

하지만 부모가 자신들의 감정을 이해하려고 최선을 다한다는
걸 알면, 대화 기법이 썩 마음에 들지 않는다 하더라도 부모의
말을 귀담아 들으려는 모습을 보인다.

우리가 자녀와 공감대를 형성하게 되면, 집이나 학교에서 일
어난 일을 자신의 시각이 아닌 자녀의 시각에서 보고 파악하
려고 노력하게 된다.

그 결과 자신이 지닌 문제점이 무엇인지를 분명하게 알게 되

므로, 문제 해결을 위한 노력을 자연스럽게 기울이게 된다.

③ 셋째 원칙 : 단호해야 한다

상대를 지나치게 배려하는 행위가 도리어 줏대 없는 유약한 태도처럼 비쳐질 수도 있으므로 주의해야 한다. 그러나 상대를 진정으로 배려한다면 오히려 단호한 태도를 유지할 수 있다.

단호하면 쉽게 포기하거나 감정적 절망에 빠지지 않는다. 또한 자녀에게도 후회할 말을 하지 않게 된다. 그리고 자녀가 말을 함부로 하거나 부모를 꼭두각시처럼 조종하려는 것도 막을 수 있다.

단호함은 관계를 더욱더 튼튼히 하기 위해 눈앞에 놓인 장애를 넘어 올바른 길로 가겠다는 각오이므로, 상황에 따라 흔들리는 일 없이 일관된 태도를 유지하는 것이 중요하다.

④ 넷째 원칙 : 의사소통의 목표를 정해야 한다

목표를 정하면 마음과 머리를 중요한 것 하나에 집중할 수 있고, 변화의 방향을 분명하게 잡고 나아가는 데 도움이 된다.

자녀를 격려하는 것이 목표라면, 자녀를 나무라게 되더라도 그 목표를 되새겨서 더 긍정적으로 대응할 수 있다.

또한 자신이 실천한 내용을 기록해 두면, 목표에 얼마나 근접

했는지를 쉽게 파악할 수 있다. 예를 들어, 어느 기간 동안 자녀에게 한 칭찬과 나무람의 비율을 산출해 보는 것도 한 방법이다.

의사소통의 목표를 정하면, 어떤 것을 고치고 어떻게 실천할지가 명확해진다. 고칠 점들을 명심하고, 목표에 주의를 집중시키면 분명히 효과를 거두게 될 것이다.

### 4) 대화의 걸림돌은 무엇인가?

자녀가 어떤 일로 화가 나 있거나 답답해하면서 불안해 할 때, 부모는 자녀가 힘들어하는 이유를 알아서 문제를 해결해 주려고 대화를 시도한다.

그러나 자녀를 도와주려고 시도한 대화의 대부분은 자녀의 마음을 알아주기는커녕 도리어 걸림돌이 되는 경우가 적지 않다.

우리가 자녀와 대화하는 방법들을 살펴보고, 무엇이 잘못되었는지를 알아보자.

올바른 대화법을 통해 자녀와의 관계를 원만하게 유지하기를 원한다면, 다음에 제시하는 대화 유형 12가지를 참고해 보기 바란다.

① 명령, 강요

: '너는 반드시 …해야 할 것이다.', '너는 꼭 …해야 할 것이다.'

▷ 공포감이나 심한 저항감을 유발시킬 수 있다.

▷ 저지당하는 것을 시도해 보도록 만든다.

▷ 반항적인 행동, 말대꾸를 증가시킨다.


② 경고, 위협

: '만약 …하지 않으면, 그때는 ….', '…하는 게 좋을 걸.
  그렇지 않으면 ….'

▷ 공포감, 복종심을 유발시킬 수 있다.

▷ 위협받는 결과를 시험하게 만든다.

▷ 원망, 분노, 반항심을 유발시킬 수 있다.


③ 훈계, 설교

: '너는 …해야만 한다.', '…하는 것이 너의 책임이다.'

▷ 의무감이나 죄책감을 일으킨다.

▷ 자녀로 하여금 자기 입장을 고집하고 방어하게 만들 수 있다.

▷ 자녀의 책임감을 믿지 못한다는 것을 전달한다.


④ 충고, 해결방법 제시

: '네가 말하고 있는 것은 ….', '…하는 게 어떻겠니?',
  '내가 네게 충고하자면 ….'

▷ 자녀가 자신의 문제를 해결할 수 없다는 점을 암시할 수 있다.

▷ 자녀가 문제를 충분히 생각하고, 대안이 되는 해결책을 찾

아 실생활에 적용해 보고자 하는 노력을 방해한다.

▷ 의존성이나 저항감을 유발시킬 수 있다.


⑤ 논리적 설득, 논쟁

: '네가 왜 틀렸냐 하면 ….', '네가 …해야 되는 것은 ….',

'그래, 그렇지만 ….'

▷ 방어적인 자세와 반론을 유발시킨다.

▷ 자녀로 하여금 부모의 말을 듣지 않도록 만든다.

▷ 자녀로 하여금 열등감, 무력감을 느끼게 만든다.


⑥ 비판, 비평, 비난

: '너는 신중하게 생각하지 않아서', '너는 게을러서'

▷ 무능력하고, 어리석고, 형편없이 판단한다는 것을 암시한다.

▷ 부정적인 판단이나 호통 치는 것에 대한 공포를 넘어서 대
화를 단절시킨다.

▷ 자녀가 비판을 사실로 받아들이거나 말대꾸를 한다.


⑦ 칭찬, 찬성

: '야, 너 참 잘했다.', '네가 맞아! 그 선생님이 두렵게 생각된다.'

▷ 자녀가 명령에 따르는지를 부모가 감시할 뿐 아니라 매우
기대하고 있다는 것을 암시한다.

▷ 선심 쓰는 것처럼 보이거나 바라는 행동을 조장하는 교묘
한 노력으로 보일 수 있다.

▷ 자신이 부모의 칭찬과 일치하지 않는다고 여길 때, 자녀는
불안감을 가질 수 있다.

⑧ 욕설, 조롱

: '이 울보야.', '그래, 너 잘났구나.'

▷ 자녀로 하여금 자신이 가치 없고 사랑 받지 못하는 존재라
고 느끼게 할 수 있다.

▷ 자녀의 자아 형성에 파괴적인 영향을 끼칠 수 있다.

▷ 종종 말대꾸를 유발시킨다.

⑨ 분석, 진단

: '무엇이 잘못되었느냐 하면 …', '너는 단지 피곤한 거야.',
'네가 정말로 말하려는 것은 그게 아니야.'

▷ 위협당하고 있다는 느낌과 좌절감을 안겨줄 수 있다.

▷ 자녀로 하여금 자신이 궁지에 몰리고, 노출되거나 불신 당
했다고 느낄 수 있다.

▷ 자녀가 왜곡된 행동을 하거나, 노출되는 것을 두려워하며
대화를 멈춘다.

⑩ 동정, 위로

: '걱정하지 마.', '앞으로 나아질 거야.', '기운을 내!'

▷ 자신이 이해받지 못한다고 느낄 수 있다.

▷ 강한 적개심을 유발시킨다.


⑪ 캐묻기와 심문

: '왜 …', '누가 …', '무엇을 …', '어떻게 …'

▷ 질문에 답할 경우 해결책도 찾지만 종종 비판이 따르므로,
자녀는 대답하지 않거나 피하거나 대충 말하거나 거짓말을
하게 된다.

▷ 부모가 질문을 하면, 자녀는 부모가 무슨 의도로 말하는지
혼란에 빠져 불안해하거나 두려워할 수 있다.

▷ 부모가 퍼붓는 질문에 대답하는 동안 자녀가 자기 문제의
방향을 잃을 수 있다.


⑫ 화제 바꾸기, 빈정거림, 후퇴

: '재미있는 일이나 이야기하자.',

'네가 세상 일 다 해결할 거니?'

▷ 어려운 문제에 대처하려 하기보다 회피해야 한다는 생각을
심어줄 수 있다.

▷ 자녀의 문제를 별로 중요하게 생각하지 않고, 사소하거나

쓸모없는 것으로 여긴다고 받아들일 수 있다.

▷ 자녀가 어려움을 겪고 있을 때 마음을 열지 않는다.


## 5) 자녀와 대화하는 원리

① 마음이 잘 통하는 대화를 하려면?

▷ 아이의 입장에서 듣는 것이 중요하다. 또한 하고 싶은 이야기를 돌려서 이야기하지 말고 분명하게 전달한다.

▷ 자녀의 의견이 부모와 다를 때, 끝까지 부모의 의견만을 관철시키려고 하지 않는다.

▷ '너는 왜 항상 그러냐?'는 식이 아니라, '나는 네가 그럴 때마다 걱정이 많이 된단다.'는 식으로 '나'를 주어로 해서 전달한다.

▷ 잔소리나 과거 일을 들추기보다는 앞으로 변화되었으면 하는 대안을 이야기한다.


② 부모가 자녀와 대화할 때 주의할 것은?

▷ 한꺼번에 너무 많은 변화를 요구하거나 단시일 내에 행동을 바꾸도록 요구하지 않는다.

▷ 자녀와 대화할 때 화풀이, 폭력, 폭언 등을 자제해야 한다.

▷ 대화는 서로 화가 나거나 기분이 좋지 않을 때를 피해서 하도록 한다.

③ 부모가 화가 날 때 조절하려면?

▷ 화가 난 상황을 잠시 피하거나, 심호흡을 한다. 화가 난 자신의 감정을 들여다본다.

▷ 화가 난 이유를 생각해 보고, 그것이 100% 타당한가를 검토해 본다.

▷ 화난 감정을 적절한 행동으로 바꾸어본다.


④ 갈등을 받아들이고 다루려면?

▷ 부모 자신의 요구, 기대, 관점, 견해를 객관적으로 인식한다.

▷ 자녀 마음에 들어가서 자녀의 요구, 기대, 관점, 견해를 이해한다.

▷ 자녀의 모습을 받아들임과 아울러 부모 자신의 마음을 개방한다.

▷ 서로의 차이를 인정하며, 그 차이를 조정하는 방법에 대해 의논한다.


⑤ 진솔한 마음을 전하려면?

자녀와의 관계에서 부모가 체험하는 느낌과 생각들을 있는 그대로 받아들이며, 부모 자신이 체험하는 비를 충분히 인정한 후, 자녀와의 관계를 바람직하게 발전시키기 위하여 건설적인 방식으로 표현하는 것을 말한다.

▷ 진솔한 마음을 전하는 이유 : 부모가 자신의 모습을 솔직하게 인정할 수 있을 때, 비로소 자녀의 모습을 객관적인 시각으로 바라볼 수 있으며, 부모의 솔직한 모습이 자녀에게도 솔직한 감정으로 나눌 수 있게 되기 때문이다.

▷ 진솔한 마음을 전하는 마음가짐 : 자녀와의 관계에서 경험하는 느낌, 생각을 있는 그대로 인식한다. 자녀에 대한 분노, 좌절, 의심 등의 부정적인 측면까지도 왜곡하지 않고 인정한다.

▷ 자녀 모습 받아들이기 : 자녀가 어떤 문제를 지니고 있는지, 어떤 잘못과 실수를 범하였건 상관없이, 무조건적으로 자녀를 하나의 인격체로서 존중하는 것을 의미한다. 이럴 때 자녀는 자신의 경험과 감정을 자유롭게 체험하고 표현할 수 있게 된다.

▷ 자녀 마음에 들어가기 : 부모가 제3의 귀를 가지고 자녀의 가슴에 있는 '소리 없는 소리' 또는 '마음의 소리'를 들으려는 노력을 말한다. '자녀'라는 안경을 쓰고, 자녀가 지니고 있는 생각과 느낌의 틀을 이용해서 자녀의 생각과 감정을 이해하는 것이다.

▷ 구체적으로 이해하기 : 자녀와 대화할 때 애매모호한 표현이나 일반적이고 추상적인 말들을 최소한으로 줄이고, 실제적이고 사실적인 내용을 중심으로 대화가 이루어지도록

질문하고 이야기하는 것을 말한다. 심도 깊은 대화를 이끌어가기 위해 꼭 필요한 태도이다.


⑥ 자녀와 대화하기 어려운 경우

**자녀가 침묵할 때**

▷ 다음 말을 위한 생각 중이거나 준비 중일 수 있다.

▷ 부모의 일방적인 훈시로 부모에게 이야기해 봐도 소용없다고 생각될 때 대응하는 행동이다.

▷ 화난 마음을 침묵으로 표현하고 부모의 화를 돋우는 행동이다.

▷ 다그치지 않고 생각할 수 있도록 기다려줘야 한다.

▷ 평소 자녀와의 대화 방법을 점검해 본다.

▷ 화난 마음을 알아주고 수용해 준다.

▷ 지금이 아니더라도 다시 대화할 수 있는 기회를 준다.

**자녀가 거짓말할 때**

▷ 진심을 말할 용기가 없을 때 거짓말을 한다.

▷ 거짓말을 할 수밖에 없었던 자녀의 두려움을 공감해야 한다.

▷ 자녀를 사랑하기 때문에 자녀의 거짓말을 덮어둘 수 없음을 이해시킨다.

▷ 자녀의 거짓말 뒤에 숨은 진실을 이해한다.

▷ 자녀가 숨기고 싶어 하는 것과 바라는 것이 무엇인지를 구
체적으로 이해한다.

# CHAPTER 7

# 토론의 언어

# 때론 치열하게 토론하라

자녀들과 이야기를 하다보면 조리 있게 말을 잘 하는 자녀 때문에 반박을 못하고 말문이 막힌 적이 있다. 약속을 지키지 않았다거나 해야 할 일을 안 했을 때 자녀는 조목조목 이야기를 하는 것이다. 아무리 엄마라도 나의 잘못을 인정하지 않을 수 없게 만들곤 한다. 그렇지만 '시끄러.'하는 말로 얼버무리거나 '네가 뭘 안다고 조그만 게.'라는 말을 하지 않는다. 내가 먼저 잘못을 인정할 때 자녀도 잘못했을 때 그것을 인정하게 되는 것이다.

자녀가 어려서 아직 치열하게 토론을 한다는 것보다는 일방적으로 내가 설명을 해 주고 자녀는 그것을 이해하고 받아들이는 입장이다. 그렇기 때문에 항상 조심스러운데, 왜냐하면 내가 가지고 있는 가치관만을 자녀에게 전달하기 때문에 자칫 엄마가 하는 말은 모두가 옳고 엄마의 가치관을 따라가야 한다고 생각할 수 있다.

자녀들과 대화를 하는 것은 즐거운 일이다. 그들은 자신이 옳다고 생각하는 일에는 쉽게 곁을 주지 않기 때문에 재미있고 흥미 있는 이야기가 이어질 수도 있다. 대학 입시에서 논술의 비중이 커지면서 중고생은 물론 초등학생까지 논술공부에 여념이 없다. 하지만 논술이 하루아침에 이루어지는 것이 아니기 때문에 부모들은 자신이 직접 할 수 있는 분야가 아니라고 생각하고 사교육에 의존한다. 그러나 엄마와 토론하는 습관을 기르게 되면 논술의 기초를 튼튼하게 만들 수 있다.

## 1) 대화로 논리력을 키운다

자녀들이 가장 친숙하고 편안하게 이야기 할 수 있는 상대는 역시 부모이다. 이 점을 이용해 자녀와 대화하는 폭을 넓혀 수시로 토론하는 습관을 들이는 것이다. 우선 자녀가 책을 읽고 나면 자기 생각을 표현하는 습관을 기르도록 해야 한다. 책의 내용을 간략하게 말하게 하거나 얼마만큼 이해를 했는지 이야기를 시킨다. 부모와 자녀가 함께 책을 읽고 서로의 느낀 점과 생각을 말해보는 것이다. 자녀에게 '왜 그렇게 생각하니?' '네가 주인공이라면 어떻게 했을까?' 등의 질문을 던져 자녀 스스로 인과관계를 따지고 자신의 생각을 전달하는 능력을 길러준다. 대화를 할 때 주의를 해야 할 점은 부모와 자녀가 적당한 거리를 유지해야 한다는 것이다. 부모의 생각이나 의견을 자녀가 그대로 받아들이게 되면 스스로 생각하는 능력을 기를 수 없기 때문이다.

### 2) 자녀의 언어에 경청한다

자녀들은 자신이 알고 있는 이야기에 대해 진지함을 보인다. 설령 그것이 터무니없는 말일지라도 중간에 '그런 게 어디 있니?' '그건 잘못된 생각이야.'하며 끊어서는 안 된다. 끝까지 들어주고 자녀의 생각에 대한 부모의 반론을 시작해야 한다. 물론 이것도 자녀를 이해시키려는 것이 아니라 '이건 엄마의 생각일 뿐인데' 혹은 '난 이렇게만 알고 있었거든.' 하며 자녀에게 생각할 수 있는 시간을 줘야 한다.

한 가지를 바라보는 시선은 다양하다는 것을 자녀에게 말해주어야 하며 자녀가 자신의 생각을 버리지 않는다고 해도 '왜 그렇게 말을 못 알아듣니? 그건 틀린 생각이야.'라는 식으로 윽박지르면 더 이상의 토론은 불가능하다.

### 3) 브레인스토밍

브레인스토밍은 구성원이 자발적으로 제출하는 아이디어를 모아 어떤 구체적인 문제 해결 방법을 발견하려는 시도로 회의의 테크닉이다. 종래의 틀에 박힌 형식의 회의는 제안을 해도 윗사람의 반대에 의해 거부되면 무용지물이지만 브레인스토밍은 일반 회의에 비해 단시간에 많은 아이디어를 모아 문제 해결에 도움이 되는 방안을 강구할 수 있는 것이다.

아이와 어떠한 문제를 놓고 해결 방안을 찾으려고 할 때 이용해 보는 것이 좋다. 특히 가족회의를 하는 자리라면 모두가 자유롭게 발언을 하고 문제점을 찾아 해결 방안을 모색해 보는 것이다. 브레인스토밍은 자유토론 형식이라 때에 따라서는 아이들이 가지고 있었던 좋은 생각과 기발한 아이디어들을 재미있게 들어 볼 수 있다. 이런 브레인스토밍이 습관화 된다면 사회생활을 하는데도 많은 도움이 될 것이다.

## - 브레인스토밍의 원칙 -

· 비판은 끝날 때까지 보류한다.
· 어떠한 아이디어라도 거침없이 말할 수 있게 해야 한다.
· 가능한 많은 아이디어를 쏟아내도록 격려한다.
· 융통성이 있어야 한다.
· 구체적인 문제가 제시되어야 한다.

## 4) 패배를 인정할 줄 알아야 한다

때론 자녀와 말씨름을 하다가 내가 불리하다고 생각되면 그 자리를 피하거나 '귀찮아, 그만해.' 하며 잘라버리는 경우가 있다. 그런 면에서는 부모들이 자녀들보다 더 이기적이다. 자신보다 한 수 아래라고 생각하는 자녀에게 패배를 인정하기 싫기 때문이다. 그러나 부모의 그런 태도를 자녀도 똑같이 따라하게 된다.

누군가와 이야기를 하거나 회의를 하는 자리에서 자신의 뜻이 관철되지 않고 상대방에게 불리하다고 생각되면 도망을 치거나 불같이 화를 내게 된다. 그러므로 자녀의 말이 타당하고 좋다면 '네 말이 옳다.' '그래 내 생각이 조금 짧았구나.'하며 자녀를 인정해 주어야 한다. '그런 생각까지 하다니 놀라운 걸, 엄마도 몰랐던 사실인데 너에게 배웠구나. 알려줘서 고맙다.'하고 격려를 해 준다면 아이 역시 좋은 화제를 놓고 부모님과 토론하는 것을 즐기게 될 것이다. 한 가지 분명한 것은 토론이 격해져서 조금 언성이 높아져도 '버릇없는 아이' 취급을 해서는 안 된다.

**02**

# 성에 대해
# 대화하라

성에 대해 자녀들과 터놓고 대화를 하는 것은 나에게도 아직 익숙하지 않은 일이다. 왜냐하면 나는 체계적으로 누군가에게 성 교육을 받아 본 적도 없고 그것은 부끄럽고 함부로 입에 올려서는 안 되는 것으로만 인식하고 살았던 사람이기 때문이다.

어느 정도 성장하여 궁금한 것이 많은 딸아이는 어느 날부터인가 자녀를 낳거나 결혼하는 것에 관심이 무척 많아졌고 꼬치꼬치 나에게 물어보기 시작했다. 처음에는 아빠에게 '아기는 어디서 나와?'라고 물어 보았는데 당황한 남편은 '엄마한테 물어 봐.'라며 나에게 넘기고 말았다. 이야기를 해 주긴 해야겠는데 어떻게 설명을 해야 할지 난감하였다.

언젠가 '엄마랑 아빠랑 사랑하는 사이라서 너희들이 태어났어.'라고 말했더니 아이는 '그럼 내가 엄마를 사랑하는데 아이 생겨?'하는 질문을 받아야만 했다. 그래서 좀 더 구체적으로 자녀들에게 성에 대해서 진지하게 이야기를 할 때가 된 것이고 자녀들의 궁금증을 풀어주어야 한다는 생각을 했다. 회피하고 얼렁뚱땅 넘어간다면 자칫 자녀는 성에 대해 막연한 지식으로 엉뚱한 일이 생길지도 모른다. 요즘은 세상이 갈수록 험하여 특히 자녀들의 성 교육을 더 철저하게 시킬 수밖에 없다.

### 1) 7~9세 아이의 성교육

이 시기의 아이들은 남녀의 신체적 차이를 확실히 이해하고, 자신의 신체를 노출시키는 것을 부끄러워한다. 친밀감의 표현으로 상대방에 대한 감정을 표출하기도 한다. 남자아이는 남자아이끼리, 여자아이는 여자아이끼리 또래 집단을 형성하고 이성에 대하여 배타적인 성향이 나타나기 시작한다. 이때의 성교육은 아이들이 임신과 출생에서의 정신적, 신체적 변화와 사춘기의 성징에 대한 기초 지식을 습득하는 과정이어야 한다.

사춘기 이전의 아이들은 성적 발달 단계의 잠복기이다. 아이들은 언젠가 자신이 결혼할 것이라는 생각을 하면서도 좋아하는 이성 친구를 자기 혼자만 간직하거나 아주 가까운 친구에게만 털어

놓는 소극적인 모습을 보인다. 또한 이러한 애정적 애착은 어떤 성인이나 연예인, 또는 운동선수와 같이 대중적인 인물이 대상이 되기도 한다. 자신의 상상 세계에서 감정적으로 깊이 몰입하면서 애정의 감정을 즐기기도 한다.

10세가 되면 서로 이성을 의식하고, 다소 경계를 하는 태도를 보인다. 그러나 이성에 대한 호기심을 애정으로 표현하는 대신에 놀리고 귀찮게 하면서 관심을 보인다. 최근에는 신체의 성장 속도가 빨라져서 월경이나 몽정을 경험한 아동들도 있으므로 성교육의 중요한 시기이다. 2차 성징이 본격적으로 나타나기 전인 이 시기에는 성에 대한 올바른 지식을 가질 수 있도록 힘써야 한다. 이 시기에는 이성에 대한 예절이나 대화 방법 등 구체적인 대인 관계의 기술을 습득할 수 있는 교육도 함께해야 한다.

### 2) 10~12세 아이의 성교육

이 시기에는 부모들도 자녀들의 독립적 행동을 강조하고 장려하게 된다. 그러나 어려서 부모와의 관계가 애정적이 아니고 절대 복종적이거나 지나치게 독립심의 강요를 받았을 때는 불안감을 가지게 되고, 그 불안은 부모에 대한 반감으로 나타나게 될 수도 있다.

이 연령의 아이들은 남녀의 역할에 대해 알아야 한다. 남녀의 성차이에 대한 이해를 도와 남녀 간의 보다 성숙한 관계를 이룩하도록 해야 한다. 이 시기에는 성장이 급격히 이루어지므로 신장, 체

중, 흉위 등이 놀랄 만큼 증가한다. 따라서 아직 불균형한 모습을 지니게 되는데, 이러한 성장의 속도는 개인적 차이가 있다.

그러므로 개인차로 인한 심리적 불안과 신체 발육에 있어 비율이 불균형함으로 인해 심각한 고민에 빠지는 청소년들이 많다. 때로는 신체적 발달이 늦은 청소년은 신체적 발달의 속도가 빠른 청소년들의 사회 집단으로부터 소외되기도 한다. 그러므로 신체적 변화에 대한 심리적 준비를 할 수 있도록 부모가 도와주어야 한다.

자기 자신의 신체적 발달에 관한 정보와 확신을 쉽사리 갖도록 도와주고, 특히 개인적 차이가 있음을 인지하여 자신이 정상적인가에 대한 물음에 확신을 줄 수 있어야 한다. 특히 신체적 발달 문제에 관해 상의할 사람이 있어야 한다. 왜냐하면 신체적 성장이 제시기에 이룩되면 성숙된 성격이 되지만, 그렇지 못할 경우에는 정서적 불안을 나타내기 쉽기 때문이다.

## 3) 성 교육의 기초(신체)

### − 생식기의 구조

남자와 여자의 생식기의 구조를 설명해 준다. 즉, '아기를 만들려면 아빠가 엄마를 도와 줘야 한다. 어른이 된 남자 몸속에는 아기를 만들 수 있는 정자를 담은 체액이 있는데, 이것을 엄마에게 주면 엄마의 자궁 옆 난소라는 곳에서 그 속에 있는 난자와 아빠의 정자가 만나게 되고, 난자와 정자는 엄마의 자궁 속에서 결합하여 아기가 생기게 된다.'고 설명해 준다.

### – 정자와 난자의 만남

아빠의 정자가 엄마의 난자와 만나기 위해서는 엄마의 질이란 곳을 통해야 하는데, 아빠의 음경이 딱딱하게 되었을 때 질을 통하여 정액을 보내고, 정액 속의 정자가 드디어 난자를 만나게 된다고 설명한다. 하지만 여기서 아이들은 꽤 날카로운 질문을 던지게 된다. '도대체 난자와 정자는 어떻게 만나는데요?' 다. 정액이 걸어 갈 리는 없고 아이는 그것이 궁금한 것이다.

### – 제2차 성징에 대해

여러 가지 어려운 단어들이 등장하기도 하지만 중요한 것은 호르몬의 이름이 무엇인가가 아니다. 아이들에게는 어려운 과학적 단어보다는 좀 알기 쉽게 설명해 주는 것이 좋다.
'이 시기가 되면 지금까지 없었던 호르몬이 우리 몸에 생기는데 이것은 마치 지금까지 없던 곳에 샘물 하나가 퐁퐁 솟아오르는 것과 같아. 참 신기하지?' 이렇게 하면서 호르몬이 생기면 남자는 여드름이 생기고 털이 자라게 되며 목소리도 변한다는 것을 알려준다. 그리고 여자는 호르몬으로 인해 가슴이 커지고 자궁도 발달하고 털이 생기기 시작한다고 설명한다.

### – 신체적 변화에 대해

나는 아이들에게 몸에 이상한 변화가 생기면 즉시 말하라고 늘 당부를 한다. 그런데 어느 날 아이가 자기 가슴이 앞으로 조금 튀어 나왔는데 아프다고 말했다. '이제 네가 어른이 될 준비를 하는 구나.'라고 말했더니 아이는 기쁜 표정을 지었다.

## – 월경에 대해

'엄마, 생리는 왜 하는 거야?' 어떻게 하면 쉽게 설명이 가능할까를 고민하다가 나는 냉장고에 비유를 했다. '엄마가 너의 성장을 위해 영양가 많은 음식들을 냉장고에 사다가 넣어 두잖아. 그런데 유통기한이 지나도록 먹지 않은 음식은 어떻게 해야 하니? 바로 그거야. 우리 자궁도 아이가 생기면 주려고 자궁벽에 영양분을 차곡차곡 저장하는데 그 유통기한이 한 달이야. 한 달이 지나면 생리라는 이름으로 깨끗이 비우고 다시 신선한 영양분을 쌓아두는 거란다.' 아이는 이해를 했는지 고개를 끄덕였다.

## – 사정에 대해

여자 아이들이 월경을 경험하듯이 남자 아이들은 흔히 꿈을 꾸다가 사정을 경험하게 된다. 그것이 몽정이다. '밤에 자다가 혹시 오줌 싼 것처럼 속옷이 젖었다면 감추지 말고 말해 줄 거지? 그건 절대 창피한 게 아니야. 여자의 생리와 비슷한 거고 네가 아빠가 될 수 있는 건강한 몸이라는 증거니까. 그 날은 몸보신 시켜 줄게.'라고 말하면 아이가 부끄러움으로 회피하는 일은 없을 것이다.

### 4) 13~15세 자녀의 성교육

신체적, 심리적으로 큰 변화를 겪는 이 시기의 청소년들은 특히 성에 대한 호기심과 고민을 가지고 있다는 것은 당연한 일이다. 그러나 대부분의 부모나 교사들은 이러한 성 고민을 효과적으로 해결해주지 못하고 있다.

급격하게 성장하여 성인이 되어 가는 단계이지만, 사회적으로는 아이도 아니고 성인도 아닌 과도기에 속하여 많은 고민과 갈등을 겪게 된다. 또한 부모로부터 독립하고자 하는 시기, 정서적 불안정기, 그리고 육체적 성숙기이기도 하다. 따라서 생리적으로 성적 충동이 커지면서, 심리적으로는 성인다운 행동을 해야 한다는 압박감을 느낀다.

청소년들은 자신들의 고민을 쉽게 드러내려고 하지 않는다. 특히 성에 관한 고민은 더욱 그렇다. 대중 매체나 친구 등을 통하여 습득되는 부정확한 지식들은 결코 고민을 해결해 주지 못한다. 물론 부모 앞에서 성에 대한 고민을 털어 놓는 것이 쉽지 않은 일이지만, 가장 가까이에서 도움을 줄 수 있는 부모는 자녀들의 호기심과 고민을 해결해 주어야만 하는 입장이며, 성교육 또한 자녀 교육의 일부임을 인식해야만 한다.

이 시기에 성교육이 제대로 이루어지지 않으면 성을 불결하게

보거나 성에 대한 그릇된 단편적인 지식만을 갖게 되기도 하며, 때
로는 성범죄의 원인이 되기도 한다.

## 5) 성교육의 기초(정신)

### – 부모가 설명해 주어야 할 내용

인간의 출생부터 시작하여 이성 문제나 성 생활,성 관련 범죄
등 구체적이고 광범위한 내용을 이해시켜야 한다.

### – 청소년 임신의 부작용

- 월경이 시작된 여성이라면 누구나 임신이 가능하다.
- 아직 자궁의 발달이 완전하지 못하기 때문에 아기의 사망률
  과 기형아 출산이 높다.
- 각종 질병의 발병률도 높고, 미숙아일 확률도 매우 높은 것
  으로 나타났다.
- 출산으로 인하여 학교를 도중에 그만두게 되어 직장을 가지
  거나 학업을 통하여 성공할 수 있는 기회를 놓치게 된다.

### – 청소년이 꼭 알아야 할 마음가짐

- 사랑이 전제되지 않은 성관계에서는 억제되어야 한다.
- 상대가 원하지 않는 상태에서 성관계를 시도하는 것은 범죄
  행위이다.
- 질병이나 임신에 대한 예방 등의 준비가 없는 상태에서 성

관계를 시도하는 것은 무책임한 행위이다.

· 결혼할 때까지 자신의 성욕을 적절하게 통제시키는 것이 가장 바람직하다.

### – 이성교제에 대해

· 이성에 대한 호기심, 애정 표현은 자연스러운 성장 과정이다.

· 사회와 가정에서 이성 교제를 어느 정도 인정하고 받아들여 주어야 한다.

· 가능한 객관적인 안목과 넓은 시야를 가질 수 있도록 지도해 준다.

· 성에 관한 건전한 태도를 지닐 수 있어야 한다.

· 될 수 있는 대로 집단으로 교제하거나 밝은 데서 만나는 것이 좋다.

· 반드시 책임이 따라야 함을 강조해야 한다.

### – 자위행위에 대해

· 건강한 청소년이라면 자연스러운 일이다.

· 죄의식을 가질 필요는 없으나 지나치면 바람직하지는 않다.

· 자위를 할 때에 위생적인 점도 주의해야 한다.

· 자극적인 책을 탐독하거나 지나치게 성에 대한 생각에 골몰하지 않도록 한다.

· 좋은 습관을 들이고, 운동이나 활기찬 생활로 정력을 쏟을
  수 있도록 도와준다.
· 자녀의 성적행동이 자신만의 비정상적인 행동이 아님을 알
  려 주어야 한다.

**03**

# 역할을 바꿔본
# 부드러운 대화

흔히들 하는 말처럼 입장 바꿔 생각해 볼 필요가 있다. 쉬운 말처럼 들리지만 실제로 입장을 바꾼다는 것은 어려운 일이다. 이것은 공감이 필요하다. 공감이란 다른 사람의 입장에 서서 자기가 그 사람이라면 어떻게 느낄 것인지 상상하여 상대방을 이해하고자 하는 것이다. 그러나 다른 사람과 공감을 하기 위해서는 자신의 생각을 먼저 버릴 필요가 있다.

자녀가 무슨 일로 고민을 하고 있는 것처럼 느끼면 부모는 당장 끼어들어 자신의 의견을 말하고 싶어 한다. 그러나 그런 행동은 결과적으로 자녀의 감정을 무시한 채 부모의 감정만을 강요하는 것밖에 되지 않는다. 그러므로 자녀에게 말을 건네기 전에 '내가 아이 입장이라면 어떤 말을 듣고 싶을까'를 자신에게 물어보아야 한다.

당신이 개구쟁이인 두 아이의 뒤치다꺼리를 하는 주부라고 생각해 보자. 하루 종일 쓸고 닦고, 뒤돌아서면 또 어질러져 있고 때론 싸우기도 하는 두 아이 때문에 정신이 없다. 저녁 때 퇴근한 남편에게 '하루 종일 두 아이에게 시달렸더니 너무 힘들어요, 지쳤어요.'라며 말했다. 그랬더니 남편이 '그냥 편하게 살아, 안 해도 될 일을 만들어서 하니 힘들지.'라고 말하는 것이다.

당신 마음은 어떤가. 아마 속마음도 알아주지 않고 아무렇게나 말한다고 야속해 할 것이다. '고생이 많았어요. 내가 할 테니 잠시 쉬어요.'라는 말이 듣고 싶었는지도 모른다. 서로 듣고 싶은 말은 따로 있다. 그러나 알지 못하다보니 서운한 감정만 쌓이게 되는 것이다.

부모와 자식이 서로 이해하고 공감하려면 우선 부모가 자녀의 입장이 되어 참을성을 가지고 자녀의 말에 귀를 기울여야 한다. 자녀를 이해하려면 조심해야 할 것이 있다.

## 1) 자녀의 생각을 무시하지 말아야 한다

자녀가 하는 말을 인정해 주어야 한다. 만약 자녀에게 야채를 주었는데 먹기 싫어하며 '이 야채는 매우 써요.'한다면 '그게 무슨 소리니? 네가 맛을 알아?'라고 해서는 안 된다. 또한 부모의 마음에

드는 옷을 입혀 놓았는데 자녀가 '이 옷 별로야.'하고 말했을 경우 '근사한데, 너무 멋있어.'라고 말하지 말아야 한다. 이것은 자녀를 자기 뜻대로 하려는 행위이다. 처음의 예처럼 야채를 먹이려는 부모와 먹지 않으려는 자녀 사이에 실랑이가 벌어질 것이다. '너는 쓰다고 느꼈구나.'하는 편이 훨씬 부드럽고 먹기 싫다면 굳이 먹이지 않는 것이 바람직하다. 옷을 입히는 것도 마찬가지이다. 부모의 입장에서 예쁜 옷을 입히고 싶겠지만 자녀가 마음에 들지 않아 얼굴이 부어 있다면 결국 부모 마음도 편하지 않다. '이 옷이 마음에 들지 않는 모양이구나.'라는 것이 오히려 자녀의 마음을 가라앉히는 것에 효과가 있다.

부모는 자녀의 기를 살려주려고 '신경 쓰지 마, 괜찮아.'처럼 별일 아니라는 듯 말할 수도 있는데 이것은 자녀의 감정을 무시하는 태도이다. 그것보다는 '섭섭하겠구나, 그렇게 원하던 거였는데. 다음을 기약해야지 할 수 없잖니?'하며 공감해주고 이해를 해 주면 자녀는 마음이 훨씬 편해진다.

### 2) 자녀를 몰아세우지 말아야 한다

'진짜야.' '그게 사실이지?' '어떻게 그럴 수 있어?'하는 식의 말투는 자녀에게서 변명거리를 만들어 내게 할 뿐이다. 자녀의 판단에 대해서 믿음을 갖지 않는 말투는 사용하지 않는 것이 좋다. 자녀를 너무 엄격하게 대하거나 이것저것 캐묻지 말아야 한다.

## 3) 부모의 의견을 강요하지 말아야 한다

가급적이면 자녀의 말 중에서 찬성할 수 있는 부분을 찾아낸다. 설령 이치에 맞지 않는다고 하여도 '그럴 수도 있겠다.' '그렇게 생각한 적은 없었는데.'처럼 말해줘야 한다. '그게 무슨 말도 안 되는 소리니.' '잘 알지도 못하면서 함부로 말하는구나.' 등과 같은 말은 자녀의 의견이나 감정을 무시하는 것이다.

### # 개와 고양이의 싸움

개와 고양이는 만나면 으르렁대고 싸운다. 이유는 간단하다. 서로의 신호가 다르기 때문이다. 개는 꼬리로 웃는데 기분이 좋을 땐 꼬리를 들고 흔들며 나쁘면 꼬리를 낮춘다. 겁이 나면 아예 꼬리를 감추어 버린다. 반면 고양이는 기분이 좋을 때 꼬리를 낮추고 기분이 나쁠 때나 싸워야 할 때 위로 추켜세운다. 어쩌다 개가 고양이를 보고 반가워서 꼬리를 들고 다가가면 고양이는 '왜 저 개는 나만 보면 싸우자고 덤빌까.'하고 생각하게 되는 것이다.

두 동물이 만나려면 각자의 신호를 버려야 한다. 그래야만 의사소통이 가능하게 된다.

## 4) 조언은 가끔 한다

자녀가 스스로 생각하고 판단하는 일은 중요하다. 그런 경험을 통해서 무엇이 옳고 그른지 배우게 되기 때문이며 자신의 결정에 더 신중해지기도 한다. 그런데 부모가 일일이 간섭을 하고 조언을 하면 나중에는 부모의 말을 경시하고 반발할 수도 있다.

만약 조언이 받아들여지지 않았다면 같은 말을 되풀이해서는 안 된다. 또한 자녀가 바라지 않는 상황에서 조언을 하려고 하는 것도 좋지 않다. 만약 부모의 조언에 대해 시큰둥하거나 반대 입장을 말한다고 해서 '부모 말을 무시하다니 혼이 나야겠구나.' 혹은 '그래, 네 멋대로 해라.' 하는 식의 말투도 안 된다. 그 때는 한 발 물러나 조금 더 생각할 시간을 주고 자녀의 입장을 이해하고 있다는 것을 보여 주어야 한다. 좀 더 생각해 보면 부모의 말이 옳다는 것을 스스로 인정하게 될 것이다.

인생은 큰 가게와 같다. 이 가게에는 오른 쪽과 왼쪽에 카운터가 하나씩 있다. 오른 쪽에는 '행복'이라는 간판이 걸려있고 그곳에서는 우리를 기분 좋게 하는 생각을 살 수 있다. 왼쪽 카운터에는 '불행'이라는 간판이 있고 기분을 망치는 생각을 살 수 있다. 선택을 하는 것은 우리 자신이다. 스스로가 어느 카운터에서 구입을 할 것인지 결정한다. 무엇을 생각하고 어떻게 느끼느냐는 자신이 결정할 일이다.

## 5) 어느 가정의 역할 바꾸기 놀이

오늘 집에서 아이들과 역할 바꾸기 놀이를 했다. 엄마는 딸, 딸은 엄마, 아들은 아들. 아들은 아들이지만 딸의 아들이 되어야 하는 것이다.

딸아이는 엄마가 되어 집안일을 하게 되었고 나는 딸아이 대신 책을 읽고 숙제를 하고 그리고 엄마가 된 딸 몰래 게임도 했다. 그러다 들켜서 야단도 맞았다.

보통 일요일 저녁은 엄마가 아이들에게 잔소리를 하는 시간이기도 하다. 내일 학교 갈 준비도 해야 하고 숙제도 검사받고 잔소리도 듣고….

엄마가 된 딸은 별로 하는 일 없이 하루를 빈둥거린 나에게 잔소리를 해댔다. 나는 오늘 하루 정말 한 일도 없이 놀았는데도 피곤하다. 딸이 집안 청소며 부엌일도 다 해주었는데 피곤하여 딸의 잔소리를 한 귀로 흘리며 잠이 들어 버렸다. 딸이 옆에서 계속 잔소리를 했지만 무시하고 잤다.

엄마의 권위가 이래서야 어찌 아이에게 훈계를 할 수 있을까. 엄마가 된 딸이 왠지 불쌍해 보였다. 그래도 무지 넓은 아량을 가진 우리 착한 딸(엄마)은 그런 게으른 엄마(딸)를 이해해 주고, 용서해 주고, 다음부터 그러지 말라고 타이르기까지 한다.

오랜만에 딸 노릇을 해 보니, 그것도 쉽지는 않다. 그냥 내 어릴 적엔 매일 숙제도 꼬박꼬박 잘하고 공부도 열심히 하고 그랬을 것이라 생각해 왔는데 아마도 그것은 잘못된 기억이었나 보다. 아이는 아이다. 지금의 내 기준으로 아이를 평가하고, 재촉하고, 이끌지 말아야겠다. 나도 못할 일을 아이에게 시키지 말아야겠다는 생각이 들었다.

엄마 역할을 맡은 딸아이가 내게 자꾸 심부름을 시키는데, 무지하기 싫었다. 결국 나는 엄마의 말을 거의 안 듣는 딸이 되어버렸다. 우리 딸이 그보다는 훨씬 더 딸 노릇을 잘 하고 있음을 깨닫게 되었다. 나부터 잘하자, 이게 역할 바꾸기 놀이의 교훈이다.

## 6) 자녀의 마음을 읽어주는 바람직한 10가지 대화 방법

(1) 서로 떨어져 있다가 다시 만날 때 미소로 맞는다.

(2) 자녀가 피곤하거나 감정적으로 흥분해 있을 때 심각한 주제의 토론은 피한다.

(3) 자녀가 진정으로 하고 싶은 말을 할 때까지 인내하며 기다린다.

(4) 말과 표정이나 몸짓으로 전달하는 메시지가 서로 일치하도록 노력하고 이야기한다.

중간 중간에 "알아", "이해해", "그래"와 같은 말로 자녀의 말에 대한 공감을 표현해 준다.

(5) 자녀가 좋은 일을 했을 때 칭찬해 주고 부모의 기쁜 마음을 말로 표현해 준다.

(6) 자녀의 말을 잘 이해하지 못했거나, 깨닫지 못했을 때에는 다시 한 번 말해 주길 요청한다.

(7) 자녀의 말을 끊지 않고 끝까지 경청한다. 토론 내용이 하찮은 것일지라도 중요하게 여겨주는 것이 건강한 대화의 기본이다.

(8) 자녀에게 부정적인 말을 하려는 충동을 억누른다. "그건 틀렸어", "어떻게 그런 생각을 할 수가 있니?" 등의 토론은 금물이다.

(9) "왜?"로 시작하는 문장을 사용하지 않는다. "왜 늦었니?", "왜 그것밖에 못하지?" 등의 질문은 "~때문에", "글쎄 모르겠어요."라는 결실 없는 토론을 유도하게 된다. 그러나 "왜?" 대신에 "무슨"이라는 의문사로 대체해 질문하면 훨씬 부드럽고 효과적인 토론을 할 수 있다. "무슨 일이 있었던 모양이구나!"

(10) 자녀에 대한 감사를 전하는 작은 메모를 집안의 눈에 띄는 곳에 붙여둔다. 고개를 끄덕이거나 어깨를 두드려 주는 방법으로 자녀를 칭찬한다.

# 04
# 자녀에게 철학을 갖게 하라

요즘 청소년 문제가 가정과 사회의 큰 관심사가 되고 있다. 일부 청소년들은 작은 역경에도 좌절하고 잘 되라고 꾸짖는 부모나 선생님의 말에 반발하여 가출하거나 생을 포기하는 일까지 벌어지고 있다. 반면에 어려운 환경 속에서도 꾸준히 노력하여 큰 성공을 하여 주위를 감동시키는 사례도 있다. 이런 대조되는 일이 생기는 것은 어릴 때부터 건전한 가치관과 자신만의 사상을 만드는 기회를 갖지 못했기 때문이다.

## 1) 사색하는 힘 길러주기

혼자 조용히 생각할 시간을 갖게 하는 것이다. 자녀가 책상에 앉아 아무것도 하지 않고 앉아 있다고 해서 '지금 멍청하게 뭐하고 있니? 공부도 하지 않고, 시간 아까운 줄 알아라.'하거나 '무슨 엉뚱한 생각을 하는 거야? 무슨 생각했어?'하며 다그쳐서는 안 된다. 자녀도 나름대로 생각을 정리할 시간이 필요하다. 머리를 채우는 것도 중요하지만 때론 비우는 것도 중요하기 때문이다.

자녀가 시험을 앞두고 불안해하거나 집중을 하지 못한다면 자신의 몸과 마음을 안정시켜주는 마인드 컨트롤을 권해보는 것도 좋다. 마인드 컨트롤(mind-control)이란 심리학적인 용어로 정신통제, 최면이나 자기 암시 등을 의미하는 뜻이다. 요즘은 일반인뿐만 아니라 학생들 사이에서도 긴장과 이완을 통해서 평정심을 찾도록 도와주는 마인드 컨트롤이 부각되고 있다.

### # 마인드 컨트롤 방법

#### – 자신의 마음상태를 파악하게 한다

자신이 지금 불안을 느끼는지, 긴장을 하고 있는지, 혹은 무엇에 얽매어 있지는 않은지 마음상태를 정확하게 파악하는 게 중요하다.

#### –집착을 버리게 한다

도미노를 하다가 자칫 실수로 한 개가 넘어지면 매우 당혹스

럽다. 순식간에 그동안의 노력이 물거품이 되기 때문에 어찌
할 바를 모르는 사이에 전체를 잃어버리는 것이다. 그동안의
결과에 집착하지 말고 냉정하게 중간을 끊으면 반은 살릴 수
가 있음을 알아야 한다. '이번에는 꼭 시험을 잘 봐야 할 텐데.'
라는 생각으로 마음이 조급해지면 불안감은 더욱 커지게 마
련이다. 다시 시작한다는 마음으로 집착을 버리고 냉정해져야
한다.

### ─원인을 분석하게 하라

실패는 성공의 어머니다. 인생은 결국 실패하고 또 일어서는
것의 연속인 것이다. 그러나 뒤돌아보지 않고 앞만 향해 달려
가는 것이 전부는 아니다. 넘어졌다면 얼른 일어나서 왜 넘어
졌는지를 알아야 할 것이다. 그래야 같은 상황에서 또 넘어지
지 않기 때문이다. 같은 실수를 반복하지 않으려면 원인을 분
석해야 한다.

### ─잠시 휴식을 취하게 하라

휴식은 재충전의 시간이다. 특히 하고자 하는 일이 자꾸 꼬이
고 풀리지 않을 때는 그 일에서 아예 손을 떼고 아무 생각도
하지 말아야 한다. 풀리지 않는 수학문제를 붙들고 늘어진다
고 해서 답이 튀어나오지는 않는다. 아이의 등을 토닥이며 '잠
시 쉬었다 하렴, 하늘빛이 파란데 구경 해볼래?'하며 부드럽게

휴식을 유도해 준다.

### −자신을 철저하게 분석하게 한다

자신의 장점을 생각나는 데까지 적어보게 한다. 단점도 마찬가지이다. 어느 쪽이 더 많은지 비교해 보자. 부모도 자신이 생각하고 있는 아이의 장점과 단점을 적어 아이와 비교를 해 보는 것도 좋다. 의외로 아이는 단점이라고 적었던 것을 부모는 장점으로 적었을 수도 있다. 생각을 조금만 바꾸어 본다면 지금까지 단점이라고 생각되었던 것이 의외로 장점일 가능성이 많다.

### −믿어라, 믿는 자에게 복이 있나니

자기 자신을 믿는다는 것은 매우 중요한 일이다. 스스로도 믿지 못하면서 다른 사람들이 자신을 믿어주길 바란다면 그야말로 우스운 일이다. 부모는 아이가 자신에 대해 확신이 없다고 생각되면 아이에게 믿음을 주어야 한다. '잘 될 거야, 넌 노력했잖니.'라는 말로 다독거려 준다.

## # 아인슈타인의 뇌 비우기

어느 기자가 아인슈타인을 인터뷰하러 왔다. 아인슈타인과 다양한 이야기를 나눈 기자는 실험실을 둘러보고 사진 촬영을 끝으로 인터뷰를 마쳤다. 그리고는 실험실을 나서면서 아인슈타인의 집 전화번호를 물었다.

그러자 아인슈타인이 갑자기 주머니에서 작은 수첩을 꺼내 뒤적거리는 것이 아닌가. 아인슈타인의 행동에 깜짝 놀란 기자가 물었다.

"선생님, 지금 댁 전화번호를 모르셔서 수첩을 뒤적이는 건 아니시죠?"

세계적인 석학이 자신의 집 전화번호를 수첩에서 찾고 있다니 누가 그러한 상황을 상상이나 할 수 있겠는가. 그런데 기자의 어이없어 하는 표정을 보고도 아인슈타인은 태연하게 대답했다.

"적어 두면 쉽게 찾을 수 있는 걸 왜 힘들게 기억합니까? 나는 사소한 것은 기록하고 잊어버리는 것이 낫다고 생각합니다. 그렇게 두뇌를 비워 둬야 그 빈 공간에 창의적인 생각을 채우고 좀 더 효율적으로 쓸 것 아닙니까?"

### 2) 자신의 값어치를 알게 하라

부모는 자신의 자녀라면 다른 아이들보다 더 뛰어나다는 착각 속에서 살고 있다. '공부만 조금 더 하면 잘할 텐데.' '우리 아이는 노력을 안 해서 그렇지 머리는 좋아요.' '세상에서 우리 아이가 제일 예쁘죠.' 이런 말들은 내 자녀이기 때문에 가능한 말들이다.

게으른 사람은 자신의 가슴 속에 있는 진정한 가치를 알지 못한 채 평생을 평범하게 살다가 죽는다. 하지만 내면의 세계를 냉정하게 관찰한다면 역사는 달라질 것이다. 자신의 진정한 가치를 발견할 수 있도록 부모는 객관적으로 자녀를 바라보고 조언을 해 주어야 한다.

# 어느 청년의 여행

어느 청년이 여러 곳을 여행하면서 진정한 자신의 가치를 찾게 해줄 스승을 찾고 있었다. 그가 어느 마을에 들어섰을 때 마침 고명한 철학자가 있다는 말을 듣고 그 집을 방문했다.

청년은 정중하게 인사를 하고 철학자에게 말했다.

"선생님, 인간의 진정한 값어치란 무엇입니까?"

철학자는 청년의 물음에 한동안 침묵을 지키고 있다가 귀한 보석을 주며 말했다.

"이 보석을 가지고 시장에 가서 값을 물어보고 오게나. 절대 팔지는 말고 그저 값만 물어 보아야 하네. 그리고 될 수 있는 한 여러 곳을 들러서 물어보게나."

청년은 처음 보는 자신을 믿고 선뜻 귀한 보석을 내준 철학자에게 감탄을 하며 여러 곳을 들러 값을 물어 보았다. 맨 처음 과일가게에 들어갔다. 과일가게 주인은 보석을 대수롭지 않게 보고는 시큰둥한 표정으로 말했다.

"사과 두 개만 가져가시오."

두 번째로 식료품가게에 들어갔다.

"그 보석을 준다면 고구마 다섯 관을 주리다."

그 다음 철물점에 들어갔는데 귀한 보석임을 알아보고는 많은 돈을 줄 테니 자기에게 팔라고 매달렸다. 청년은 보석가게를 몇 군데 더 돌아다녔는데 가는 곳마다 보석의 값은 점점 높아졌다. 마지막으로 그 도시에서 가장 큰 보석상에 들어갔다. 그 보석상은 청년이 가져온 보석을 이리저리 세심하세 살펴보더니 이렇게 말했다.

"이 보석은 값으로는 따질 수 없는 매우 귀한 것입니다. 감히 돈으로 사고파는 하찮은 물건이 아니오. 잘 보관하시기 바랍니다."

청년은 보석을 들고 다시 철학자에게 돌아가서 자신이 겪은 일들을 말해 주었다. 그러자 철학자는 청년의 말을 듣고 빙그레 웃으며 말했다.

"이제 그대는 인간의 진정한 가치를 깨달았을 것이네. 그대는 자신을 사과 두 개를 받고 팔 수도 있고 고구마 다섯 관에 팔 수도 있지. 또한 많은 돈을 받고 팔 수도 있겠지. 그러나 그대는 그대가 원하는 값으로 따질 수 없을 만큼 귀한 존재로 그대 자신을 만들 수도 있네. 그 모든 것은 자신을 어떻게 생각하느냐에 달려 있는 것이지."

청년은 결국 그렇게 자신을 찾고 긴 여행을 마치고 집으로 돌아갔다.

**05**

# 세상을 보는 눈을<br>키우게 하라

## 1) 올바른 가치관을 심어주어야 한다

자녀들은 해도 될 일과 해서는 안 되는 일에 대해 맨 처음 부모로부터 교육을 받는다. 어쩌면 가정에서 이미 자녀의 가치관은 거의 형성되어지는 것이다. 하지만 모든 일은 동전의 양 면과 같다. 앞이 있으면 뒤가 있는데 대부분 부모는 그 중 한 쪽만 가르치게 된다. 자신의 가치관에 따른 주관적 입장인 것이다. 부모는 자녀에게 올바른 가치관을 심어주고 싶다면 그 어떤 것도 강요하거나 요구해서는 안 된다. 모든 문을 활짝 열어 놓고 그 다양성 안에서 스스로 찾을 수 있도록 해야 한다. 자녀들에게 '세상은 넓고 할 일은 무궁무진하다.'라는 말을 자주 한다. 그리고 자녀들이 알을 깨고 세상 밖으로 당당하게 나아가기를 바란다. 하지만 구체적으로 무엇을 어떻게 보여 주어야 자녀들의 시야가 국제적으로 변할지 고민이 되었다.


## 2) 좋은 책을 읽는 눈

책은 더 이상 말이 필요 없는 인생의 스승이다. 하지만 아이들이 싫어하는 데는 별 수 없다. 강제로 책 앞에 끌어다 앉혀 놓을 수도 없고 그런다고 해도 효과는 없을 것이다. 다른 집 아이들은 책을 좋아해서 매일 읽는다는데 내 아이는 한 달에 한 번 읽는 것도 나의 잔소리 때문에 억지로 시늉만 한다.

## # 자녀의 독서교육은 이렇게

### −책거리를 해보자

책 한 권을 읽을 때마다 책거리를 해 주는 것이다. 책거리라는 것은 옛날 서당에서 학생이 책 한 권을 떼거나 다 베끼면 훈장님과 친구들에게 한 턱 내는 풍습이다. 자녀가 책을 한 권 읽을 때마다 스티커를 붙여주고 열 권을 읽으면 작은 선물을 해보는 것이다.

### −자녀와 서점에 가자

일주일에 한 번이라도  자녀의 손을 잡고 서점에 가거나 도서

관에 가서 평소에 보고 싶었던 책을 찾아보기도 하고 읽어보는 것이다. 서점에 가서 책을 고르고 읽으며 구입하는 즐거움을 느끼게 하는 것이다.

### ─독서를 위한 배려를 하자

좋은 책을 권해주고, 골라주며 독서를 할 수 있게 공간과 시간을 배려해 주어야 한다.


## 3) 국어사전을 읽게 하라

아이들은 질문이 많다. 그 대부분이 단어에 대한 물음이다. 아는 대로 답을 해주기는 하지만 나도 모르는 단어가 나오면 바로 국어사전을 펼친다.

사전을 항상 가까이에 두고 그때그때 뜻을 찾아보게 하는 것이 좋다. 더 나아가 사전을 통째로 읽게 해 보는 것이다. 하지만 싫다는 데 억지로 할 필요는 없다. 사전에 흥미를 느낄 수 있도록 모르는 단어에 대해 자녀에게 찾게 하는 것도 좋다. '자, 얼마나 잘 찾는지 한 번 볼까, 엄마가 말하는 단어를 찾아보자.'하며 사전을 가지고 놀이를 하는 것도 사전과 친해지는 방법이다.


## 4) 여행을 떠나보자

집을 벗어나면 세상에는 볼 것도 많고 들을 것도 많다. 자녀를 데리고 여러 곳을 여행하며 아이가 느낄 수 있도록 해주는 게 좋다. 자연은 새로운 것으로 가득 차 있다. 자연이 줄 수 있는 흥분, 기쁨, 신비함은 무궁무진하다. 풀 한 포기만 헤쳐보아도, 나무껍질에 돋보기만 갖다 대보아도, 땅 한줌만 파보아도 숨어 있던 새로움이 폴짝폴짝 튀어나온다.

이러한 자연환경과 나의 관계를 이해하기 위해서는 자녀가 자연환경 속에서 자연과 직접 대면해 보아야 한다. 자녀들은 자연환경이 만들어내는 갖가지 맛과 향기를 한껏 만끽할 수 있는 체험을 통해 숲속의 한 그루 나무와 집 근처의 야생화와도 친구가 될 수 있다. 게다가 가족과 함께라면 유대감도 더 깊어진다.

주의할 점은 자녀가 즐길 수 있도록 배려를 해야 한다. 새로운 것을 보았을 때 부모가 나서서 설명하려 하거나 이론을 먼저 주입시키려고 해서는 안 된다. 그저 자녀 스스로 느끼고 저절로 받아들이게 두어야 한다.

도심 속에서 자녀들과 가볼 만한 곳은 박물관이다. 여러 가지 다양한 종류의 박물관을 찾아다니면 세계를 다 만나게 된다. 고대의 유물부터 첨단산업 전시까지 아이의 눈은 세상을 향해 열리게 된다.

## 5) 자신을 사랑하게 하라

세상에 귀하지 않은 것은 없다. 그리고 쓸모없이 세상에 존재하는 것도 없다. 그런데 가끔 정체성에 혼란을 느끼거나 주변 환경이 복잡해지면 아이들은 '난 왜 이 세상에 태어났을까.'하는 고민을 한다. 때론 극단적인 방법으로 자신을 학대하거나 자살을 결심하기도 한다.

자녀가 사춘기에 접어들면서 평소와 달리 우울해하고 혼자 있으려 한다면 더욱 각별한 관심을 기울여야 한다. '언제나 너를 사랑하고 있단다.'하며 늘 주위에 기댈 곳이 든든하다는 것을 일깨우고 무엇보다도 자신을 사랑할 수 있게 해 주어야 한다. '너는 소중해, 왜냐하면 이 세상에 너는 유일하게 한 명이니까. 다이아몬드보다 더 귀하지 그렇지?'라며 자신을 사랑하게 만들어야 한다. 세상이 있어서 자신이 존재하는 것이 아니라 자신이 존재하기 때문에 세상이 있는 거라는 것을 말해 주어야 한다.

### 6) 생각의 틀을 깨라

사람들은 생각을 하면서도 무의식중에 제약을 많이 받는다. 사회적 통념, 가족의 생각, 주위 사람들의 시선들이 그것이다. 혹시 다른 생각이나 행동을 했다가 비난 받으면 큰일이라는 생각을 하기 때문에 세상을 다르게 바라보고 싶어도 주저하게 된다.

아이들의 생각은 언제나 기발하고 질문도 더 예리하다. 왜냐하면 어린아이들은 규칙을 모르기 때문에 마음대로 상상하고 상식을 깨는 독특한 아이디어를 창조해 낼 수 있다. 아이들을 고정관념에 얽매이게 해서는 안 된다. '그건 안 돼, 지금까지 아무도 그렇게 한 적이 없잖아. 넌 왜 남이 하지 않는 일을 하려고 드니?' 당신의 아이에게 이렇게 말한다면 생각을 바꿔보기 바란다. 남이 하지 않으려고 하는 것을 하는 아이라면 분명 큰일을 낼 사람이다.

# 하나 +하나 = 하나

· 청소기와 스팀으로 스팀 청소기
· 걸레와 막대기로 대걸레
· 연필과 지우개로 지우개 달린 연필
· 자명종과 시계로 자명종 시계

이것은 모두 기존의 다른 두 가지를 합쳐 하나로 만든 것이다. 그 외에도 수많은 물건들이 편리함을 좇아 하나로 합쳐졌다. 당신의 아이에게 엉뚱한 면이 있다면 '도대체 우리 아이는 왜 저런 말도 안 되는 생각만 하는지 원.'하며 푸념하지 말고 같이 고민해 보자. 세상을 보는 눈이 남들과 똑같다면 너무 평범하다.

# 세상을 보는 눈

한 사람은 나무를 많은 돈을 벌 수 있는
목재로 봅니다.
또 한 사람은 가족이 겨울을 따뜻하게
날 수 있는 땔감으로 봅니다.

마지막 사람은 영혼을 가진 생명으로
아름다운 풍경을 만들어주는
대상으로 나무를 봅니다.
돈이나 장작을 넘어선 가치를 지녔다고
생각하는 것입니다.

이렇듯 세상을 달리 보는 것은
살아가는 태도가 다르기 때문입니다.
이 태도는 살아가는 목표를 결정합니다.

삶의 목표는 우리가 세상에서
무엇을 볼지 결정해주고
어떻게 볼지도 결정해주며
내면의 눈을 맑게 또는 흐리게도 합니다.

# 성공하는 사람은 이런 말은 절대 쓰지 않는다.

☞ 부정의 말 : "없어요, 안돼요, 몰라요."

☞ 핑계의 말 : "바쁘니까 그렇지요."

☞ 무례의 말 : "뭐요?, 뭐라구요?, 어쨌다구요?"

☞ 냉정의 말 : "퇴근시간이라 시간이 없어요, 영업시간 끝났어요."

☞ 따지는 말 : "그건 당신 잘못이지요."

☞ 책임회피의 말 : "그건 내 소관이 아니야!"

☞ 권위주의의 말 : "시키면 시키는 대로 해!"

☞ 무시의 말 : "싫으면 관둬"

☞ 자기비하의 말 : "먹고살자니 원…"

☞ 패배주의의 말 : "그런다고 뭐가 달라져?"

☞ 속어,비어,유행어 : 골때려, 쪽팔려, 미치겠네, 환장해, 캡죽인다 등.

**06**

# 유머는 닫힌 마음을 열어준다

'웃기는' 강사들이 맹위를 떨치고 있다. 정덕희 교수만이 아니다. 선구자격인 연세대 의대 고 황수관 교수를 비롯해 전 고려대 철학과 교수 김용옥 씨, 국악인 김준호 씨, 연세대 교육학과 이성호 교수 등도 '웃음 명강사'의 반열에 올라 있다. 웃음의 강도와 방법에는 조금씩 차이가 있지만 모두 재미있는 강사로 인기를 모으고 있는 점에서 닮은꼴이다. 근엄한 표정과 딱딱한 어조로 자신의 전문 분야를 스피치 하는 사람은 이제 설자리가 없어진 듯하다.

웃음 명강사들이 인기를 끌고 있는 비결은 말할 것도 없이 각자

특유의 유머에 있다. 전문가들은 유머의 요소로 말투, 표정, 몸짓 따위를 든다. OOO U개발교육원장은 '정덕희 교수나 황수관 교수가 평범한 표준말로 스피치 했다면 지금과 같은 인기를 누리지 못했을 것'이라고 말한다. 정 교수의 충청도와 북한사투리 흉내, 황 교수의 구수한 경상도 사투리가 인기의 배경이 됐다는 것이다. 게다가 정 교수의 과장된 몸짓이나, 황 교수의 자유자재로 변하는 표정도 웃음을 자아내게 하는 요소라고 한다. 〈이용인 기자 ⓒ 한겨레신문사 1997년07월17일〉 유머는 마음을 즐겁게 하거나 웃음을 일으키는 의사소통. 익살·농담·해학이라고도 한다. 본래, 고대 그리스 이후 서유럽의 고전 의학 용어로서 체액(體液)을 뜻하는 후모르(humor)라는 라틴어에서 유래되었다. 요즘 소위 명 스피커라고 하는 분들을 보면 전부 나름대로 독특한 캐릭터를 가진 재미있는 분들이 많다는 것을 알 수 있다. 이들은 스피치 도중 독특한 억양이나, 몸짓, 유머를 통해 모두를 웃긴다. 심지어는 스피치 내내 생글생글하고 익살이나 개그가 넘쳐흐른다. 실제로 성인교육에 있어서도 유머가 있는 스피커를 원한다. 그렇지만 실제로 유머가 있는 스피커는 의외로 드물기 때문에 간혹 농담을 해서 청중들의 분위기를 상승시키는 스피커는 소위 명 스피커가 될 수 있다. 유머가 긴장감을 해소시키고 분위기를 집중하는데 큰 효과를 발휘하기는 하지만 너무 많은 유머를 남발하거나 웃기려고만 하면 스피커의 스피치에 대한 관심이 떨어질 수 있다.

 자녀를 성공시키는 아름다운 언어

## 1) 유머감각 키우기

- 재미있는 유머의 예를 기억해 둔다. 남에게 들은 이야기 중에 매우 유익한 것이 있으면 적어서 다음 스피치에 사용한다.
- 무거운 유머보다는 가볍게 할 수 있는 유머로 준비한다.
- 책이나 인터넷에서 유머와 관련된 자료를 찾아서 자기에게 필요한 정보를 모아둔다.
- 스피커가 유머를 했을 때 청중들이 원하는 기대에서 어긋났을 때나 의외의 반응을 나타냈을 때에 대비하여 적절한 반응을 준비하여야 한다.
- 상상력을 풍부히 하고 과장법을 적절히 사용한다. 그러나 지나친 과장은 스피커가 거짓말을 하고 있다는 인상을 줄 수 있다.
- 사물에 대한 관찰력과 통찰력을 예리하게 기르고 다른 각도에서 설명하는 습관을 기른다.

## 2) 유머활용법

스피치의 주제와 직접적으로 연관된 유머를 활용한다. 스피치의 내용이 다른 곳으로 흐를 염려가 있다. 스피커 중에는 유머 내용을 말하기 전에 자기가 먼저 웃어 버리는 수가 있는데 이렇게 되면 청중의 폭발적인 웃음을 유도해 내기 어려울 뿐 아니라 자칫 싱거운 사람이 되기 쉽다. 따라서 스피커는 청중이 '와!'하고 웃고 난 후 따라 웃어 줌으로써 폭소의 강도를 높일 수 있다. 청중의 감정을 상하게 하는 유머는 삼간다. 청중들의 직업이나 상황에 대하여 잘못 유머를 하게 되면 청중들은 불쾌해져 부정적인 마음을 갖게 된다. 간결하고 핵심이 뚜렷한 유머를 구사한다. 너무 유머의 내용이 길어지다 보면 청중들의 관심을 오히려 흐리게 하는 역할을 한다. 실패한 유머는 다시는 하지 말아야 하겠지만 성공한 유머도 반복하지 말아야 한다. 웃긴 내용이라도 다시 하게 되면 청중들은 외면하게 된다. 되도록 자기 자신의 외모, 나이, 재미있는 경험 등을 소재로 한 유머를 구사하는 것이 좋다. 치밀한 유머 사용 계획을 세운다. 유머의 소재와 그것을 사용할 시점을 스피치 안 작성 시 치밀하게 계획해야 한다. 스피치 도중에 예기치 않게 웃음을 자아내는 경우도 있으나 그것은 어디까지나 부수적인 것이지 계산된 유머는 아니다. 유머 사용은 빈도를 조절해야 한다. 유머 사용은 1시간 스피치에 5회 정도의 폭소를 유발할 수 있도록 조절한다. 청중을 웃기는 내용이 스피치의 주제와 완전히 일치함으로써 웃음을 통하여 청중에게 감흥을 불러일으켜 무엇인가 교훈을 주고 태도의 변화를 유도해 낼 수 있다면 별 문제가 없겠지만 단순히 웃음만을 위한 스피치라면 스피치의 질을 낮추고 스피커의 이미지가 너무 우화적으로 묘사될 우려가 있으므로 그 빈도를 조절할 줄 알아야 한다. 유머의 사용은 표정이 있어야 한다. 똑바로 서서 담담하고 변화 없는 어조로 무표정하게 웃기는 이야기를 하게 되면 유머의 효과가 반감된다. 따라서 청중을 웃기려 할 때는 능청스런 표정, 장난기 있는 어조, 특이한 몸짓, 박진감 넘치는 제스처나 화법이 조화됨으로써 유머의 효과를 배가시킬 수 있다.

### 3) 유머를 사용할 때의 주의할 점

-악의나 비난, 야유 또는 가시가 돋친 유머는 안 된다.

-누구에게도 상처를 주지 않는 웃음거리이어야 한다.

-육체적 결함 따위를 대상으로 하면 안 된다.

-전화위복의 화제로 그 장소의 분위기를 일신시키는 데 힘쓴다.

-스피치 내용에 적당한 유머여야 한다.

- 너무 생생한 느낌을 주는 것은 좋지 않다.

-부정적인 유머보다는 긍정적인 유머를 사용한다.

### (1) 어린이 스트레스가 의심되는 행동 10가지를 체크해 보자

-감정조절을 잘못하고 자주 짜증을 내거나 공격적이다.

-숙면을 이루지 못하고 두통을 호소한다.

-또래 친구들과 어울리지 못하고 외톨이 성향을 보인다.

-사람들의 눈치를 살피고 눈동자가 불안하다.

-눈을 자주 깜박거리고 킁킁거린다.

-낙서를 하거나 같은 놀이를 반복한다.

-나이에 비해 언어 능력이 떨어진다.

-유치원이나 학교가기를 싫어한다.

-손톱 깨무는 버릇이 있다.

-산만하고 집중력도 많이 떨어진다.

### (2) 스트레스를 줄이는 8가지 대화 방법

자녀가 하는 말을 비판 없이 들어줘라. "음, 그랬구나! 그런 일이 있었구나. 그래서 마음이 안 좋았구나." 부모부터 작은 일도 자녀와 함께 대화 나누는 습관을 가져라. "엄마는 오늘 냉장고 정리를 했더니 기분이 너무 상쾌하고 좋은 거 있지.""너도 오늘 기분 좋은 일 있었니?" 사소한 일도 칭찬하고 격려해라. "골고루 밥을 잘 먹으니까 정말 엄마는 네가 예쁘다." "아침 일찍 일어나니까 서두르지 않아도 되고 너무 좋은데" 몸을 써서 즐겁게 할 수 있는 놀이를 찾아라. "아빠와 뒷동산 갈까.""아빠와 자전거 타는 게 어때." 가족이 큰 소리로 함께 노래를 불러라. "요즈음 네가 좋아하는 노래가 뭐니? 너무 빠른 노래 아니면 배워보자." 힘들 땐 엄마 품에 안겨 실컷 울게 해라. "우리 ○○, 이리 와. 엄마가 꼭 안아 줄게."(대화하려고 하지 말고 품어주자) 일주일에 한 번 이상 뭐가 힘든지 물어봐라. "요즈음 힘든 일 없니? 무슨 일 있니?" 자주 안아주고 사랑하는 마음을 보여줘라.


## 4) 존댓말을 사용하는 대화 방법

부모와의 대화를 통해서 습득하는 것이 효율적이다.

### ☞ 부부 대화

- "여보, 주말인데 하루 종일 집에만 누워 있을 거야. 허리도
  안 아파."
- "피곤해서 잠 좀 자야겠어. 제발 좀 쉬게 나 좀 내버려둬."
- "다른 집들은 주말이면 가족끼리 등산도 가고 영화도 보고
  그런다는데"

### ☞ 부모와 아이

"엄마, 피자 좀 사 줘."

"피자 좀 사 줘 가 뭐니? 너는 도대체 몇 살인데 '사주세요.'라
는 말도 못하니?"

"엄마는 아빠랑 존댓말 사용 안 하잖아요?"

→ 아이들은 부모의 대화 습관에서 혼란스러움을 느낀다.

  존댓말을 사용하지 않는다고 아이들을 나무라기 전에 부부
  가 존댓말을 쓰면 아이들도 따라서 존댓말을 사용하기 때
  문에 교육적으로도 좋다.

  물질적인 보상이 아닌 사회적 보상을 해 준다.

### ☞ "씩씩한 우리 아들, 신발정리 좀 도와주세요."

  "예쁜 우리 딸, 화분에 물 좀 주면 좋겠어요."

  (머리를 쓰다듬고 포옹을 해주며)

  "너희들이 도와주니까 엄마 기분이 너무 좋은 걸. 수고했

다.”

→ 돈이나 과자를 사준다든가 하는 물질적 보상이 아닌 스킨
십이나 칭찬을 통한 사회적 보상이 효과적이다.

## 5) 자녀에게 자신감을 심어 주는 14가지의 말

-도와줘서 고마워.

-참 즐거워 보이는구나.

-잘되지 않을 수도 있어. 누구에게나 그런 경우가 있단다.

- 아무리 생각해도 이해할 수 없는 일이 있단다.

-하고 싶은 말은 확실하게 하렴.

-참 재미있는 생각이구나!

- 한번 해 보자.

-잘 참았어. 훌륭하다.

-엄마(아빠)는 네가 반드시 할 수 있다고 생각해.

- 어떤 경우에도 너는 너야.

-엄마아빠는 여기까지밖에 못했단다.

-가슴을 활짝 펴 보자.

-남과 다르다는 건 매우 중요한 거야.

-할 수 있다고 마음먹었으면 무엇이든 해 보자.

**07**

# 긍정의 지도자가
# 역사를 만든다

역사는 긍정의 지도자가 이루어낸 노력의 산물이다. 에이브러햄 링컨은 27번의 실패를 거듭했지만 절대 포기하지 않고 용기와 희망을 가지고 노력하고 도전하여 단 한 번의 성공으로 미국 16대 대통령에 당선되어 노예 해방을 선언하고 남북전쟁을 성공으로 이끌어 새로운 역사를 만들었다. 우리는 실패가 이어지면 절망하고 부정적인 생각을 하며 결국은 포기한다. 그러나 링컨은 포기하지 않고 정면으로 맞섰다. 좌절할 때마다 긍정적인 태도로 더 높은 목표에 도전했다. 용기를 갖고 실패를 거울삼아 성공의 언덕에 올랐다. 이 세상에 존재하는 위대한 창조물은"할 수 있다"는 신념을 가진 긍정의 리더들이 만들어낸 결과물이라는 것을 끊임없이 기억하자. 긍정은 부정이라는 장애물을 극복하고 희망이라는 선물을 가져다주는 마법과 같은 것이다. 긍정의 지도자는 한 치 앞도 보이지 않는 기나긴 터널 속을 걸어가면서도 한 줄기 희망을 발견하는 사람이다. 그러한 지도자가 역사를 만드는 법이다. 윈스턴 처칠(Winston Spencer Churchill)은 제2차 세계대전을 승리로 이끈 긍정의 지도자였다. 히틀러의 대공습과 폭격에도 불구하고 불굴의 용기와 긍정의 리더십을 발휘하여 전쟁을 승리로 이끌었다. 전쟁이 한창 진행 중이던 1941년 2월 9일 영국 BBC 라디오 방송의 한 연설에서"장비를 주면 우리가 끝장내겠습니다. 그러니 여러분 절대 포기하지 마십시오. 우리는 전쟁에서 승리할 수 있습니다"는 감동적인 방송 연설로 불안에 떨던 영국 국민들에게 용기와 희망을 불어 넣었고 전쟁에서 승리할 수 있다는 신념을 심어 주었다. 만약 그가 희망과 긍정 대신 절망과 포기를 선택했더라면 전 세계 역사는 바뀌었을 것이다. 긍정의 지도자들은 절망 속에서도 희망을 발견한다. 한 발 한 발 앞으로 가다 보면 내가 원하는 파라다이스를 만날 수 있다는 긍정의 희망을 가지고 있기 때문이다. 긍정적인 지도자는 온갖 고난과 역경 속에서 장애물을 만나 실패를 거듭하고 거듭해도 절대 포기하지 않는다. 긍정적인 지도자 옆에는 긍정적인 추종자가 있는 법이다. 행복 바이러스를 전파하고, 웃음을 주고 용기를 주고 자신감을 불어 넣어 주기 때문이다. 또 세계적인 리더십 권위자인 존 맥스웰(John C Maxwell) 박사는 "리더십이란 영향력이다. 그 이상도 이하도 아니다"라고 말한다. 모든 사람은 누군가에게 영향을 미치며 살아간다. 그것이 좋은 것이든 나쁜 것이든, 긍정적이든 부정적이든 말이다. 특히, 지도자의 말이나 태도, 생각은 조직원에게 엄청난 영향력을 미친다. 조직을 춤추게도 하고 열정과 의욕을 불러 일으켜 일하기 좋은 신바람 나는 조직을 만들기도 한다. 하지만 생동감이 전혀 느껴지지 않는 죽어 있는 조직을 만드는 것도 지도자의 몫이다. 그렇다면 새로운 역사를 만들고 모든 조직원 사이에 긍정의 문화가 흐르도록 하기 위해서는 어떻게 해야 할까?

첫째, 모든 사람에게 용기를 주고 절망 속에서도 희망을 찾을 수 있는 긍정적인 말을 해 보자. 우리는 생활 속에서 첫인상이 좋아야 한다는 말을 많이 한다. 말은 에너지가 있고, 살아서 움직인다. 촌철살인(寸鐵殺人)이라는 말처럼 이는 한 치의 쇠붙이로도 사람을 죽일 수 있다는 뜻으로, "말 한 마디로도 사람을 살릴 수도 있고 죽일 수 있다"는 중요성을 내포하고 있다. 말은 그야말로 사람을 살릴 수도 있고 죽일 수도 있는 엄청난 파괴력을 가진다. 여러분은 사람들에게 희망을 주고 용기를 주는 말을 하겠는가? 아니면 파괴하는 부정적인 말을 하겠는가? 지도자라면 이제부터라도 긍정적인 말을 하는 습관을 가져야 한다.

둘째, 긍정적인 에너지를 생각하자. 인간의 생각은 그 사람의 모든 행동을 지배하는 힘을 가질 뿐만 아니라 그 사람의 감정에 지대한 영향력을 행사한다는 것은 새삼스러운 말이 아니다. 또 추상적이고 모호한 말보다 구체적으로 풀이해 긍정의 말에 대한 명확한 인식과 지식 추구의 재미를 느낄 수 있도록 하는 것이다. 특히 생각을 바꾸면 행동이 바뀌고 행동이 바뀌면 습관이 바뀌고 습관이 바뀌면 운명이 바뀌는 법이다.

셋째, 이제 지도자라면 긍정의 표정을 지어보자. 사람의 첫인상이 상대방에게 이미지의 반 이상을 차지한다고 볼 수 있다. 사람들의 기(氣)를 업(Up)시키고 에너지를 가져다주는 표정을 가져야 한다. 단 한 번의 따뜻한 미소만으로도 상대방에게 따뜻한 사랑의 에너지를 줄 수 있다. 먼저 다가가 긍정의 표정을 짓고 미소를 짓는 사랑 받는 지도자가 되어야 한다. 그렇게 해야 만이 조직에 사랑이 넘치는 문화를 만들 수 있다.

미국 NBA보스턴 셀틱스의 감독이었던 릭 피티노(Rick Pitino)는 "나는 하루 중 98%는 내가 하는 일에 긍정적이다. 그리고 나머지 2%는 어떻게 하면 매사에 긍정적이 될 수 있을까 궁리한다." 라고 말했다. 그는 긍정의 지도자다. 긍정의 리더십으로 만년 꼴찌 팀을 지휘할 때마다 우승이라는 역사를 만들었다. 사람은 기계가 아니다. 감정을 가진 살아 움직이는 생명체이다. 조직원 모두가 힘들고 지쳐있을 때 지도자의 긍정적 태도, 자신감 있는 행동, 낙관적 사고는 삶의 청량제 역할을 한다. 지도자들이여! 이제 긍정의 리더십으로 새로운 역사를 창조하기를 갈망해 본다.